Guernika

Las Crónicas de Addlestone - 22 de noviembre de 1936 - 12 de mayo de 1937

Douglas Kuehn

Guernika: Las Crónicas de Addlestone - 22 de noviembre de 1936 - 12 de mayo de 1937

Primera edición, 2025

Edición en español, 2025

ISBN del libro electrónico: 978-1-956122-82-4

ISBN de la edición en rústica: 978-1-956122-81-7

theaddlestonechronicles.com

ÍNDICE

Algunas reflexiones iniciales

El silencio equivale a consentimiento.

Platón (427 a. C. – 347 a. C.), Crátilo, 380 a. C.

El primer método para estimar la inteligencia de un gobernante es observar a los hombres que lo rodean.

Nicolás Maquiavelo (1649 – 1527), El príncipe, capítulo XXII, 1513

El conocimiento es poder.

Sir Francis Bacon (1561 – 1626), Meditationes Sacrae, 1597

Es deber de todo hombre, en la medida en que se lo permitan sus capacidades, detectar y desenmascarar la ilusión y el error.

Thomas Paine (1737 – 1809), Sentido común, 1776

Todo lo que es necesario decir ya se ha dicho. Pero, como nadie estaba escuchando, hay que decirlo todo de nuevo.

GUERNIKA

André Gide (1869 – 1951), escritor francés galardonado con el Premio Nobel, Le Traité du Narcisse, 1892

Siempre estaré del lado de quienes no tienen nada y ni siquiera se les permite disfrutar en paz de la nada que tienen.

Federico García Lorca (1898 – 1936), poeta, dramaturgo y director de teatro español, asesinado por un pelotón de fusilamiento nacionalista español el 18 de agosto de 1936

Cuando le preguntaron cómo empieza el fascismo, Bertrand Russell (1872 – 1970) respondió: «Primero fascinan a los necios. Luego amordazan a los inteligentes».

Freedom, 1940

Toda guerra es un síntoma del fracaso del ser humano como animal pensante.

John Steinbeck (1902 – 1968), Once There Was a War, 1943

Lo hecho no puede deshacerse, pero al menos se puede evitar que vuelva a suceder.

Anne Frank (1929 – 1945), El diario de Ana Frank, 7 de mayo de 1944

Una de las cosas más cobardes que hace la gente común es cerrar los ojos ante los hechos.

C. S. Lewis (1898 – 1963), La travesía del Viajero del Alba, Las crónicas de Narnia, 1952

Que los hombres no aprendan gran cosa de las lecciones de la historia es la más importante de las lecciones que la historia tiene que enseñar.
Aldous Huxley (1894 – 1963), Los demonios de Loudon, 1959

La ignorancia es la sirvienta de la tiranía. Eso es lo que realmente impulsa el ataque de Trump contra la educación y el conocimiento público.
Robert Reich (nacido en 1946), The Coffee Klatch, marzo de 2025

Agradecimientos

Deseo expresar mi más sincero agradecimiento a Linda Holst Long por la paciencia, los consejos y las habilidades de edición que me ha brindado generosamente durante los últimos dieciocho meses.

También deseo agradecer a mi editor, Royal Wave Media, Inc., y en especial a su propietario, Hannibal Hills, quien me ha animado a completar este cuarto libro. Hannibal narró personalmente los audiolibros de la serie.

Una nota sobre ortografía y lenguaje

En las cuatro novelas he utilizado la ortografía británica y expresiones coloquiales que estaban en uso común en el periodo de entreguerras. He medido las distancias y velocidades en millas en lugar de kilómetros, he utilizado yardas, pies y pulgadas en lugar de medidas métricas. He expresado el peso en *stones* en lugar de libras, las temperaturas en grados Fahrenheit en lugar de Celsius (ahora llamado centígrado), la hora según el reloj británico estándar de 12 horas en lugar de la práctica continental o militar de 24 horas, los volúmenes de líquidos en pintas y galones imperiales en lugar de litros y, en España, las superficies en hectáreas en lugar de acres. Por cierto, una *stone* de peso equivale a catorce libras; las pintas y los galones imperiales son algo más de un veinte por ciento mayores que sus medidas equivalentes en Estados Unidos, y una hectárea es ligeramente inferior a dos acres y medio.

He hecho esto para ser coherente con el periodo de los años treinta y con el hecho de que los protagonistas son ingleses. Conducen coches con volante a la derecha y conversan utilizando los giros idiomáticos de su lengua materna. Si decide escuchar los audiolibros, comprobará que están narrados por Hannibal Hills, un actor de voz inglés. Dicho esto, es posible que algunos oyentes encuentren extrañas ciertas pronunciaciones. Hoy en día, la mayoría de la gente está familiarizada con los Beatles, los Rolling Stones, Monty Python, los programas de misterio de la BBC, el humorista P. G. Wodehouse y las novelas de Dorothy Sayers y Agatha Christie, por lo que el acento inglés y sus expresiones idiomáticas no deberían suponer un reto.

El documento de debate de los Apostles de Cambridge

En *Addlestone*, hice que James presentara su ponencia a los Apostles, un grupo de tendencia marxista con sede en el Trinity College. En esta novela, hago referencia a esa ponencia en nueve ocasiones distintas, ya que había empezado a circular ampliamente entre la British Union of Fascists, la Nordic League, el Oberkommando der Wehrmacht, el Communist Party of Great Britain, la NKVD rusa y ambos bandos, republicano y nacionalista, implicados en la Guerra Civil Española. Si los lectores están interesados, he incluido el texto completo de la ponencia en el Apéndice al final de esta novela.

Introducción

Este es el cuarto libro de la serie *Las crónicas de Addlestone*. Continúa la línea temporal secuencial creada en las tres primeras novelas. Como obras de ficción histórica, mi objetivo ha sido entretener al lector con historias de ritmo ágil situadas en el clima histórico, sociológico, económico y político presente en Gran Bretaña y en la Europa continental a mediados de la década de 1930. De forma más general, mi propósito es describir las condiciones que condujeron al auge de las diversas variantes del fascismo europeo. Confío en que esto anime al lector a sacar sus propias conclusiones sobre hasta qué punto existen paralelismos entre aquella época y las políticas que se están adoptando actualmente en Estados Unidos y las que promueven los políticos de extrema derecha en muchos países europeos.

Cada libro sigue a cuatro personajes principales en su trabajo para el Servicio Secreto de Inteligencia británico, las secciones de Inteligencia Militar MI5 y MI6. Se trata de las dos parejas formadas por James y Louise Harcourt-Heath y Donald y Beatrice Hutchinson. Recomiendo encarecidamente que las novelas se lean en orden cronológico. Las personalidades y las historias personales de los protagonistas se desarrollan en la secuencia temporal que comienza el 1 de octubre de 1934 y concluye con este libro el 12 de mayo de 1937. Durante este periodo, las parejas se conocen, cortejan, se casan y tienen hijos.

En esta novela, los superiores del SIS ordenan a las parejas que viajen a España. El país está desgarrado por una guerra civil iniciada por generales del ejército nacionalista que intentan arrebatar el poder a los recién elegidos republicanos democráticos encabezados por Francisco Largo Caballero. Esta guerra civil comenzó el 17 de julio de 1936 y duró hasta el 1 de abril de 1939, cuando las tropas del general Francisco Franco tomaron el control de todo el país. La función de los agentes del SIS en España es la de observadores pasivos para evaluar el impacto político de la guerra, de modo que los burócratas de Londres puedan determinar cómo podría afectar el desenlace al Reino Unido y a la estabilidad europea. Existen paralelismos sobrecogedores entre la forma en que los generales españoles trataron de derribar a un gobierno democráticamente elegido y los acontecimientos que desembocaron en el 6 de enero de 2021 en Estados Unidos.

Entre junio de 1935 y mayo de 1937, el Reino Unido tuvo un Gobierno Nacional de coalición encabezado por el primer ministro Stanley Baldwin. Su postura oficial respecto a la Guerra Civil Española fue mantenerse neutral, sin apoyar ni a los recién elegidos republicanos ni a los nacionalistas, cuyo objetivo era recuperar el poder, primero mediante el engaño y después por la fuerza. Al mismo tiempo, el Foreign Office estaba preocupado por la seguridad de la colonia de la Corona británica de Gibraltar, debido a su posición estratégica, que permitía a los británicos y más tarde a los aliados controlar la entrada al mar Mediterráneo. El gobierno británico temía, además, que si los nacionalistas lograban recuperar el control de España, probablemente se alinearían con las potencias del Eje, es decir, la Alemania nazi de Hitler y el Partido Nacional Fascista de Benito Mussolini.

Capítulo 1

Domingo, 22 de noviembre de 1936 – Woburn Hall

La casa había vuelto a la normalidad tras el ataque de la semana anterior por unos treinta soldados alemanes de la Waffen-SS. Sin embargo, aún quedaban previstas importantes reparaciones para los meses siguientes.

Después del desayuno seguían los rituales dominicales de la familia: el oficio en la iglesia parroquial de San Pablo, unas copas en el George Inn de Chertsey Road y, para culminar, un almuerzo de asado de buey de Woburn.

Peets, el chófer y mozo de cámara de la familia, llevó a Humphrey y Dorothy Harcourt-Heath y a Donald y Bea Hutchinson a San Pablo en el Daimler familiar. James y Louise Harcourt-Heath los siguieron en su Railton Tourer. Bea se apresuró a ir a cambiarse y ponerse su hábito de coro para ocupar su lugar en el coro del presbiterio. Echaba de menos cantar con sus amigas, después de haber dado a luz a su hija Eugenia cuatro meses antes.

El reverendo Hugh Patterson oficiaba en San Pablo desde hacía seis años. Los feligreses conocían bien su declarado pacifismo. Advertía con regularidad sobre los peligros que afrontaría Gran Bretaña si el país se veía envuelto en otra guerra europea. Aquello reflejaba la opinión mayoritaria de la Iglesia anglicana, que sostenía que no existían justificaciones legítimas para la guerra ni la violencia. Todas las disputas, ya fueran familiares, domésticas o internacionales, debían resolverse por medios pacíficos.

El vicario comenzó la Santa Eucaristía leyendo el Salmo 34, 14: «Apártate del mal y haz el bien; busca la paz y síguela». El director del coro había escogido como himno de aquel día O God of love, O King of Peace.

Luego leyó del evangelio de Juan 14, 27: «La paz os dejo, mi paz os doy», y de

Mateo 5, 9: «Bienaventurados los que trabajan por la paz, porque ellos serán llamados hijos de Dios».

El sermón del reverendo Patterson se centró en la guerra civil en España, cada vez más encarnizada. Describió cómo, en julio, varios generales nacionalistas habían promovido un golpe de Estado. Dijo que la prensa británica ya había informado de cientos de víctimas civiles. Concluyó su sermón pidiendo a la congregación que rezara por los hombres, mujeres y niños inocentes atrapados en aquella guerra librada contra el pueblo cristiano de España.

Esto llevó a Louise a reflexionar sobre la actitud actual de la prensa británica. Había una cobertura diaria a cargo de varios corresponsales y fotoperiodistas a los que se había permitido entrar en España. Los editoriales del Mail, el Mirror, el Telegraph y The Times apoyaban a los nacionalistas. Solo el Manchester Guardian respaldaba al gobierno republicano democráticamente elegido.

Louise salió de su ensimismamiento cuando el reverendo Patterson puso fin al sermón y comenzó el ofertorio. Anunció que todo el dinero recogido aquel día se dividiría entre el Comité Internacional de la Cruz Roja, la Unión Internacional Save the Children y el Comité Suizo de Ayuda a los Niños de España. Humphrey sacó su talonario del bolsillo interior de la chaqueta y extendió un cheque de 20 libras. Asintió a varios de sus vecinos y amigos del club de golf para asegurarse de que hacían lo mismo. Louise y James también extendieron sus propios cheques y los depositaron en la bandeja de madera para las ofrendas cuando esta pasó por el banco de la familia.

Tras los himnos finales, la familia charló brevemente con sus amigos en los escalones de San Pablo. Al mediodía, se dirigieron en coche al George Inn y encontraron su mesa habitual desocupada, a pesar de lo abarrotada que estaba la barra pública. Tras saludar a Arthur Collyer, el recién llegado tabernero, pidieron sus bebidas habituales. Los hombres pidieron pintas de Weybridge bitter, Dorothy y Bea encargaron pequeñas copas de jerez fino, y Louise dijo que le apetecía un Dubonnet con limonada.

Cuando el patrón llevó las bebidas a la mesa, Louise sacó a colación el tema de su Academia Irlandesa para Mujeres.

—Bea y yo pensamos regresar a Dublín dentro de unas semanas para ocuparnos de varios asuntos pendientes.

Humphrey preguntó:

—¿Cómo cuáles?

—Tenemos que formalizar los acuerdos financieros con nuestros proveedores. Ahora mismo, Nicholas Gavin-Wheeler entrega nuestros cheques firmados cuando la directora, la señorita Adele Connors, le presenta las facturas. También usa nuestros fondos para pagar a nuestro constructor, Stephen O'Henry, un anticipo semanal con el que cubrir los salarios de sus obreros y los materiales. Ha señalado que la mayor parte de las obras estarán terminadas hacia mediados de diciembre. Entonces, el Instituto por fin podría abrir sus puertas con una ocupación máxima de ciento veinte muchachas y mujeres. Después de eso, sus hombres empezarían a trabajar en un nuevo restaurante que se construirá en el enorme y, en esencia, superfluo vestíbulo del hotel. Más adelante, en primavera, O'Henry debería poder empezar las obras de un restaurante-jardín de acceso público.

James preguntó:

—¿Habéis aceptado nuevas solicitantes?

Bea respondió:

—La señorita Connors ha admitido a otra docena de mujeres de todas las partes de Irlanda. Varias recién llegadas eran mujeres de mediana edad que habían escapado de la lavandería de las Hermanas de la Caridad en Cork. Curiosamente, habían leído uno de los anuncios que colocamos en la prensa irlandesa y buscaron refugio en nuestra Academia. En este momento, nuestros abogados están en los tribunales enfrentándose a los letrados que representan al Monasterio de Nuestra Señora de la Caridad del Refugio. Controlan toda la red de lavanderías de la Magdalena en el Estado Libre Irlandés. Por lo visto, exigen que esas dos mujeres sean devueltas a la lavandería de Cork, alegando que han sido secuestradas y retenidas como rehenes en nuestra Academia. Lo último que supe es que el juez denegó aquella petición de los procuradores de la Iglesia irlandesa por considerar que sus objeciones eran jurídicamente frívolas, carentes de fundamento y de hecho.

Louise añadió:

—Los detectives privados contratados por nuestros abogados han determinado que aún hay un total de diez lavanderías de la Magdalena en funcionamiento en el Estado Libre Irlandés. Han identificado otras cuatro lavanderías en lo que ahora se llama Irlanda del Norte. Eso se suma al control que la Iglesia ejerce sobre las numerosas instituciones católicas subvencionadas por el Estado. Entre ellas se cuentan manicomios, hogares para madres y bebés, casas de trabajo y orfanatos. Los investigadores también han descubierto cementerios antes desconocidos, donde se han hallado cuerpos de bebés y de mujeres jóvenes en tumbas sin nombre.

Humphrey cambió de tema, al parecer decidiendo que no era un asunto adecuado para una reunión social después de la iglesia.

—Me pregunto si alguno de vosotros se ha fijado en que, la semana pasada, empezaron a circular rumores de que nuestro rey había recibido la visita de Stanley Baldwin, nuestro primer ministro. Mis fuentes en Whitehall sugieren que se están preparando para la posibilidad de que Eduardo VIII abdique. Mantiene un romance muy público con una divorciada estadounidense llamada Wallis Simpson. Actualmente está casada con un acaudalado ejecutivo naviero británico. Los rumores que circulan incluso en la prensa conservadora insinúan que es una cazafortunas y que planea divorciarse de su marido ahora que ha clavado sus garras en Eduardo.

Tras dar un trago a su pinta, Humphrey volvió a cambiar de tema.

—Dado vuestros planes de viajar a Irlanda, confío en que estéis de vuelta a tiempo para mi cumpleaños. Nicholas y Helen dijeron que vendrían de Dublín a principios del mes que viene para ayudarme a celebrarlo. Supongo que será una celebración tranquila, solo con ellos y nuestra familia más cercana.

Humphrey hizo señas al patrón y saldó la cuenta. James guiñó un ojo a Louise.

—Vaya, abuelo, menos mal que nos lo has recordado. Dime, ¿cuántos años cumplirás?

—Muchacho, el 13 de diciembre entraré en mi novena década sobre esta buena tierra británica.

Tenían el típico tiempo de noviembre, con lluvia y vientos racheados que soplaban desde el mar del Norte. Cuando regresaron en coche a Woburn Hall, Jarvis, el mayordomo principal, se había asegurado de que en la chimenea de la biblioteca chisporroteara un alegre fuego de carbón y roble. Sirvió las bebidas y, a las dos en punto, hizo sonar el gong para anunciar que el almuerzo estaba servido.

Cuando se sentaron a la mesa del comedor, Humphrey dijo:

—No veo mucho a mis bisnietos estos días. Parece que se pasan todo el tiempo en el cuarto de los niños. Decidme, ¿cómo están?

Louise respondió:

—Jamie y Dottie tienen ya más de seis meses, están ganando peso y empiezan a interactuar con nosotros. La enfermera Moira O'Sullivan, Lillian Turner, la niñera en prácticas, y Tilly Evans, la recién contratada doncella, se deshacen en atenciones con los gemelos. Tras nuestra ausencia en Irlanda, por fin empiezan a fijar la mirada y a prestar atención a nuestras palabras y gestos.

Bea dijo:

—Nuestra Genie tiene solo cuatro meses. Observa a sus primos mayores cuando emiten gorjeos de bebé.

Humphrey preguntó por la hija del matrimonio Peets. Bea respondió, puesto que, como secretaria de Dorothy, la señora Peets comía con el servicio:

—Helena también prospera. Tiene ya seis meses y aprende de los demás. Me gusta pensar que los cuatro niños se harán amigos para toda la vida, después de haber compartido sus años formativos.

Aquella noche, Donald regresó a su casa de Chelsea, pues necesitaba estar en Londres a primera hora del lunes. Bea se quedó en Woburn para estar con Genie.

Capítulo 2

Martes, 24 de noviembre – Gibbs' Building, Cambridge

El lunes por la mañana, Jarvis entró en el comedor mientras la familia desayunaba. Dirigiéndose a James, dijo:

—Perdone, señor, tiene una llamada telefónica de Cambridge.

Cuando regresó a la mesa, James informó a la familia de que su controlador en el MI5, Richard Chillingworth, deseaba reunirse con él y con Donald al día siguiente a las once de la mañana.

Tras terminar el desayuno, James telefoneó a Donald a su despacho del MI6 en Westminster. Acordaron que lo recogería en su casa de Chelsea al día siguiente a las diez para que ambos pudieran viajar juntos a Cambridge para la reunión.

A primera hora del martes por la mañana, James condujo hasta la casa de Donald en Danvers Street, justo al lado de Chelsea Embankment. Donald le esperaba en el salón delantero y vio el Railton cuando se detuvo frente a su casa.

Llegaron al King's College poco antes de las once y James aparcó en su lugar habitual frente a la taberna Mitre. Subieron las escaleras del Gibbs' Building y llamaron a la puerta del despacho de Richard, en la segunda planta. Después de que Richard los invitara a tomar asiento, ambos estrecharon la mano del jefe de Donald, el director del MI6, el almirante Sir Hugh Paget Sinclair. Era evidente que llevaba allí algún tiempo, pues él y Richard estaban disfrutando de té y pastas.

Sir Hugh fue el primero en hablar.

—Hutchinson, la razón por la que quería tener esta charla informal lejos de su despacho es ponerles al corriente a ambos de su próxima misión. Estoy seguro de que son conscientes de la carnicería creciente en la Guerra Civil española. Tras cuatro meses, está claro que ha habido una destrucción generalizada de bienes y una gran pérdida de vidas tanto en el bando republicano como en el nacionalista. Entre las bajas se cuentan también voluntarios extranjeros que se han sumado a los combates en lo que llaman las Brigadas Internacionales. Aunque proceden de varias decenas de países distintos, al parecer estos hombres están unidos en su lucha contra el fascismo. Dicho esto, el primer ministro ha declarado abiertamente la neutralidad británica, rehusando emitir una declaración de apoyo a ninguno de los dos bandos.

Sir Hugh dio el último sorbo a su té.

—Debo recalcar que no es función de ninguna de las ramas del Servicio Secreto de Inteligencia interferir en la política interna de otro país. El cometido del MI6 es reunir, analizar y difundir inteligencia extranjera a los organismos gubernamentales correspondientes y solo compartir esa información con nuestros aliados cuando el primer ministro lo autorice. Dicho esto, se nos permite llevar a cabo actividades encubiertas de espionaje fuera de Gran Bretaña. En este momento, el Foreign Office mantiene solo un reducido personal en nuestra embajada de Madrid. Su principal preocupación es asesorar a los ciudadanos británicos que desean regresar al Reino Unido para evitar los combates. El llamado sitio de Madrid empezó hace quince días. Las fuerzas nacionalistas de los generales Mola y Franco intentan aislar a los madrileños que apoyan al recién elegido gobierno republicano.

—Hay poco que podamos hacer respecto a los súbditos británicos que viajan a España y se unen a alguna de las Brigadas Internacionales. Los ciudadanos británicos tienen un derecho absoluto a la libre circulación. El papel de Su Majestad el Gobierno se limita a advertir a los turistas de las regiones potencialmente peligrosas que podrían afectar a sus planes de viaje. No es de extrañar que el Foreign Office esté siendo criticado por la prensa de izquierdas por no adoptar una postura proactiva de apoyo a las fuerzas antifascistas. Este movimiento lo encabeza el líder del Partido Liberal, Sir Archibald Sinclair. Cuenta con el apoyo de John Maynard Keynes y de Charles Scott, el editor del Manchester Guardian.

Sir Hugh se llevó a la boca una galleta de mantequilla, tomó un sorbo de té y prosiguió:

—Uno de los batallones británicos que reclutan hombres para luchar en España se llama la Tom Mann Centuria. Este grupo cuenta ya con más de trescientos voluntarios, compuestos principalmente por mineros del carbón de Gales, Escocia y Yorkshire. Como saben, el desempleo en el Reino Unido sigue por encima del 12 %, aunque muy por debajo del máximo del 23 % alcanzado durante la Depresión de 1932. La minería del carbón se ha visto especialmente afectada, dado que la producción de nuestras industrias pesadas, como la siderurgia y la construcción naval, sigue en horas bajas.

—Nuestro Gobierno Nacional camina por la cuerda floja, tratando de mantener la coalición electoral. Esta situación inestable ha llevado a Stanley Baldwin a anunciar en el parlamento que el Reino Unido no tiene intención de interferir en la política interna de otra nación soberana. La prensa de izquierdas le acusa injustamente de apoyar a las fuerzas fascistas nacionalistas.

Mientras Sir Hugh hacía una pausa para dar el último sorbo a su taza de té, Donald preguntó:

—¿Tom Mann era galés?

—En realidad, el grupo recibió su nombre de Thomas Mann, un sindicalista inglés que organizó a los trabajadores en Australia antes de la Gran Guerra. Aunque ya ha cumplido los ochenta, ha viajado a España para ofrecer su apoyo.

James preguntó:

—No veo qué puede tener que ver todo este enredo extranjero con nosotros.

—Iré directamente al grano. Mi propósito esta mañana es ordenarles a ustedes y a sus esposas que viajen a España. Quiero que observen la creciente violencia y me informen a mí y a Sir Vernon Kell, jefe del MI5. Nos gustaría que hablasen con ambos bandos e intentasen determinar si existe algún terreno común que permita hallar una solución diplomática. Nos interesa que Gran Bretaña sea vista como líder en la búsqueda de una solución pacífica que desemboque en un acuerdo de paz duradero. Como saben, los británicos tenemos bien ganada nuestra reputación de diplomáticos.

Esto hizo que James y Donald se miraran de soslayo. Sir Hugh, al parecer, no se dio cuenta y continuó:

—Dadas nuestras preocupaciones sobre una guerra inminente contra las potencias del Eje, queremos que estén atentos a una posible presencia alemana o italiana en España. Como fascistas monárquicos y cristianos, es perfectamente posible que los nacionalistas acepten e incluso agradezcan el apoyo militar de Mussolini y quizá incluso de Hitler. Mis analistas del MI6 consideran muy poco probable que Hitler se arriesgue a utilizar sus fuerzas armadas tan lejos de casa. Al parecer, su atención actual está centrada en los países situados al este de Alemania. Sin embargo, si Francia cayera en sus garras, España sería un trofeo obvio que añadir a su aparente plan de dominación de Europa.

James objetó:

—Nuestras esposas siguen ocupadas con nuestros bebés y dudo mucho que estén dispuestas a embarcarse en otra aventura, y esta vez en una zona de guerra activa.

—Ya me ocuparé de sus reparos cuando llegue el momento. En cualquier caso, no va a pasar nada en los próximos meses y quizá esta aproximación inicial quede en nada. Sigo de cerca los acontecimientos y estoy elaborando un plan para que ustedes cuatro puedan, sin un riesgo significativo para sus propias personas, entrar en España, concertar entrevistas con ambos bandos y regresar sanos y salvos a las pocas semanas. Mientras tanto, Hutchinson, le concedo el resto de la semana libre. Hablen ambos con sus esposas. Disfruten de sus familias, pero prepárense para iniciar su próxima misión a finales de marzo o principios de abril.

De regreso a Woburn, James dijo:

—No me hace ninguna gracia poner en peligro a Louise y a mí mismo solo para aderezar un poco la inteligencia sobre los españoles. A fin de cuentas, es asunto suyo y nada que deba incumbir a Gran Bretaña.

Donald dijo:

—Pasará a incumbirnos si España decide aliarse con Hitler y Mussolini. Hace poco más de dos semanas, ambos países firmaron el tratado del Eje Roma-Berlín. Me imagino que la razón por la que nos han elegido para esta misión es por nuestras competencias lingüísticas.

—Habla por ti, amigo. Yo no sé ni una palabra de español. Lo único que tengo es algo de francés de colegio y mi recién adquirido alemán.

—Louise y yo hablamos español con fluidez, tanto escrito como hablado. Bea también es una gran lingüista, así que debería ser capaz de desempeñar su papel, sobre todo ahora que le han dado unos meses de ventaja.

Donald esbozó una sonrisa burlona.

—Tú tendrás que hacer de turista británico estereotípico que presume que los extranjeros le entenderán si habla despacio y en voz muy alta.

Durante la cena, Donald contó a la familia que le habían dado la semana libre y que tenía muchas ganas de jugar con Genie. Después de que Humphrey y Dorothy se retiraran a dormir, las dos parejas se trasladaron a la biblioteca, donde Jarvis sirvió café y licores.

Donald dijo:

—En nuestra reunión en King's, Sir Hugh comentó que quería que los cuatro entráramos en España para informar sobre la situación del conflicto en curso. Dijo que deberíamos prever viajar la próxima primavera.

Louise fue la primera en hablar:

—De ninguna manera eso va a ocurrir. Hay una maldita guerra, por el amor de Dios.

—Sir Hugh dijo que el MI6 está trabajando en un plan que nos permitiría entrar en España con seguridad, situarnos en condiciones de organizar encuentros con ambos bandos y marcharnos al cabo de un par de semanas. Supongo que su objetivo es que los cuatro actuemos como una especie de misión diplomática oficiosa. Cree que podríamos encontrar un terreno común que ponga fin al conflicto con algún tipo de solución aceptable a nivel interno e internacional. Dio a entender que, si tenemos éxito, se evitaría la muerte de decenas de miles de españoles.

Bea preguntó:

—¿Por qué nosotros? No somos diplomáticos de carrera, y ¿qué tiene todo esto que ver con el MI6? Su función legal es identificar, y luego frenar o contener, las amenazas exteriores a nuestro país. España no es en absoluto una amenaza.

Donald dijo:

—En realidad, Gran Bretaña tiene intereses en la península ibérica. Eso incluye el Territorio Británico de Ultramar de Gibraltar y su importancia estratégica en lo relativo al tráfico marítimo del Mediterráneo. No olvides que seguimos ostentando la condición de mayor potencia naval del mundo. Britain Rules the Waves, ¿no lo sabes?

Louise había permanecido callada, pensando en las implicaciones de su próxima misión. El comentario de Donald la obligó a centrarse en su afirmación.

—Por el amor de Dios, Donald, eso son pamplinas. No estamos en el siglo XIX y Gran Bretaña ya no tiene una marina eficaz. Lo que acabas de soltar es un discurso patriótico, agita-banderas, que hace tiempo debería haberse relegado al cubo de la basura de la historia. Seguro que sabes que Rule, Britannia! no fue más que un poema y una canción del siglo XVIII que deberían quedar para siempre confinados a los asistentes geriátricos, agita-banderas, de los conciertos de Promenade del otoño. Los Proms empezaron a finales del siglo pasado para celebrar tiempos ya idos. Ahora vivimos en un mundo distinto. Nuestra marina no se ha modernizado desde el final de la Gran Guerra. Alemania está botando cruceros pesados y ligeros y acorazados casi todos los meses. Hace dos años, Hitler repudió el Tratado de Versalles y empezó a construir una flota de submarinos. Seguro que no has olvidado que la hermana de James, Margie, está casada con el comandante de marina Jonathan Lawrence. Sin ir más lejos, el Boxing Day pasado nos dijo que la Kriegsmarine tiene una flota de minadores operando ahora mismo en el mar del Norte, el canal y el mar de Irlanda.

Donald se rindió ante el ataque verbal de Louise, sobre todo porque no quería provocar una bronca delante de Bea.

Capítulo 3

Miércoles, 25 de noviembre – Biblioteca de Woburn

Después del desayuno, Bea y Louise fueron al vestíbulo y llamaron por teléfono a la directora de su Academia Irlandesa para Mujeres. La señorita Connors confirmó que iban según lo previsto para admitir a más mujeres, ahora que las obras básicas de los dormitorios y los cuartos de baño estaban terminadas. Su constructor había empezado a trabajar en el restaurante del vestíbulo y dijo que esperaría a que mejorara el tiempo antes de empezar las obras del restaurante-jardín. Las cuatro profesoras adicionales, que llegarían la semana siguiente, habían entregado planes de clase para las asignaturas que consideraban poder enseñar a las muchachas y mujeres en aquellas circunstancias tan poco habituales. Se había informado al personal de que las residentes arrastraban un retraso educativo, porque muchas habían sido recluidas en el sistema de lavanderías antes de alcanzar la edad legal de abandonar la escuela, catorce años. Varios voluntarios habían dado charlas a las muchachas y mujeres, y el especialista en obstetricia y ginecología había montado una consulta para examinar y asesorar a las residentes. La señorita Connors había firmado contratos con proveedores mayoristas de alimentos y con varias tiendas de ropa de Dublín.

Cuando terminó la llamada, Louise dijo:

—Cuando volvamos a Dublín a mediados de diciembre, nos reuniremos con nuestro abogado. Prometieron ponernos al día de sus investigaciones sobre el alcance de la implicación de la Iglesia católica en los servicios sociales de Irlanda. También nos veremos con los redactores del Shamrock para hablar de temas para los próximos números.

Bea añadió:

—¿No crees que, ahora que todas las habitaciones son habitables, deberíamos intentar atraer a más solicitantes?

—Podemos poner un anuncio en la portada del Shamrock e incluso incluir anuncios en The Irish Times, The East Galway Democrat y The Irish Independent.

Cuando regresaron a la biblioteca, encontraron a Dorothy sentada en la chaise longue, tejiendo patucos para los cuatro bebés. Bea le preguntó:

—¿Dónde están los hombres?

—Se han ido al George a tomar una pinta y a charlar.

—Deberíamos empezar a organizar la fiesta del octogésimo cumpleaños de Humphrey. Solo falta una quincena.

Dorothy metió la mano en su cesta de labor y sacó una hoja de papel de tamaño oficio.

—Ya he empezado a hacer la lista de invitados. Echadle un vistazo.

Louise tomó la hoja de papel que le tendía y se sentó con Bea a la mesa de la biblioteca. Cogió una pluma y empezó a actualizar la lista.

—Dorothy, veo que, además de la familia, has incluido a los amigos de Humphrey del club de golf. ¿Y los científicos de Brooklands?

—Todos se han marchado desde que el gobierno trasladó el desarrollo del Spitfire. En cuanto los nazis supieron de Brooklands, la RAF dejó de poder considerarlo un centro seguro de investigación y desarrollo.

Bea dijo:

—Tenemos que incluir a Rose Gregory y a Norman Paine. Al fin y al cabo, estamos invitadas a su boda del 24 de julio. Luego están mis suegros, Gerald y Mary Hutchinson, la hermana de Donald, Florence, y su hermano Walter, y su prometida, Maria Lefkowich. Ellos también son familia.

Louise dijo:

—¿Y los Sherman? Sus dos hijos podrían jugar con Peter y Humphrey, los mellizos de Jonathan y Margie. Veo que has incluido a Nicholas y Helen. Él ha hecho coincidir las fechas para poder asistir a reuniones en el Foreign Office y con el Minister for Co-ordination of Defence. Luego está William Ironside.

Dorothy levantó la vista de su labor.

—¿Quién?

—Seguro que te acuerdas. Humphrey se fijó en él mientras depositaba una corona en el Cenotafio cuando asistió a los oficios del Día del Armisticio. Si mal no recuerdo, Humphrey dijo que tanto él como Nicholas sirvieron con él en la Segunda Guerra de los Bóeres. En aquel entonces, Ironside era subteniente, pero Humphrey nos contó que ahora es general y está a punto de asumir el cargo de gobernador de Gibraltar.

—Me pregunto cómo podría ponerme en contacto con él.

Louise dijo:

—Déjalo de mi cuenta. Le pediré ayuda a mi control en el MI5, Sybil Fergusson. Puede dirigirse al recién creado Ministry for Co-ordination of Defence. Seguro que allí tienen sus datos de contacto. Ahora que lo pienso, ella y Richard Chillingworth también deberían figurar en la lista de invitados.

Dorothy pidió a Jarvis que buscara a la señora Peets, su secretaria. Cuando esta entró en la biblioteca, Dorothy dijo:

—Alice, aquí tienes una lista provisional de invitados a la fiesta de cumpleaños de Humphrey. ¿Podrías encargar veinte invitaciones grabadas al mismo impresor de Weybridge que usaste para las bodas? Por cierto, será una fiesta sorpresa por los 80 años de Humphrey, así que manténlo en el más estricto secreto.

—Desde luego, señora. —Hizo una pequeña reverencia y volvió a sus tareas.

Dorothy dijo:

—Calculo que seremos unos treinta. Es manejable, así que organicemos una cena.

Capítulo 4

Jueves, 26 de noviembre – Victory Park

A media mañana, Jarvis llamó a James al teléfono del vestíbulo. Al otro lado de la línea estaba el capitán Archibald Maule Ramsay, diputado y fundador y presidente de la Nordic League.

James preguntó:

—¿En qué puedo ayudarte, Jock?

—He convocado una reunión de mi Comité Ejecutivo para el sábado a las ocho. Confío en que te unas a nosotros.

—No me lo perdería ni por todo el té de China. ¿Hay algo urgente en el orden del día?

—Informaré a mi comité el sábado. Dicho esto, hay varias cuestiones que deberíamos abordar con cierta urgencia.

James se quedó algo desconcertado por aquella respuesta velada. Luego recordó que los miembros de la NL probablemente eran conscientes de que el Ministerio del Interior y el MI5 podían vigilar sus teléfonos y su correspondencia.

Cuando la familia se reunió para almorzar, Louise preguntó a Bea si sabía hablar español.

—La verdad es que no, aunque mis otras lenguas romances se mantienen bastante sólidas. ¿Por qué lo preguntas?

—Parece que a los cuatro podrían pedirnos que vayamos a España en primavera. Quizá tú y James deberíais empezar a practicar un poco.

James dijo:

—En lo que a mí respecta, suena a tarea imposible. En Dulwich estudié francés y latín, pero nada de español.

Louise dijo:

—En realidad, el francés y el español tienen un 75 % de congruencia léxica.

—¿Eh?

—Simplemente significa que existe una estrecha relación semántica entre las palabras de ambas lenguas.

—Ah, ya. ¿Por qué no lo has dicho así desde el principio? Aun así, supongo que eso significa que tendré unos cuatro meses para practicar.

—No necesitas escribir el idioma, solo hablarlo. Verás que te resulta muy fácil después de tus esfuerzos con el alemán, ya que la pronunciación de las vocales en español es casi siempre idéntica. Además, dada la cercanía a sus raíces latinas, deberías ser capaz de entender la mayor parte de lo que oigas. Donald y yo podremos ocuparnos de los funcionarios españoles.

—¿Solo se habla un idioma en España?

—En realidad, España tiene cinco lenguas oficiales. Están el castellano, el catalán, el gallego, el vasco y el aranés. Esta última solo la habla unos pocos miles de personas. Por lo que he leído sobre su guerra civil, los principales opositores a los nacionalistas están en el noreste: el País Vasco y Cataluña. Puede que te interese saber que el vasco no guarda relación con ninguna otra lengua conocida. Es anterior al latín y sobrevivió a la caída de los poderosos imperios griego y romano. A pesar de que los vascos son irascibles y ferozmente independientes, la mayoría habla y entiende el español. Hoy en día casi un millón de personas habla vasco; sin embargo, alrededor del 95 % del país habla castellano.

—Entonces, ¿tengo que aprender castellano además de español?

—No, querido. Castellano es otro nombre para la lengua española. También se la conoce como español peninsular.

Aquella tarde, caminaron hacia Victory Park. Inaugurado el 19 de julio de 1918, James recordaba que en los pilares de piedra que sostenían las puertas de entrada había una placa con la dedicatoria: «A quienes dieron su vida para que nosotros pudiéramos vivir». Donald empujaba a Genie en un cochecito de paseo y James guiaba el cochecito gemelar con Jamie y Dottie a bordo.

Aunque los bebés estaban despiertos cuando salieron de Woburn, el vaivén y los pequeños botes los habían sumido a los tres en un profundo sueño. Aquello dio a Louise y a Donald la oportunidad de comenzar las lecciones de español sin interrupciones.

Primero presentaron a James y Bea saludos sencillos y frases corrientes. Louise insistió en que las repitieran para que fueran fijando en la mente los sonidos y el ritmo. Después, Louise y Donald mantuvieron una conversación sencilla en presente sobre cosas que podían ver durante el paseo. Louise daba los nombres en español de cosas como coches, bicicletas y tiendas. Al pasar por la carnicería de Joseph Hodges, Donald dio los nombres en español de los animales de los que procedían los distintos cortes de carne. Louise hizo lo mismo con las verduras y frutas cuando pasaron por una frutería. Mientras seguían avanzando hacia Victory Park, Donald y Louise charlaron en español para familiarizar a James y Bea con el ritmo y el sonido de la lengua.

Bea captó la mecánica con rapidez y, cuando le pedían que repitiera frases, era capaz de hacerlo con un acento aceptable. Louise creía que esto se debía en parte a que ya era una lingüista formada por sus clases de idiomas en la James Allen Girls' School, pero también a que tenía buen oído gracias a sus aptitudes para el piano y el canto.

Mientras tanto, James tenía dificultades. Louise lo tranquilizó diciéndole que tendrían tiempo de sobra para practicar cuando estuvieran solos y añadió, en tono de burla:

—Así fue como pudiste aprender alemán tan rápido, con las instrucciones que te daba en la intimidad de nuestro dormitorio.

Se hacía tarde y el sol invernal había desaparecido tras los álamos del parque. Emprendieron el camino de regreso y, veinte minutos más tarde, estaban de vuelta en Woburn Hall. Dejaron a los bebés al cuidado de la enfermera O'Sullivan, Turner y Evans.

Durante el cóctel, Bea dijo:

—A mediados de enero, cuando Genie cumpla seis meses, he decidido volver a mi trabajo de codificación y cifrado para el MI6. Mañana he concertado una entrevista con la señorita Laura Hart para el puesto de niñera. Laura fue una de mis chicas del orfanato que se marchó hace unos seis años. Ha recibido formación oficial, pero me ha escrito diciendo que no está del todo contenta con su actual colocación. Tomará el autobús desde Virginia Water. La veré a mediodía en la estación de Addlestone y la traeré aquí para la entrevista.

Humphrey preguntó:

—¿Qué más habéis estado haciendo?

Louise dijo:

—Hemos decidido dar clases de español a Bea y a James.

—¿Por qué?

—Es probable que en primavera nos envíen a España. El MI6 quiere que nos reunamos con autoridades de ambos bandos y les informemos a Londres.

—Con calma. Hay una guerra. Aunque el conflicto apenas lleva cuatro meses, The Times dice que las bajas ya se cuentan por miles.

—El jefe del MI6 nos aseguró que no estaremos expuestos a ningún riesgo significativo.

Capítulo 5

Viernes, 27 de noviembre – Biblioteca de Woburn

A mediodía, Bea condujo su Jowett hasta la estación de autobuses y recogió a la señorita Laura Hart.

Cuando regresaron a Woburn, entraron en la biblioteca. Bea se unió a Donald junto al fuego, al lado de la mesa central de caoba, y la señorita Hart tomó asiento al otro lado.

Bea comenzó la entrevista:

—Laura, este es mi marido, Donald. Debo decir que me alegra muchísimo volver a verte después de tantos años. Cuando te marchaste del Addlestone Orphanage for Foundling Girls, el personal se alegró de que encontraras un puesto de niñera en prácticas en la cercana Weybridge. Dime, ¿has estado allí desde que nos dejaste?

—No, señora. Trabajé allí dos años bajo la supervisión de la niñera Thomas. Ella me formó, pero la familia decidió que no necesitaban a dos de nosotras cuando aceptaron a su hijo de seis años en Harrow.

—¿Adónde fuiste después?

—La familia fue extremadamente amable y se puso en contacto con una agencia de colocación especializada en encontrar puestos para el servicio doméstico. Tras una entrevista, me ofrecieron el empleo.

—¿Por qué has decidido marcharte?

Ella bajó la vista hacia las manos entrelazadas.

—Preferiría no decirlo.

—Deberías contárnoslo, porque podría influir en nuestra decisión de contratarte.

—Bueno, el padre del niño no paraba de intentar manosearme cuando su esposa salía con amigas o se iba de compras. No cesaba. Cuando me quejé, dijo que solo estaba bromeando un poco. Pues le aseguro que, para mí, no tenía ninguna gracia. Al final, me harté. La semana pasada hice las maletas y me marché. Ahora me alojo con una amiga del orfanato que tiene un puesto de doncella en una casa grande de Virginia Water. Luego le escribí a usted.

Tras intercambiar una mirada con Donald, Bea dijo:

—Laura, estaríamos encantados de contratarte como niñera de nuestra pequeña, Eugenia. Nació el 14 de julio, así que tiene poco más de cuatro meses. A mediados de enero, tengo previsto volver a trabajar a Londres. Mi marido y yo tenemos una casa de mews en Chelsea. ¿Estarías dispuesta a mudarte a Londres?

—Me encantaría conocer nuestra capital.

Volvió a bajar la vista hacia sus manos y añadió:

—En realidad, si he de ser sincera, ahora mismo no tengo dónde quedarme.

Bea dijo:

—Podrías quedarte aquí y empezar a conocer a nuestra hija. La enfermera Moira O'Sullivan podría contarte todo sobre Genie y su rutina. También hemos contratado a otra antigua pupila del orfanato, Lillian Turner. Ahora mismo la está formando la enfermera O'Sullivan en las tareas propias de una niñera.

Laura sonrió.

—Recuerdo a Lily desde que llegó al orfanato con cuatro años.

—Si esto te parece bien, estamos dispuestos a ofrecerte un salario de 30 libras anuales. Podrás comer con el personal de Woburn y, cuando volvamos a Londres, podrás hacerlo con mi doncella personal, nuestro mayordomo y la Cocinera.

—Es una oferta muy generosa, y la acepto. ¿Podría empezar de inmediato?

—Por supuesto. ¿Y tus cosas?

—En realidad, duermo en el suelo de la habitación de mi amiga. Solo tengo una maleta pequeña. Ella vive a apenas cuatro millas, así que podría coger el autobús hasta allí y volver esta tarde.

—Laura, aquí tienes tres peniques para el billete de autobús de ida y vuelta.

Estamos deseando verte a la hora de la cena. Ahora te presentaré a Jarvis, el mayordomo principal de Woburn. Podrá enseñarte la casa cuando regreses.

Al oír su nombre, Jarvis entró en la biblioteca y saludó a la señorita Hart.

Aquella tarde, las dos parejas caminaron hasta el granero de grano de Woburn, en Chertsey Meads, para hacer prácticas de tiro. De camino, Donald y Bea iban formando frases en español para todo lo que veían, hasta comentaban el tiempo. Una vez allí, practicaron desenfundes rápidos, así como la rutina de doble disparo que Humphrey les había enseñado casi dos años atrás.

De regreso, continuaron hablando en español. James incluso consiguió formular un par de preguntas que le salieron, en su mayor parte, como él pretendía.

Capítulo 6

Sábado, 28 de noviembre – Cheyne Walk, Chelsea

Después del desayuno, James propuso dar un paseo hacia Homewood Park. Donald y Bea se quedaron en Woburn para asegurarse de que Laura se adaptaba a su papel como niñera de Genie.

Cuando llegaron a la vía del tren, Louise dijo:

—A partir de ahora, cuando estemos solos, he decidido que solo hablaremos en español. Yo señalaré algo, te daré el sustantivo y haré una frase sencilla relacionada con lo que haya visto.

Cuando James asintió de acuerdo, Louise señaló el Crouch Oak.

—Eso es un viejo roble.

Y luego:

—Eso es un automóvil negro.

James dijo:

—Esto es demasiado fácil. Anda, di algo como: vamos a tomar un magnífico asado el domingo después de la iglesia y una copa en el George.

—Vamos a tener un maravilloso asado el domingo después de la iglesia y una copa en el George.

Louise le indicó que repitiera la frase hasta que quedó satisfecha con su pronunciación.

James se dio cuenta de que no solo entendía el español de Louise, sino que acababa de aprender varios sustantivos y un verbo.

Siguieron con esta rutina hasta que llegaron a su destino. Louise no había visitado nunca el parque y James solo lo recordaba de cuando era niño. Era una enorme extensión abierta con media docena de mesas de picnic de pino cerca de la entrada del aparcamiento. Descansaron allí para continuar con las lecciones de español.

De pronto, Louise preguntó:

—¿Cuál es tu empleo y por qué estás aquí en España?

James no estaba seguro de cómo responder. Pensó que empleo era parecido al francés emploi, que sabía que significaba trabajo u oficio. Sabía que España se decía España, así que supuso que le preguntaba cuál era su trabajo o qué hacía él en España. No tenía ni idea de cómo contestar, pero estaba seguro de que Louise le ofrecería la respuesta adecuada.

Tras una hora de clase, emprendieron el regreso a casa. De camino, Louise siguió formulando preguntas en español sobre los objetos que iban viendo.

Durante la comida del mediodía, James preguntó a Bea cómo progresaba su español.

—Estoy seguro de que no será un problema. Es muy parecido al francés.

Humphrey permaneció en silencio, aunque la expresión de su rostro demostraba que no estaba nada contento con que se preparasen para entrar en una zona de guerra.

Aquella noche, James se puso de etiqueta y condujo hasta la estación de Addlestone. Tomó el tren de las 7:02 a Waterloo y llegó a la residencia de Jock Ramsay en Chelsea poco antes de las ocho. El mayordomo le hizo pasar y, tras tomarle el abrigo y el sombrero fedora, lo encaminó hacia el salón. Un lacayo le ofreció de inmediato una copa de champán. James la alzó en el aire a modo de saludo a los otros miembros de la NL que ya estaban presentes.

Como en reuniones anteriores, también estaban Anthony Blunt, Leo Long y Guy Burgess. A James le intrigaba por qué aquellos declarados marxistas habían sido acogidos en aquel grupo de derechas. En ese momento, el mayordomo hizo pasar a Kim Philby. Como antiguo miembro de los Apostles, James sabía que él también era marxista.

James se acercó a Philby y le estrechó la mano.

—Kim, ¿a qué te dedicas últimamente? He oído por ahí que te casaste.

James se había enterado por Johann Sherman, el profesor judío-alemán de economía al que habían rescatado en Múnich el pasado febrero. Cuando el MI6 entrevistó a Johann, este les contó que Philby se había casado con Alice Friedmann, una marxista austríaca. Por su relación con los Apostles de Cambridge, James sabía que Philby era amigo íntimo de Donald Maclean, Leo Long y Guy Burgess. Los cuatro se habían graduado en Cambridge antes que James; Philby y Burgess obtuvieron sus títulos en Trinity en junio de 1933, y Maclean y Long en el cercano Trinity Hall en 1934. Era de dominio público que Kim había sido uno de los muchos amantes de Anthony Blunt en la época de Cambridge.

Kim respondió:

—Hace dos años me casé con Litzi Friedmann. Nos conocimos cuando yo trabajaba en Viena, ayudando a refugiados judíos alemanes. Como era mi esposa, Inmigración y Aduanas le permitieron acompañarme a Inglaterra. Verás, es judía y las SS de Himmler ya habían empezado a privar a los judíos de su derecho a trabajar y viajar dentro de Alemania. Por desgracia, nos hemos separado hace poco.

—Lamento oírlo. Y bien, Kim, ¿te has instalado de nuevo en Londres?

—Te parecerá mentira, pero ahora soy periodista profesional. Soy el redactor jefe del semanario The Anglo-Russian Trade Gazette. Quizá hayas oído hablar de nosotros.

James sonrió y negó con la cabeza.

—¿Y cómo es que conoces la Nordic League de Ramsay?

—Evidentemente, no soy miembro, pero hace unos años Guy y Anthony me invitaron a unirme a la Anglo-German Fellowship. Como ellos, estoy aquí solo como observador.

Kim prosiguió:

—Y tú, James, ¿qué hay de ti? En el pasado, has apoyado de forma muy decidida nuestra agenda marxista. Estabas claramente de nuestro lado cuando presentaste aquel importante trabajo ante los Apostles. En él exponías tu visión de convertir Gran Bretaña en un estado comunista bajo lo que llamabas tu One Nation Party. ¿Sigues trabajando en apoyo de nuestra causa?

James se quedó momentáneamente sin habla. Su intención con aquel ensayo para los Apostles había sido ofrecer una exposición exagerada de los peligros del fascismo, no respaldar el comunismo.

Tomó un sorbo de champán antes de responder.

—La verdad es que no. Ahora estoy casado y tengo dos hijos. También me ocupo de la finca agrícola de mi familia.

—Deberías involucrarte en nuestra lucha. Eres justo el tipo de persona que podría marcar la diferencia y ayudarnos a convertir Gran Bretaña en un estado marxista.

—Por supuesto que me gustaría ayudar, pero no estoy seguro de cómo hacerlo.

—Ya hablaremos más tarde. Parece que Jock está a punto de comenzar la reunión.

Ramsay pidió a todos que tomaran asiento y ordenó a su personal que saliera de la sala.

—He convocado esta reunión para tratar el conflicto creciente en España. No hace falta que les recuerde que los estatutos de la Nordic League establecen que somos una organización formal de británicos conscientes de la raza. Nuestro lema es «¡Perezca Judá!», que en público abreviamos como PJ. Nunca celebramos mítines públicos y solo actuamos entre bastidores para influir en la política del gobierno británico. Lo hacemos sirviéndonos de nuestras estrechas conexiones dentro del establishment tory. Hemos logrado incidir en su toma de decisiones mediante argumentos, persuasión y donaciones sustanciosas a sus campañas en elecciones parciales. Esta noche me gustaría que acordáramos una postura unánime sobre a qué bando debemos apoyar en la actual Guerra Civil española.

—A primera vista, la respuesta parece obvia. Los partidarios republicanos son nuestros enemigos habituales: las clases bajas, los socialistas, los comunistas y los marxistas. Dicho sea de paso, esa es una descripción exacta de los miles de voluntarios que acuden en masa a España como parte de las Brigadas Internacionales.

—Por otro lado, no fomentamos insurrecciones que puedan perturbar los negocios y el statu quo. Alimentar levantamientos violentos es un instrumento del marxismo. La NL necesita aparentar una postura moral para preservar nuestra credibilidad dentro del Partido Conservador y ampliar nuestra influencia en la escena internacional. Evidentemente, sería ventajoso apostar por el eventual vencedor. Con estos parámetros en mente, quisiera abrir el debate a los miembros de mi Comité Ejecutivo.

El general de brigada Robert Blakeney se puso en pie.

—He sido estudioso de la historia de España desde que ingresé en el ejército en 1891. Desde la perspectiva de la declaración de principios de nuestra Nordic League, puedo confirmar que, en efecto, hay judíos en España. Es más, llevan allí los últimos mil años. En su mayor parte se han asimilado a la población general. Al menos así fue hasta finales del siglo XV, con el inicio de la Inquisición española. En aquel momento se introdujeron leyes antijudías y su persecución quedó institucionalizada en el seno de la monarquía española. Los judíos fueron segregados en guetos e incluso expulsados por la fuerza de algunas regiones. Si hemos de ser justos, no era algo inusual para la época. Entre los siglos XIII y XVI, al menos quince países europeos expulsaron a los judíos. En España, a los judíos que permanecieron se les llamó conversos, porque adoptaron el catolicismo para salvar la vida, el empleo y los bienes.

—A mediados del siglo pasado, un pequeño número de judíos europeos emigró a la península ibérica. Aquí incluyo Ceuta y Melilla, que forman parte del protectorado español en Marruecos. Sin embargo, incluso con esa inmigración, solo había alrededor de un millar de judíos en España. Hoy en día, la cifra es inferior a siete mil. Por cierto, lo mismo puede decirse de otras razas consideradas inferiores. Solo alrededor del cinco por ciento de la población española es musulmana y otro dos por ciento son gitanos. Mi punto es que apoyar a uno u otro bando en su guerra civil no encaja realmente con nuestra plataforma antisemita.

—Volviendo a la cuestión inicial de Jock: aún no veo que haya surgido un vencedor claro de estos encarnizados combates. El sitio de Madrid comenzó el mes pasado y apenas hay indicios de que vaya a terminar pronto. Ha habido numerosas bajas en ambos bandos, pero hasta ahora se han limitado principalmente al pueblo español. Las Brigadas Internacionales apenas empiezan a hacerse notar. Además, la prensa especula con que Alemania y quizá incluso Italia podrían aportar tropas y armas para apoyar a los nacionalistas. A mi juicio, la probabilidad de que cualquiera de esos países intervenga es extremadamente remota. Ambos tienen suficientes problemas internos y ambiciones territoriales en otros lugares como para que España ocupe un lugar muy bajo en sus prioridades.

Blakeney se sentó y dio un sorbo a su champán.

Jock dio las gracias a RBD por su perspectiva histórica.

—¿Alguien más quiere añadir algo?

El teniente coronel Graham Seton Hutchinson se puso en pie.

—Si me permiten. Además de mi trabajo para la Nordic League, fundé el National Workers Party. He reclutado a miembros de la clase obrera y los he persuadido de adoptar una postura progermana y antisemita. He animado a mis afiliados a apoyar el programa nacionalsocialista para librar a Europa de los judíos y, al mismo tiempo, ampliar la hegemonía europea de Alemania. El East End de Londres ha sido un terreno muy fértil para el reclutamiento. El problema es que, como ha señalado Jock, cientos de trabajadores en paro se han alistado en las Brigadas Internacionales. La mayoría procede de militantes sindicalistas de Gales, Escocia y el norte de Inglaterra. Muchos son mineros que participaron en la Huelga General de 1926 y, en consecuencia, apoyan las absurdas políticas izquierdistas del Labour Party. A eso hay que añadir el Communist Party of Great Britain. Se formó en 1920 como resultado de la fusión de varios grupos marxistas. Hoy cuenta con más de cincuenta mil afiliados. Curiosamente, he conseguido convencer a muchos de ellos para que se unan a mi NWP y apoyen económicamente nuestras iniciativas, probablemente porque están de acuerdo con nuestras políticas antisemitas y antiinmigración.

—Jock hizo bien en convocar esta reunión. Tenemos que situarnos en el lado correcto de esta guerra civil para garantizar que mi afiliación siga creciendo y que logremos nuestros objetivos a largo plazo. Permítanme ser claro: si se declarara la guerra entre Alemania y Gran Bretaña, daré instrucciones a mis miembros para que se alineen con la Alemania nazi.

Los miembros del Comité Ejecutivo se pusieron en pie y aplaudieron la reflexión final de Seton Hutchinson.

Jock preguntó:

—¿Algún miembro de nuestro comité quiere decir algo antes de que procedamos a una votación formal sobre si debemos alinearnos públicamente con los nacionalistas españoles o con los republicanos?

Como nadie intervino, Jock dijo:

—¿Alguno de los observadores oficiales desea hacer algún comentario?

Kim Philby se levantó.

—He aceptado un nombramiento como corresponsal extranjero de The Times para cubrir la Guerra Civil española. En febrero pienso viajar a Madrid y, gracias a mis credenciales de prensa, tendré acceso a los dirigentes de ambos bandos del conflicto. Sería un privilegio ser los ojos y oídos de la Nordic League en España. Para que lo sepan, también informaré de mis impresiones a la Anglo-German Fellowship. Intentaré evaluar si los nacionalistas, en caso de conseguir retomar el control del gobierno español, piensan alinearse con Alemania. Por lo oído esta noche, eso sería de máximo interés para la NL.

La sala aplaudió la oferta de Kim.

Jock dijo:

—Kim, acepto, y espero con interés tus impresiones. Debo pedirte que no te pongas en contacto conmigo directamente, ya que es probable que el Home Office esté vigilando nuestro correo y nuestros teléfonos.

Jock hizo una pausa y luego se dirigió a James.

—Teniendo eso en cuenta, ¿estarías dispuesto a actuar como intermediario entre Kim y la NL? Sé que os conocéis desde hace años, desde los tiempos en que erais estudiantes de grado en Cambridge. Podrías recibir las impresiones de Kim y transmitírnoslas en nuestras reuniones. Estoy convencido de que, como incorporación reciente a la Nordic League, el SIS difícilmente tendrá noticia de tu afiliación.

James se levantó.

—Encantado de aceptar. Debo añadir que mi instinto es apoyar a cualquier bando que se alinee con Alemania y logre derrotar al marxismo. Como los demás, no creo que aún tengamos información suficiente sobre la postura que podrían adoptar en el futuro los generales españoles. Su aparente aceptación de los judíos y otras razas inferiores resulta preocupante, aunque acabamos de saber que representan solo un segmento diminuto de la población. Lo ideal sería que, una vez los nacionalistas hayan derrotado a los republicanos de izquierdas, prestaran su apoyo a los países del Eje, quizá incluso uniéndose a ellos para aislar geográficamente a Francia. Kim ha ofrecido una vía a seguir, ya que es evidente que necesitamos más información en la que basar nuestra decisión. Es importante que la Nordic League siga siendo percibida como nacionalistas británicos respetables.

James hizo una pausa y continuó:

—En realidad, tengo una reflexión más. Todos sabemos que Gibraltar es vital para nuestro papel en el mantenimiento de la dominancia de la Royal Navy. Hace unas semanas estuve en Berlín. Allí me reuní con el Sturmbannführer Rudolf Bamler, jefe de la sección de contraespionaje de la Abwehr. En esa reunión propuse la siguiente estrategia: si Gran Bretaña entrara en una guerra europea del lado del Eje o incluso decidiera permanecer neutral, podríamos apoyarlos utilizando la Royal Navy para regular la entrada al Mediterráneo. Permitirían que buques de guerra de la Kriegsmarine y de la Regia Marina entrasen y atacasen el sur de Francia, cerrando de hecho el concurrido puerto de Marsella. Al mismo tiempo, la Kriegsmarine podría impedir prácticamente cualquier ataque por mar contra casi todo el territorio italiano.

Jock dijo:

—Un excelente análisis. Ahora me gustaría convocar una votación formal. A la luz de la discusión de esta noche, tenemos tres posibles cursos de acción. Primero, poner nuestro peso político y financiero detrás de una campaña de apoyo a los nacionalistas. Segundo, utilizar nuestra influencia para apoyar al bando republicano. Y tercero, esperar y observar, bien aplazando la decisión quizá unos seis meses, cuando Kim nos haya transmitido sus informes, o bien decidir antes si se hace evidente que va a surgir un vencedor. Desde luego, no queremos apostar por un perdedor, aunque su ideología no coincida exactamente con nuestro propio programa.

La votación fue unánime. Los catorce miembros del Consejo Ejecutivo decidieron mantener una postura de esperar y ver durante la primavera de 1937.

En la cena, James se sentó junto a Philby. James preguntó:

—Entonces, Kim, ¿sigues involucrado en el rescate de refugiados judíos?

—Por desgracia, no. Ahora que las fronteras alemana y británica están prácticamente cerradas a cal y canto, se ha convertido en una causa perdida. Como editor de The Anglo-Russian Trade Gazette, llevo meses intentando conseguir una entrevista con Joachim von Ribbentrop, el embajador alemán ante la Court of St James. Por alguna razón, su oficina no devuelve mis llamadas.

—¿Sigues vinculado a los marxistas a través de los Apostles?

—Anthony Blunt, Guy Burgess, Leo Long y Donald Maclean siguen siendo amigos íntimos. Nos reunimos con regularidad para debatir la posibilidad de transformar Gran Bretaña en un estado marxista-leninista de partido único. Me temo que ese objetivo aún queda a algunos años de distancia, dado el peso del partido tory y su control de los medios de derechas. Aun así, mantengo la esperanza. Roma no se construyó en un día.

Terminada la comida, miembros y observadores se retiraron al salón para tomar oporto y brandy. James se acercó a hablar con Anthony Blunt.

—Anthony, nunca te he agradecido como es debido tu regalo de boda. Hemos colocado ese Pissarro en un lugar destacado de la biblioteca, donde la familia pasa la mayor parte de las noches.

—Lucien es un buen amigo y me alegra que el cuadro haya ido a parar a una buena casa.

—También quiero darte las gracias por ese pequeño obsequio del saquito con treinta piezas de seis peniques de plata. Tengo que decirte que esa advertencia salvó la vida de mi familia y de mis hijos. Siento curiosidad, ¿por qué decidiste ayudarnos?

—James, nos hemos hecho amigos íntimos en estos últimos años, desde nuestro tiempo en los Apostles. Estoy seguro de que te das cuenta de que soy un marxista convencido. Un ataque a Woburn por parte de soldados de las Waffen-SS no habría servido de nada útil en nuestra lucha por convertir Gran Bretaña en un estado marxista. Nuestro objetivo es unificar Europa bajo la bandera rusa. Hitler es un fascista y, solo por eso, será para siempre nuestro enemigo. Suponemos que, en algún momento, decidirá atacar Rusia. Para Alemania sería un error táctico y estratégico luchar en dos frentes. Dados sus evidentes planes de anexionarse países de Europa oriental, atacar en su momento a Francia y aislar a Gran Bretaña, conviene a los intereses a largo plazo de la madre Rusia que fracase. Si fuera derrotado por Gran Bretaña o incluso derrocado por el propio pueblo alemán, la Unión Soviética podría entonces emerger como la fuerza dominante en Europa y, con el tiempo, en el mundo. Estamos jugando una partida de ajedrez, no la versión chapucera de las damas que practica Hitler.

James no había cambiado de opinión sobre Blunt. Era extraordinariamente inteligente y bien relacionado, pero al mismo tiempo estaba completamente loco.

Blunt aún no había terminado.

—James, ¿estás libre la semana que viene?

—¿Qué tienes en mente?

—Me gustaría organizar un almuerzo en el East India Club para presentarte a unos amigos míos.

—En realidad, yo también soy socio. Los Old Alleynians, es decir, los antiguos alumnos de Dulwich College, solemos ser invitados a unirnos.

—¿Te parece bien el miércoles a la una?

—Allí estaré.

Cuando Blunt se excusó para ir a charlar con Philby, James cruzó la sala para hablar con Jock Ramsay.

—Jock, gracias por invitarme a esta reunión crucial.

—No tienes por qué darme las gracias, eres un miembro valioso de mi Comité Ejecutivo. Más bien debo agradecerte tu aportación hacia el final del debate. ¿Estarás disponible para reuniones en el nuevo año?

—Por supuesto. Sin embargo, en marzo mi esposa y yo pensamos viajar a nuestro viñedo en Borgoña. Tenemos que asistir a un par de bodas, así que puede que estemos incomunicados durante un mes más o menos. Siempre puedes dejar recados con Jarvis, mi mayordomo en Woburn. Ahora debo coger el último tren desde Waterloo.

—Haré que mi ayuda pida un taxi.

Con esto, James recogió su abrigo y su sombrero fedora y esperó a que llegara el taxi negro.

Capítulo 7

Domingo, 29 de noviembre – River Wey Millpond

Por primera vez desde el bautizo, las dos parejas asistieron al oficio dominical en St Paul's con sus bebés. Peets llevó a Humphrey y Dorothy en el Daimler. Aunque hacía aire, James y Donald empujaron a los niños en sus cochecitos. Como siempre, Bea se separó de la familia y se puso la sotana para cantar con el coro del presbiterio.

Tras el servicio, Peets los esperaba en el aparcamiento de la iglesia. Guardó los cochecitos en el maletero del Daimler y llevó a Dorothy, Louise, Bea y los bebés de vuelta a Woburn. Los hombres se encaminaron al George para tomar sus acostumbradas copas de domingo y charlar con los parroquianos. Después regresaron andando hacia Woburn. Como los domingos no circulaban trenes de cercanías, las verjas de la vía férrea estaban abiertas. Pasaron junto a la recién instalada baliza Belisha, que ofrecía un paso seguro a los peatones que quisieran entrar en Addlestone desde Woburn Hill.

Para completar los rituales dominicales, Jarvis sirvió asado de buey de Woburn con los acompañamientos habituales: Yorkshire pudding, zanahorias glaseadas con miel, champiñones Portobello y patatas salteadas. La comida se acompañó con varias botellas de Clos des Chênes de su viñedo de Borgoña. Humphrey y Dorothy subieron a su cuarto para echar la habitual siesta de después de comer, mientras los demás decidieron dar un paseo vespertino. Louise propuso llegar hasta el estanque del molino para poder dar de comer a los patos de Berbería. Bien abrigadas, las dos parejas caminaron hacia el río Wey. Louise y Donald charlaban en español sobre los objetos cotidianos que veían por el camino. Cuando llegaron, Louise abrió la bolsa de migas de pan que la

Cocinera le había entregado antes de salir. Tras alimentar a los patos, se sentaron a una mesa de picnic. A pesar del frío, James les contó la reunión de la Nordic League de la noche anterior.

—Los miembros votaron por adoptar una postura de esperar y ver con respecto a la Guerra Civil española. Quieren estar razonablemente seguros de quién va a ganar para no dejar constancia de que apuestan por un caballo perdedor. Incluso si los nacionalistas acaban siendo los vencedores, no lograron ponerse de acuerdo sobre hasta qué punto España se alinearía con Alemania. Dejaron claro que, si los generales españoles manifestaban públicamente su apoyo a Alemania, ya fuera uniéndose formalmente al Eje o anunciando de manera informal su coincidencia política, estarían dispuestos a respaldar a los nacionalistas. Una cosa que podría afectar a nuestro viaje es que Kim Philby estaba en la reunión como observador de la Anglo-German Fellowship.

Donald lo interrumpió:

—¿Quién es, exactamente?

—Estuvo en Trinity un par de años por delante de mí. Como miembro de los Apostles, es un marxista convencido y, por tanto, diametralmente opuesto a Hitler. Lo interesante es que estará en España el año que viene como corresponsal extranjero acreditado de The Times. Ha aceptado informar de sus impresiones tanto a la Nordic League como a la Anglo-German Fellowship. Como Jock Ramsay sospecha que le intervienen los teléfonos, Philby piensa utilizarme a mí para hacer llegar sus mensajes a la Nordic League.

Louise se levantó y se fue a otra mesa.

Tras encajar la noticia de James, Donald retomó las lecciones de idioma. Mirando a Louise, preguntó:

—¿No crees que debería hablarles a James y Bea un poco sobre las peculiaridades de la locución?

Como Louise guardó silencio, continuó:

—En esta misión no necesitaréis escribir en español, pero sí pronunciar bien las palabras cuando respondáis a preguntas, ser capaces de leer los letreros y pedir las comidas en los restaurantes. Permítanme darles un par de ejemplos de rarezas de pronunciación. La doble ele en una palabra como paella, el plato de arroz con pollo y marisco, se pronuncia como una Y. Lo mismo ocurre en palabras como llave, que significa key, amarillo, el adjetivo masculino para el colour yellow, llegar, que es el verbo to arrive, taller, que significa workshop, y cuchillo, knife. Cada vez que vean una palabra con doble ele, pronúncienla como una Y.

Donald daba por hecho que Louise intervendría e incluso tomaría el relevo en la explicación. Sin embargo, parecía ensimismada, observando atentamente a los patos acicalándose las plumas.

Donald siguió con la lección:

—Las palabras españolas, en general, tienen un énfasis idéntico en cada sílaba. Si son polisílabas, lo habitual es colocar el acento en la tercera sílaba. Existen tres tipos de signos diacríticos. Primero está el acento habitual. Ejemplos de esto son café, que se traduce como coffee, miércoles, que es Wednesday, y sábado, Saturday.

Una vez más, Donald echó un vistazo a Louise, que seguía sin hacer caso a su explicación.

—El español también tiene la diéresis. Son dos puntos, igual que la umlaut alemana. Solo se usa sobre la letra U. Significa que las dos vocales adyacentes se pronuncian como diptongo. Dos ejemplos son vergüenza, que significa shame, y lingüística, que se traduce como the study of linguistics. No hay muchas palabras de este tipo, así que probablemente no deban preocuparse demasiado por eso.

—Por último está la tilde. Es una pequeña virgulilla que solo se usa sobre la letra N. España es un ejemplo. Cambia la pronunciación de una simple n a ni-ya, del mismo modo que pronunciarían la «ni» en onion.

—Recuerden lo que Louise les dijo ayer. Todas las vocales españolas, salvo las excepciones que acabo de mencionar, se pronuncian de manera idéntica. Cuando nos oigan hablar, deberían ser capaces de identificar las vocales y las consonantes, y luego deducir la grafía. Como dijo en su día Louise, procuren fijar en la cabeza el sonido de la lengua. Si no suena bien, es que no está bien.

Por fin, Louise se levantó y volvió a sentarse con ellos en la mesa.

—He estado pensando. Cuando vayamos a España, se nos ha encomendado hablar con ambos bandos del conflicto. James nos ha contado que Philby será reportero de The Times. Deberíamos conseguir unas credenciales similares. Nos ayudarían a pasar los controles en la frontera y también harían posible concertar reuniones con representantes de los dos bandos de la guerra.

James dijo:

—Se me ocurre una idea. El año pasado, Keynes ayudó a que Charles Scott te apoyara a ti y a Bea con la Academia de Dublín. Como editor del Manchester Guardian, él y Keynes son miembros del Partido Liberal y amigos íntimos. ¿Por qué no subo yo la semana que viene a King's, me reúno con Richard y con Keynes y veo si podrían gestionar credenciales de prensa para los cuatro?

Louise hizo una pausa.

—Pero no pueden ir a vuestro nombre. La última vez que tú y Donald entrasteis en Alemania para asistir a los Juegos Olímpicos de Berlín, usasteis vuestros propios pasaportes. Como consecuencia, los nazis os conocen bien a ambos, y para ahora deben de tener una presencia importante en España. Es evidente que necesitaremos pasaportes británicos de apoyo para que esto funcione.

Donald intervino:

—Si te pones en contacto con Richard y Sybil, estoy seguro de que ellos podrían recurrir al Foreign Office para poner en marcha la maquinaria.

Louise prosiguió:

—Además de las credenciales de prensa del Guardian, deberíamos tener identidades de reserva por si nos descubren en algún punto del viaje. Donald, ponte en contacto con tu sección de falsificación del MI6 y haz que produzcan pasaportes alemanes para que los usemos en caso de emergencia. Lo digo porque todos hablamos alemán y ya hemos pasado por arios en nuestro viaje a Múnich.

—Louise, no podemos usar nuestras viejas identidades de oficiales alemanes. ¿Qué haríamos en España estando fuera de uniforme?

—Donald, por favor, presta atención. En lugar de esas, tendrás que conseguir que tus falsificadores del MI6 preparen cuatro juegos de documentos, quizá identificándoos a ti y a James como hombres de negocios alemanes. El motivo declarado de vuestra visita a España podría ser negociar contratos para acceder a la abundante riqueza mineral de Cantabria, Asturias, Galicia y el País Vasco. Esas provincias son ricas en mineral de hierro, zinc, cobre, plomo, níquel, mercurio, petróleo crudo y gas natural. Lo ideal sería que crearan identidades que os presentaran como directores de empresas alemanas que suministran material a la Wehrmacht. He leído recientemente que tanto Francia como Polonia han prohibido la exportación de estas materias primas a Alemania.

—Louise, ¿conoces el nombre de alguna de esas empresas que operan en España?

—Obviamente no, pero deben existir. Habría pensado que tu propio departamento del MI6 tiene contactos capaces de proporcionar nombres de empresas que producen material militar para la Wehrmacht.

Con el plan trazado, regresaron andando a Woburn, siguiendo la conversación en español.

Jarvis les ayudó con los abrigos.

—¿Puedo suponer que desean unirse al coronel y a su esposa para el aperitivo?

Más tarde, ya en la cama, Louise dijo:

—James, cariño, he estado pensando. Incluso después de conseguir dos juegos de identidades alternativas, deberías llevar también tu carnet de afiliado al Partido alemán, tu Soldbuch y tu Sippenbuch. Todos llevan fotografía y demuestran que eres ario puro. Dile a Donald que haga lo mismo.

—¿Pero por qué?

—Solo una corazonada.

Dicho esto, le dio un beso, se giró hacia la izquierda y se quedó dormida.

CAPÍTULO 8

LUNES, 30 DE NOVIEMBRE – BROADWAY BUILDINGS

A primera hora del lunes por la mañana, Donald tomó el primer tren de cercanías a Waterloo y luego un taxi hasta su oficina de Westminster. Tras ponerse al día con el personal de su sección de Alemania, pidió a su secretaria que le concertara una cita con su jefe, Sir Hugh Sinclair. A las once en punto, Donald subió a la segunda planta y llamó a la puerta del despacho de Sinclair. Su secretaria lo acompañó hasta el despacho interior.

—¿En qué puedo ayudarle, Hutchinson?

—Quisiera hablar de nuestra propuesta de incursión en España. Como debería saber por mi expediente, obtuve un sobresaliente en Lenguas Modernas en Oxford. Es probable que no sepa que la agente del MI5 Louise Harcourt-Heath obtuvo un notable alto en Lenguas Modernas en Cambridge. Además, mi esposa es una auténtica lingüista por derecho propio. Ella y el marido de Louise, James Harcourt-Heath, están aprendiendo español con clases diarias que Louise y yo organizamos.

—Me alegra saber que están llevando bien el asunto. Dicho esto, no tengo nada claro por qué ha pedido esta reunión. Podría haberme hecho llegar esa nimiedad en una nota interna. Soy un hombre bastante ocupado, ya sabe.

Haciendo caso omiso, Donald continuó:

—Louise ha sugerido que entremos en España con credenciales de prensa proporcionadas por el buen amigo de Keynes, Charles Scott, el editor del Manchester Guardian.

—De hecho, iba a sugerir algo por el estilo yo mismo.

—Louise propuso que usáramos alias, dado que nuestros nombres son conocidos en la jerarquía nazi. Es perfectamente posible que, en nuestras conversaciones con los nacionalistas, nos encontremos con funcionarios civiles alemanes o incluso con miembros de sus fuerzas armadas que intenten comprobar nuestras identidades en los archivos nazis. Aunque nuestro consulado en Madrid funciona con una plantilla mínima, tengo entendido que los alemanes cuentan con una embajada plenamente operativa en la capital. Para que este ardid funcione, necesitaremos pasaportes con nombres falsos que correspondan a nuestras credenciales de prensa. Lo que me gustaría es que se pusiera en contacto con el Foreign Office y lograra que prepararan los documentos para los cuatro. Antes de que lo pregunte, ni siquiera hemos considerado posibles alias, ya que pensé que debía someterle la idea antes de ver si siquiera sería viable.

—Déjelo en mis manos y le diré algo dentro de un día o dos.

Sir Hugh se levantó, indicando que la reunión había terminado. Donald siguió sentado.

—Una cosa más: Louise también sugirió que, dado que trataremos de descubrir si hay presencia nazi en España, deberíamos tener papeles de respaldo que nos identifiquen como alemanes auténticos. Propone que, puesto que hablamos alemán con fluidez y colectivamente pasamos por Herrenvolk cuando estuvimos en Múnich, también dispongamos de documentos que identifiquen a James y a mí como industriales alemanes. Mi departamento sabe que actualmente hay varias empresas alemanas importando materias primas de España para contribuir a los objetivos de producción de la Wehrmacht. Lo ideal sería que nuestras identidades correspondieran a hombres de negocios cuyas empresas estén implicadas en la fabricación de material militar. Necesitaremos falsificaciones fidedignas de pasaportes alemanes así como documentación de apoyo, que incluiría tarjetas de residencia, permisos de conducir y, sobre todo, los cuadernillos rojos de afiliación al NSDAP con nuestras fotos y firmas. Lo que le pregunto es si los falsificadores del MI6 tendrían tiempo de producir estos ocho juegos de documentos.

—Haré los arreglos necesarios. ¿Qué nombres usarán ustedes cuatro?

—Creía haber sido claro: aún no lo sé. Suponiendo que cuento ya con su aprobación, me pondré en contacto con mis agentes en Alemania para ver si pueden localizar hombres de negocios casados que sean de edad similar a la de James y a la mía. Eso puede llevar una semana aproximadamente. Volveré a hablar con usted cuando haya elegido nuestros objetivos.

Ambos se levantaron y Donald regresó a su despacho. De inmediato ordenó a Harry Pierce, su segundo al mando, que contactara con sus agentes en Alemania para obtener perfiles de hombres de negocios alemanes que encajaran con la edad, estado civil y descripciones de empresa previstos.

Después de cenar en Woburn, Donald puso a la familia al corriente de las gestiones que había puesto en marcha.

—Louise, mi jefe ha aprobado tus planes. Él se encargará de conseguir pasaportes británicos que correspondan a nuestras identidades de prensa y luego dará instrucciones a los falsificadores del MI6 para que produzcan pasaportes alemanes para los cuatro. He ordenado a mi sección de Alemania que identifique nombres de industriales alemanes casados que tengan aproximadamente nuestra edad. Cuando hayan encontrado esos nombres, los falsificadores del MI6 podrán empezar a trabajar en nuestro segundo juego de papeles.

Humphrey dijo:

—Sabes cuál es mi opinión. Sé que sois espías experimentados y que queréis ayudar a nuestro país en la lucha contra el fascismo, pero, maldita sea, esta misión es peligrosa.

Louise guardó silencio.

Donald dijo:

—Nuestros papeles serán estrictamente pasivos. Estaremos en España únicamente para observar e informar. No tenemos intención alguna de implicarnos en los combates y siempre nos mantendremos a una distancia segura de cualquier frente. Nuestras identidades británicas de prensa nos otorgarán el estatus de no combatientes que se reconoce a la prensa internacional.

—Con nuestras identidades alternativas como industriales alemanes, los nacionalistas nos recibirán como hombres de negocios alemanes cuyo objetivo es enriquecer a España exportando su abundante riqueza en materias primas a cambio de Reichsmarks.

El lunes por la tarde, James llamó a Richard y concertó una reunión para la mañana siguiente. Preguntó si John Maynard Keynes podría estar presente. La reunión se fijó para las once.

CAPÍTULO 9

MARTES, 1 DE DICIEMBRE – GIBBS' BUILDING

En la mesa del desayuno, la familia comentó la noticia principal de The Times. Trataba de un incendio que había destruido la estructura de vidrio y hierro colado del sur de Londres llamada Crystal Palace.

Como lectora ávida, Louise disfrutaba siempre compartiendo sus conocimientos.

—En origen, se levantó en Hyde Park como pieza central de la Gran Exposición de 1851. Se utilizó para exhibir ejemplos de nuevas tecnologías de todo el mundo desarrolladas desde el inicio de la Revolución Industrial. Tuvo un éxito enorme. En los seis meses que estuvo abierta, más de seis millones de visitantes entraron en Hyde Park. Eso equivalía a un tercio de toda la población de Gran Bretaña. Cuando terminó la exposición, la estructura de hierro y vidrio se desmontó y volvió a erigirse en Penge Peak, junto a Sydenham Hill.

James añadió:

—Mientras Margie y Bea estudiaban en la James Allen Girls' School en East Dulwich y yo era interno en el cercano Dulwich College, solíamos subir allí los domingos por la tarde para disfrutar de las vistas y de cucuruchos de helado de dos peniques. Estaba a solo cinco minutos en autobús desde ambos colegios.

Después del desayuno, James y Louise dejaron a Donald en la estación de Addlestone para que pudiera tomar el tren de cercanías de la mañana a Waterloo. Tras atravesar Londres en coche, enlazaron con la A10 hacia Cambridge. Después de aparcar frente al pub Mitre, se dirigieron al piso de Richard, en la segunda planta de Gibbs'. James llamó a la puerta de Richard y oyeron su habitual grito:

—Come.

Sybil Fergusson y Keynes ya estaban sentados.

Louise comenzó:

—Quisiera que quedara claro. ¿Quieren el MI5 y el MI6 que entrevistemos a los dirigentes de ambos bandos del conflicto español?

Richard respondió:

—Así es. El Gobierno de Su Majestad necesita con urgencia saber qué bando lleva la delantera. El Primer Ministro desearía conocer vuestra valoración sobre cuándo podría terminar y qué parte acabará imponiéndose. En esencia, Stanley Baldwin quiere saber si la breve democracia española va a sobrevivir o si los nacionalistas devolverán España al fascismo con un barniz monárquico. Si eso ocurriera, nos preocupa que los generales se sumen al Eje germano-italiano. Aunque España siguiera técnicamente neutral, como indican nuestros informes actuales, podría ayudar de forma pasiva a Hitler en su objetivo de dominar Europa. Como Sybil y yo seguimos perfilando nuestros planes para vuestra incursión en España, no veo claro por qué habéis pedido esta reunión.

Louise prosiguió:

—Entre todos creemos haber ideado un plan que nos permitiría entrar en España con seguridad, viajar libremente para hablar con ambos bandos y regresar sanos y salvos a Inglaterra.

—Continúa.

—Propongo que lleguemos a la frontera española con dos juegos de identidades falsas. Actualmente, se concede a la prensa internacional libertad para entrar y viajar por el país, según lo permita la lucha. Nos gustaría obtener credenciales de prensa que indiquen que somos reporteros del Manchester Guardian.

Louise se volvió hacia Keynes:

—Cuando Bea y yo fundamos nuestra Women's Academy en Dublín, usted tuvo la amabilidad de conseguir que Charles Scott, el editor del Guardian, respaldara nuestro proyecto. ¿Podría pedirle que emita pases de prensa oficiales para los cuatro, a nombre de periodistas acreditados de su plantilla?

Keynes sonrió.

—Déjenmelo a mí.

James dijo:

—Nuestro segundo juego de documentos de identidad nos presentaría como industriales alemanes que viajan con sus esposas. No pensamos usar nuestros nombres reales, ya que somos bien conocidos de la burocracia nazi a raíz de nuestras incursiones anteriores en Alemania. Sabemos que hay centenares de hombres de negocios alemanes que buscan activamente contratos con empresas españolas para suministrar metales y materias primas estratégicamente vitales a la Wehrmacht.

—La sección de Alemania del MI6 que dirige Donald ha empezado a identificar empresarios alemanes de edad aproximada a la nuestra. Una vez haya elegido los nombres de dos parejas, los falsificadores del MI6 han aceptado producir documentos de identidad, pasaportes y cuadernillos de afiliación al Partido Nazi que resistan los controles en la frontera y, si fuera necesario, en oficinas gubernamentales españolas y alemanas.

Richard dijo:

—Parece que lo tenéis muy encarrilado. Avisadnos si necesitáis algo más.

Louise añadió:

—En realidad, necesitaremos un medio de transporte. Puesto que parte de nuestro disfraz será el de industriales alemanes, deberían proporcionarnos un Mercedes lo bastante grande como para llevarnos a los cuatro y nuestro equipaje.

—Os avisaré cuando encontremos un automóvil adecuado.

De vuelta en Woburn, James y Louise se sentaron a un almuerzo tardío. Después, ambos se unieron a Humphrey en la biblioteca. Mientras él estaba sentado a su escritorio escribiendo una carta, James lo puso al día de sus planes para entrar en España con múltiples juegos de identidades. Louise le explicó sus objetivos en cuanto a intentar determinar qué bando podría ser el ganador final y qué efectos tendría eso en los actuales alineamientos europeos.

Louise añadió:

—También quieren que intentemos determinar el posible impacto que pueda tener cualquier alianza potencial sobre los intereses británicos en Gibraltar. Da la impresión de que Stanley Baldwin está decidido a mantenerse neutral. A mí, personalmente, me duele ver esta carnicería sin sentido prácticamente en la puerta de casa.

Humphrey decidió intervenir:

—Según la prensa, esta guerra civil se está convirtiendo en una contienda sangrienta que separa a personas que se han conocido toda la vida. A diferencia de conflictos europeos anteriores, esas divisiones no parecen basarse en diferencias étnicas o religiosas. Esta vez, la brecha parece girar en torno a la riqueza. No sorprenderá a nadie que las clases media y alta apoyen a los nacionalistas. Lo que resulta anómalo es que una parte considerable de los aldeanos empobrecidos también esté optando por apoyar a los nacionalistas, que sin duda los desprecian por completo. No es de extrañar que estos campesinos míseros estén enfadados. Han sido abandonados, reducidos en la práctica a la condición de esclavos económicos al servicio de las clases terratenientes. Sin embargo, algunos parecen haberse dejado convencer de que los generales son sus salvadores, que velarán desinteresadamente por ellos si se limitan a obedecer sus órdenes y repetir el credo del partido nacionalista. Y este mismo argumento lo pregonan los sacerdotes, que aseguran a sus feligreses que el único camino hacia la salvación pasa por apoyar a los generales y a la Iglesia católica, presumiblemente por ese orden. Es como si se hubieran incorporado a una secta. Si los nacionalistas acaban venciendo, sus partidarios empobrecidos serán, una vez más, abandonados a su suerte. Me resulta desconcertante. Al apoyar a los generales, los pobres en realidad actúan en contra de sus propios intereses. No creo haber visto nada igual. Por mis estudios de historia en Cambridge y en Sandhurst, y por mi vida en el ejército, no recuerdo una guerra europea que no se haya originado en una ruptura entre la Iglesia católica y diversos bandos rivales. En distintos momentos, los enemigos de la Iglesia fueron musulmanes, mongoles y herejes, incluidos los cátaros y los husitas checos. A esto se añade cualquier grupo al que consideraran pagano, es decir, cualquiera que se opusiera al obispo de Roma. Eso nos incluía a nosotros, los británicos, en tiempos de Enrique VIII.

James coincidió con el análisis de su abuelo.

Nadie se sorprendió cuando Louise discrepó.

—Humphrey, no creo que esta situación sea históricamente única. Los oligarcas siempre han sabido persuadir a los pobres y a los ignorantes para que los sigan, a base de promesas, diciéndoles que son especiales y que serán recompensados por su fidelidad a unos gobernantes supuestamente benévolos, pero absolutos. Las guerras siempre las pelean los pobres, que son tratados como carne de cañón, mientras los ricos permanecen seguros en casa, lucrándose con la venta de armas y municiones.

Durante la cena, Donald puso al tanto a los demás.

—Con nuestras identidades dobles, nos permitirán entrar en España, concertar entrevistas con ambos bandos y regresar sanos y salvos.

Humphrey preguntó:

—¿Cuándo pensáis marcharos?

Louise respondió:

—Tardarán unos meses en confeccionarse nuestros dos juegos de documentos y en comprar un automóvil adecuado a nuestro nombre. Yo diría que saldremos a finales de marzo. De camino a España, nos detendremos en Morey-Saint-Denis. Pasaremos una semana, quizá algo más, con Michel y Louisa, que nos pondrán al día sobre nuestro negocio del vino. También hemos prometido asistir a la boda doble de Élisabeth y Catherine.

Humphrey preguntó:

—¿Y ellas son...?

Bea respondió:

—Son las dos chicas del orfanato que conseguimos rescatar en agosto pasado del principal hogar Lebensborn a las afueras de Múnich. Han estado viviendo con Michel y Louisa y, al mismo tiempo, aprendiendo el negocio del vino. Ahora están prometidas con dos muchachos de la zona cuyos padres son propietarios de un établissement vinécole cercano.

Cuando terminó la cena, la familia se retiró a la biblioteca. Humphrey dijo:

—No sé si alguno de vosotros se fijó en que la semana pasada el obispo de Bradford pronunció un discurso en su conferencia diocesana. Dijo, con bastante claridad, que nuestro Rey necesitaba «gracia divina» para demostrar que era consciente de la crisis inminente de nuestra monarquía. Con esto, ya se ha hecho pública la posibilidad de que el Rey pueda abdicar para casarse con esa cazafortunas, dos veces divorciada, socialité americana, Wallis Simpson.

Louise dijo:

—Si llegara a celebrarse un matrimonio morganático de ese tipo, impediría que la posición y los privilegios del rey Eduardo pasaran a la señora Simpson o a cualquier hijo que pudiera nacer de su unión. A veces se le llama matrimonio de la mano izquierda y ha sido frecuente en los países prusianos. Dada la fuerte influencia germánica en nuestra familia real, no cabe duda de que así fue como se adoptó el principio en Gran Bretaña.

Capítulo 10

Miércoles, 2 de diciembre – East India Club

Durante el desayuno, James anunció que almorzaría con Anthony Blunt en el centro de Londres. Se cambió de ropa y condujo hasta la estación para tomar el tren de las 11:57 a Waterloo.

Cuando terminaron de comer, Dorothy dijo a su marido:

—Querido, ¿por qué no organizas una partida de golf?

Mirando por la ventana de la biblioteca, él respondió:

—Excelente idea. Hace frío, pero ha salido el sol y no sopla ni una pizca de viento.

Humphrey pidió disculpas y fue al vestíbulo para usar el teléfono.

Cuando regresó, dijo:

—Resulta que al vicecapitán le faltaba un cuarto jugador. Organiza las competiciones de los miércoles para nuestro grupo de veteranos del club. Nos llamamos The Old and Bold. Uno de los miembros ha tenido que borrarse por una cita con el médico. Cogeré mis palos y haré que Peets me lleve a St George's Hill. El partido contra Burhill empieza dentro de media hora.

Cuando Humphrey y Peets se marcharon, Dorothy dijo:

—Ahora que Humphrey está fuera de juego, pongámonos a planear su fiesta de cumpleaños.

Volviéndose hacia el mayordomo, añadió:

—Jarvis, ¿podría pedirle a mi secretaria que se una a nosotras, si no está ocupada con otras tareas?

—Desde luego, señora.

Entró la señora Peets e hizo una reverencia. Dorothy le preguntó si los preparativos para la fiesta sorpresa de Humphrey estaban encarrilados.

—Sí, señora, así es. Las invitaciones deberían llegar de la imprenta para el viernes.

El resto de la mañana lo dedicaron a intentar cerrar la lista de invitados.

Dorothy dijo:

—Además de los que ya hemos incluido, ¿no sería una sorpresa maravillosa tanto para Humphrey como para Nicholas si invitáramos al barón Baden-Powell? Fue su oficial al mando durante toda la Segunda Guerra Bóer. La prensa lo ensalzó como héroe por sus logros a lo largo de los doscientos diecisiete días del asedio de Mafeking, que culminaron con el levantamiento de Mafeking.

Louise añadió:

—Ahora se le considera un tesoro nacional por un motivo completamente distinto. Tras su regreso a Gran Bretaña en 1907, organizó el primer campamento para chicos en Brownsea Island, en medio de Poole Harbour. Después de sus éxitos iniciales con veinte muchachos, escribió Scouting for Boys, que se convirtió de inmediato en un superventas.

Louise se quedó pensativa unos instantes y luego llamó a Jarvis para que entrara en la sala.

—Sé que usted estuvo bajo las órdenes de Humphrey cuando ambos estaban destinados en Brooklands. ¿Recuerda los nombres de algunos de los oficiales subalternos que eran cercanos a él en aquella época?

—Por supuesto, señora. Se me ocurren varios a los que el coronel tomó bajo su tutela. Como suboficial mayor de regimiento retirado, puedo obtener sus direcciones y destinos actuales del Ministerio para la Coordinación de la Defensa, suponiendo que sigan en el Ejército.

Louise dijo:

—Procure mantener esto en secreto, estamos preparando una fiesta sorpresa de cumpleaños.

—Mis labios están sellados.

Durante toda la conversación de la mañana, la señora Peets había ido tomando notas.

Tras mostrar a las señoras su lista actual de asistentes, dijo:

—Tengo algunas preguntas. ¿Debo suponer que el capitán y el vicecapitán del club de St George's Hill están casados? ¿Vendrá el barón Baden-Powell acompañado de su esposa? ¿Están casados Barnes Wallis y Reginald Mitchell? ¿Forman pareja Richard Chillingworth y Sybil Fergusson? Necesitaré saberlo para hacer el plano de las mesas y organizar el alojamiento.

—Richard y Sybil no son pareja, al menos que yo sepa. Podemos suponer que bajarán juntos desde Cambridge, ya que el trimestre de Michaelmas termina esta semana. Los demás están todos casados y probablemente vendrán con sus esposas.

Después de que la señora Peets hiciera algunas anotaciones en su bloc, hizo una pausa.

—En ese caso, ahora somos treinta contando a la familia. Esto cambiará si algunos no pueden venir o si Jarvis consigue localizar a algunos de los amigos militares del coronel. Avisaré a la cocina del número aproximado. ¿Qué hay del menú?

Dorothy respondió:

—Decidámoslo ahora mismo.

Louise dijo:

—Como Humphrey ha sido el responsable del éxito del negocio de ganado de Woburn, sin duda el plato principal debería ser de ternera. ¿Qué tal un solomillo Wellington? Para eso, probablemente necesitaremos al menos ocho solomillos enteros.

Dorothy dijo:

—Estoy segura de que Cook sabrá preparar ese plato, pero no tengo del todo claro en qué consiste.

—Se toma un solomillo de ternera, se coloca sobre una cama de pâte de foie gras y champiñones. Luego se enrolla en una capa de masa quebrada, hojaldrada o de hojaldre, se glasea y se hornea. Suele servirse con una salsa de Madeira. ¿Qué hacemos con los entrantes?

—Cuando estuvimos en Burdeos, Humphrey le tomó gusto al marisco. Se deshizo en elogios con un plato de marisco variado servido en una salsa cremosa de ajo. Llevaba almejas, gambas, cigalas, vieiras y mejillones. Fue entonces cuando decidió que le gustaba el ajo.

—Estoy segura de que nuestro nuevo pescadero puede suministrarnos todos los ingredientes. Como estamos en diciembre, no hay muchas verduras de hoja. ¿Qué tal coles de Bruselas salteadas con queso de cabra, piñones y vinagre balsámico?

La señora Peets siguió tomando notas.

—Le haré saber a Cook sus preferencias en cuanto al menú. Ahora que tengo una buena idea del número, si me lo permiten, me pondré en contacto con la pastelería de Weybridge y encargaré una tarta de cumpleaños. ¿Le gusta el chocolate al coronel?

Dorothy dijo:

—Y tanto que le gusta.

—De hecho, con el número de comensales previsto, será mejor que encargue dos. Haré que decoren cada una con el número 80. Ciento sesenta velas probablemente supondrían un peligro de incendio en el comedor.

A la una, James entró en el East India Club. En la recepción lo recibió Anthony Blunt. Caminaron hasta el enorme salón-bar y Blunt lo condujo a una mesa donde estaban sentados Kim Philby, Guy Burgess y otro caballero.

Blunt hizo las presentaciones:

—James, ya conoces a Kim y a Guy, pero creo que aún no has sido presentado a Arnold Deutsch.

Mientras James le estrechaba la mano, dijo:

—Un placer.

Blunt llamó la atención del camarero y pidió una botella de champán Moet. Luego añadió:

—James, he organizado esta reunión para hablar de la posibilidad de que te unas a nosotros en nuestra misión.

—Me temo que ahora estoy bastante ocupado, totalmente comprometido con nuestra causa gracias a mi puesto en el Comité Ejecutivo de la Nordic League. Unirme a la Anglo-German Fellowship sería, en realidad, duplicar mis esfuerzos para conseguir que Gran Bretaña se alinee con Alemania.

—Querido muchacho, daba por hecho que comprendías que nuestra pertenencia a la A-GF es una cortina de humo diseñada para despistar a los fascistas dentro del establishment británico. Como pacifistas, nuestra verdadera meta es poner fin a la guerra llevando el materialismo dialéctico marxista-leninista a toda Europa. Nuestro objetivo último es sustituir el capitalismo feroz por el comunismo, para crear una sociedad humanitaria. Dime, ¿has oído hablar de Peter Kropotkin?

James negó con la cabeza, así que Blunt continuó:

—Es un pensador ruso, defensor del comunismo anarquista. Escribió: "La competencia es la ley de la selva, pero la cooperación es la ley de la civilización". En esta mesa creemos que el capitalismo, como sistema económico y filosofía política, es un callejón sin salida. A la larga, implosionará cuando la distribución de la riqueza se vuelva tan desigual que los trabajadores inevitablemente se alcen contra los oligarcas. Nuestra intención es sustituir el capitalismo de libre empresa, supuestamente no regulado, por una sociedad más amable en la que trabajadores y directivos puedan cooperar en beneficio de todos los miembros de la comunidad.

Blunt hizo una pausa mientras el camarero rellenaba sus copas de champán.

—En realidad, pensamos seguir las recetas que tú mismo expusiste en tu premonitorio escrito para los Apostles, donde proponías un Estado de partido único. Lograr ese objetivo para Gran Bretaña exigirá, inevitablemente, un proceso en dos fases.

—Primero, por vía democrática, formaremos un nuevo bloque político. Siguiendo tu sugerencia, lo llamaremos el One Nation Party. Para ganar las elecciones, apoyaremos abiertamente los principios del laissez-faire capitalista y promoveremos la idea de un gobierno que interfiera lo mínimo posible en los negocios y en la vida de la gente. Al mismo tiempo, defenderemos el protestantismo evangélico, los valores familiares, las fronteras cerradas y la supremacía blanca. Con el atractivo universal de esta plataforma populista, podremos acceder al poder por la vía de las urnas. Después, utilizaremos la autoridad recién adquirida en nombre del proletariado. Tal como propusiste en tu ensayo, nuestro primer ministro emitirá una serie de decretos que establezcan un Estado socialista de partido único. Prohibiremos los partidos de la oposición, arrestaremos a sus líderes, meteremos en prisión a los manifestantes, encerraremos a los jueces que se opongan a nuestros métodos y deportaremos a los enemigos del Estado. Como planteaste, esto incluirá a todos los residentes no blancos y no cristianos, independientemente de si son ciudadanos. Aunque esto recuerde al modo en que Hitler se hizo con el poder en 1933, nosotros lo haremos en beneficio del pueblo británico, y no de la llamada raza aria Herrenvolk de Hitler.

James dijo:

—Pero seguramente estáis en contra del capitalismo y del afán de lucro.

—En absoluto. Los marxistas entendemos que la codicia y la búsqueda de dinero y poder son impulsos humanos naturales. Partiendo de ese conocimiento, estamos dispuestos a aplicar el estímulo del beneficio a todos los aspectos de las relaciones sociales. Abandonaremos las ideas capitalistas de raíz darwinista sobre la supervivencia del más fuerte, para utilizar las ganancias derivadas de una mayor eficiencia económica en beneficio de todos y cada uno de los miembros de la sociedad. Eso incluirá a los jóvenes, a los ancianos, a los enfermos y, por supuesto, a las mujeres. Los capitalistas enfrentan sistemáticamente a los distintos estamentos de la sociedad entre sí. Una vez hayamos purgado la sociedad británica, crearemos una comunidad solidaria e integradora. Estableceremos una sociedad en la que todas las personas tengan un valor intrínseco y en la que cada miembro reciba nuestro apoyo y nuestra protección.

Blunt hizo una pausa para tomar un sorbo de champán.

—Fíjate en la llamada edad dorada de la década de 1890. Tanto en Gran Bretaña como en Estados Unidos, la inmensa concentración de renta, riqueza y poder en manos de los robber barons dio lugar a sociedades fracturadas que reproducían la estructura feudal de la Europa medieval. Lo mismo ocurrió en Francia cien años antes. Su revolución proletaria comenzó con el asalto a la Bastilla.

Mientras Blunt justificaba su apuesta por el marxismo, James no podía evitar pensar en la hipocresía evidente de este. Decía querer una sociedad inclusiva, pero solo después de expulsar a una parte considerable de la población que no se ajustaba a sus preferencias. Además, Blunt formaba parte de la élite inglesa: había estudiado en Marlborough College antes de obtener una beca para Trinity. Prosperaba gracias a sus conexiones con los ricos y con la intelectualidad culta.

Antes de que James pudiera comentar la visión de nirvana marxista de Blunt, Arnold se levantó y alzó su copa para hacer un brindis.

—James, he convocado esta reunión para invitarte formalmente a unirte al Communist Party of Great Britain. Soy una figura destacada en nuestra organización y mantengo vínculos directos con el NKVD. En una ocasión llegué a conocer al camarada Stalin.

James preguntó:

—¿Qué es ese NKVD?

—Son las siglas rusas del Comisariado del Pueblo para Asuntos Internos. En realidad, no es más que la policía secreta rusa, responsable de la seguridad interior. La semana que viene planeamos celebrar una reunión para exponer nuestros planes para contrarrestar el fascismo del Eje. Te animaría a que vinieras y contribuyeras al debate.

James asintió.

—Allí estaré, solo tenéis que avisarme de la hora y el lugar.

Blunt dijo:

—De hecho, me alegrará acoger nuestra próxima reunión. Te enviaré los detalles antes del fin de semana.

Con esto, James les dio las gracias por el almuerzo, se despidió y tomó un taxi hasta Waterloo. En el tren, tenía la cabeza hecha un lío pensando en qué podría estar metiéndose.

Esa noche, ya en la cama, le contó a Louise su reunión en el East India Club. Tras describir la filosofía comunista de Deutsch, Louise se quedó callada unos minutos.

Por fin dijo:

—James, te has topado con cuatro personas que representan una amenaza existencial para la democracia británica. Nosotros somos espías, así que debes cultivar estos contactos. En cuanto a la creencia de Deutsch de que el comunismo producirá una sociedad igualitaria, eso es una completa paparrucha. Los oligarcas de izquierdas son tan corruptos y tan corruptibles como cualquier capitán de industria capitalista. No hay diferencia real, salvo la retórica comunista jactándose de su supuesta devoción a la justicia social. Dirigen fábricas en condiciones casi esclavistas, deportan o encarcelan a los adversarios políticos, inician guerras de agresión para ganar poder y territorio, esconden sus fortunas mal habidas en paraísos fiscales, viven en enormes fincas campestres, poseen yates y ocultan sus beneficios a la Hacienda igual que cualquier capitalista egoísta. Afirman enarbolar la bandera marxista, pero eso también es un absurdo. Los ricos son casi universalmente narcisistas ególatras que justifican su existencia a base de mentiras y duplicidad.

Louise se inclinó hacia él, le dio un beso, se volvió hacia la izquierda y se quedó dormida.

Capítulo 11

Jueves, 3 de diciembre – Comedor de Woburn

Peets llevó a Donald a la estación para que tomara el tren de cercanías a Londres. Mientras el resto de la familia seguía en la mesa del desayuno, Jarvis entró en el comedor.

—Coronel, con su permiso, ¿podría encender la radio?

Humphrey asintió y Jarvis sintonizó el radiograma Sparton en la BBC Home Service. Cuando el aparato se hubo calentado, el locutor ya estaba hablando:

—... a las nueve de esta mañana, el Palacio ha emitido el siguiente comunicado: Eduardo VIII, rey del Reino Unido y de los Dominios Británicos de Ultramar, rey de Irlanda y emperador de la India, ha anunciado su intención de casarse con Wallis Simpson. God Save the King.

Humphrey dejó la servilleta sobre el plato.

—Este es, verdaderamente, un día triste para Gran Bretaña. La señora Simpson es una socialité americana infame y, de hecho, notoria. Solo se divorció de su último marido el 27 de octubre, hace apenas cinco semanas. Ese fue su segundo matrimonio, y ambos terminaron en divorcio. Como jefe de la Iglesia de Inglaterra, a Eduardo no se le permite casarse con una mujer que haya estado casada antes si su marido sigue vivo. Y ese es el caso de los dos exmaridos de Simpson.

Louise dijo:

—Este no es el único escándalo asociado con nuestro rey. Cena regularmente con Joachim von Ribbentrop, el embajador de Hitler ante la Court of St James's. Además, Eduardo ha expresado abiertamente su admiración por el Partido Nazi. Con frecuencia ha prestado el respaldo del Palacio a los planes nazis de invadir países de la Europa oriental. Ha apoyado públicamente el pretexto bastante obvio de Hitler para esa invasión, según el cual su deseo es unificar a los pueblos de habla alemana que antes formaban parte del Reino de Prusia.

Humphrey añadió:

—Me pregunto si el establishment conseguirá persuadirle de que abandone esta tontería por el bien de nuestro país y de la Commonwealth. Realmente deberíamos dar ejemplo al mundo, ya sabe.

Louise pensó que Humphrey estaba siendo a la vez ingenuo y optimista.

—Dudo mucho que eso ocurra. Nuestra familia real está acostumbrada a sus privilegios. Siempre se salen con la suya en todo lo que afecta a su riqueza, a su posición y a nuestro país.

Humphrey lanzó a Louise una mirada de soslayo y luego pidió a Jarvis que apagara la radio, que ahora emitía noticias locales.

Cambiando de tema, dijo:

—Acabo de recibir una llamada telefónica de Nicholas. Cuando él y Helen viajen a Inglaterra, se quedarán con nosotros en lugar de en su club de Londres. Aunque ha concertado reuniones en la ciudad para mediados de la semana que viene, Helen ha dicho que le gustaría quedarse aquí para conocer a nuestros bisnietos. Me gustaría aprovechar esa visita para planear nuestra próxima incursión en Francia para reponer nuestras bodegas. En nuestro último viaje nunca llegamos hasta el Loira. También tendré que abastecerme de champán. Jarvis me dice que vuestras dos bodas han mermado seriamente nuestras existencias.

Después de que Humphrey se retirara para su habitual siesta, Dorothy, James, Bea, Louise y la señora Peets fueron a la biblioteca para seguir planificando el ochenta cumpleaños de Humphrey. La señora Peets les enseñó las invitaciones impresas que habían llegado en la segunda entrega del correo de esta mañana. Dentro de los sobres grabados con la dirección de respuesta había treinta tarjetas en relieve. Dorothy tomó una y asintió al confirmar que contenía toda la información necesaria.

Decía:

«El coronel y la señora Harcourt-Heath ruegan el placer de su compañía con motivo de una fiesta sorpresa para celebrar el octogésimo cumpleaños de Humphrey Harcourt-Heath. Tendrá lugar en Woburn Hall, Addlestone, Surrey, el domingo 13 de diciembre. Siete para las ocho. R.S.V.P.»

La señora Peets mostró a Dorothy la lista de quienes recibirían invitación.

Dorothy dijo:

—Alice, por favor, dirija las invitaciones y llévelas al correo esta tarde.

La señora Peets hizo una reverencia y añadió:

—Por el momento son veintiocho invitados, sin contar a los cuatro niños.

Dorothy pidió a Jarvis que entrara en la biblioteca.

—¿Ha conseguido ponerse en contacto con William Ironside, el general Baden-Powell, Barnes Wallis y Reginald Mitchell?

—Con su permiso, llamaré al señor Wallis y al señor Mitchell. Conocí a ambos cuando estaba destinado en Brooklands. Nunca he conocido al general Baden-Powell, pero intentaré localizarlo para saber si estará en el país y desea asistir. Sé que pasa la mayor parte del tiempo en Kenia. Me puse en contacto con el general de brigada William Ironside, pero aún no he recibido respuesta.

Capítulo 12

Viernes, 4 de diciembre – Chertsey Meads

Después de la comida del mediodía, Louise informó de los avances en la organización de la fiesta.

—Nicholas ha confirmado que él y Helen tienen previsto llegar a la estación de Euston el próximo lunes. Peets podría ir a recogerlos, o quizá Donald podría tomarse el día libre para traerlos a Woburn. Richard y Sybil han aceptado la invitación. Ninguno de los dos conduce, así que les he dicho que iré a buscarles a la estación de Addlestone. Christina y Johann Sherman han confirmado que asistirán con Daniel y Sarah.

Louise añadió:

—También he hablado con el capitán y el vicecapitán del club de golf de Humphrey, y ambos han dicho que ellos y sus esposas no se lo perderían por nada del mundo. He llamado a mi tía y a mi tío y me han dicho que ya han hecho los arreglos de viaje desde Francia, pero que llegarán el día antes de la fiesta. Como es un viaje tan largo, han preguntado si podrían quedarse hasta después de Año Nuevo.

Bea añadió:

—He telefoneado a los padres de Donald y han dicho que les encantaría venir. Bajarán en tren con la hermana y el hermano de Donald y sus parejas.

Mientras Jarvis recogía el comedor, Louise le preguntó si había contactado con Barnes Wallis y Reginald Mitchell.

—Sí, señora. Ambos han aceptado. Ellos y sus esposas esperan unirse a la celebración.

Louise preguntó:

—¿Y el general Baden-Powell?

—He llamado al Ministerio para la Coordinación de la Defensa y me facilitaron su número de teléfono. Hablé con su esposa, lady Olave. Recuerda muy bien tanto al señor Humphrey como al señor Nicholas y dijo que intentaría convencer a su marido para que asistiera.

Louise dijo:

—Parece que ya hemos pedido a todos los asistentes que reserven la fecha. Deberían recibir sus invitaciones formales en el primer reparto del correo del lunes por la mañana.

Después de la comida del mediodía, Jarvis llamó a James al teléfono del vestíbulo. Al otro lado de la línea estaba Anthony Blunt.

—James, Arnold Deutsch ha propuesto que nos reunamos de nuevo el próximo miércoles. Yo he sugerido The Albemarle. ¿Lo conoces? Está en Dover Street, en Mayfair.

—Nunca he estado, así que será un placer. En realidad, ¿no es ese el club que Oscar Wilde hizo famoso con sus distintos escándalos?

—En efecto. ¿Almuerzo a la una?

—Nos vemos entonces.

Cuando James terminó la llamada, Louise y Bea se le unieron para dar un paseo hacia Chertsey Meads. Fue idea de James que llevaran sus pistolas de bolsillo y munición para hacer algo de puntería. De camino, Louise insistió en que hablaran en español. Les hizo repetir frases para que se les quedaran las pronunciaciones en la cabeza y, de paso, ampliar el vocabulario. Tras una hora de tiro, regresaron a Woburn Hall. Esta vez, Louise insistió en que hablaran en alemán.

James dijo:

—Ahora ya te estás burlando de mí. Solo sirvo para un idioma cada vez. Con mi latín y mi griego de colegio, el francés con tu tía y tu tío, luego el alemán, y ahora el español, estoy seguro de que me liaré cuando lleguemos a España. En lugar de volverme bi, o incluso trilingüe, seguro que, bajo presión, me quedaré sin poder hablar ningún idioma como es debido.

Louise le reprendió:

—Lo único que tienes que hacer es grabar en la cabeza el sonido de la lengua y, cuando llegue el momento, estoy segura de que las palabras adecuadas saldrán de tu boca.

James lo dudaba, pero comprendía la importancia de que aquella farsa saliera bien.

Aquella noche, después de que Donald regresara de Londres, él y Bea subieron a jugar con Genie. Más tarde, ambos se reunieron con la familia en la biblioteca para tomar un aperitivo antes de la cena. Louise contó a Donald cómo habían pasado el día preparando su misión a España.

Donald dijo:

—En realidad, tengo noticias. En mi departamento están a punto de elegir a los empresarios alemanes reales a los que suplantaremos en España. Tenemos una lista reducida de seis parejas que tienen más o menos nuestra edad. Ahora solo falta averiguar si tienen algún plan de viajar a España. No queremos encontrarnos con nuestros dobles.

Capítulo 13

Lunes, 7 de diciembre – Planificación en la Biblioteca de Woburn

La familia pasó el fin de semana en Woburn. Las dos parejas empujaron sus cochecitos hacia Victory Park, hablando en español a la ida y en alemán a la vuelta.

Ya de nuevo en la biblioteca, Louise preguntó:

—Donald, ¿podrías ir a recibir a Nicholas y Helen a Euston el próximo lunes?

—Me tomaré el día libre. En cuanto elija los alias para nuestra entrada en España, nuestros falsificadores empezarán a producir pasaportes, permisos de conducir y cartillas de afiliación al Partido Nazi que resistan cualquier escrutinio.

Louise preguntó:

—¿Qué noticias hay de tu red de espías en Alemania?

—Nada inesperado. Mis agentes informan de una ampliación de la red de Konzentrationslagers. ¿Sabías que, aparte de Dachau, que está a las afueras de Múnich, y Flossenbürg, cerca de Berlín, prácticamente todos los demás se están construyendo fuera de las fronteras alemanas? No tengo ni idea de por qué, ya que eso dificulta la comunicación y el control.

—Además de tener los campos lejos de las miradas indiscretas de la prensa occidental, quizá se trate de establecer una negación verosímil en caso de que en el futuro haya investigaciones sobre violaciones de los derechos humanos. Podrían intentar alegar que no tenían responsabilidad alguna sobre los campos, las reclusas o su gestión, ya que los campos de concentración estaban fuera de las fronteras alemanas.

Donald dijo:

—Dudo mucho que el Oberkommando de Hitler se preocupe por una hipotética investigación futura. Si así fuera, no llevarían los minuciosos registros de internamientos que vimos en la jefatura de la Gestapo en Múnich. Por lo demás, ha habido un aumento considerable del reclutamiento militar en las tres ramas de la Wehrmacht: el Heer, la Kriegsmarine y la Luftwaffe. En marzo del año pasado, y en violación directa de Versalles, Hitler reintrodujo el servicio militar obligatorio. Mi departamento calcula que el tamaño de sus fuerzas armadas supera ya los dos millones de hombres. La mayoría están en el Heer, que es como llaman al ejército de tierra. En otros lugares, las fábricas trabajan a tres turnos produciendo material de guerra. La afiliación al Partido Nazi ha aumentado hasta abarcar a más de la mitad de su llamada población aria adulta. A partir de este mes, se ha decretado que todos los niños no judíos mayores de seis años deben ingresar en un grupo juvenil nazi. En conjunto se les llama Hitler-Jugend. Hitler prohibió tanto los boy scouts como las girl scouts emitiendo uno de sus casi diarios decretos con fuerza de ley.

»Lo que quizá resulte aún más inquietante es que el 25 de noviembre se firmó el Pacto Anti-Comintern. Ese acuerdo entre Alemania y el Imperio del Japón iba dirigido contra el movimiento de la Internacional Comunista, llamado Comintern. El objetivo de este pacto era socavar a la Rusia estalinista. Fue firmado por el embajador extraordinario alemán, Joachim von Ribbentrop, y el embajador japonés en Alemania, Kintomo Mushanokōji.

Louise se quedó mirando por la ventana de la biblioteca. Por fin dijo:

—Espero que esto no sea el presagio de un conflicto en el que las tropas británicas y de la Commonwealth tengan que volver a luchar en dos frentes.

A mediodía, Donald fue a recibir a Nicholas y Helen a la estación de Euston. Cuando llegaron a Woburn, Jarvis les acompañó a su dormitorio de siempre. A las siete, todos se reunieron en la biblioteca para tomar un aperitivo antes de la cena.

Nicholas dijo:

—La semana que viene tengo varias reuniones en Whitehall. El miércoles, Helen piensa acompañarme a la ciudad para hacer algunas compras de Navidad en Harrods, Fortnum and Mason y Liberty.

Louise dijo:

—Helen, ¿te importaría mucho que Bea y yo nos apuntáramos? Podríamos almorzar en la ciudad.

Helen sonrió.

—Qué idea tan estupenda.

Nicholas entonces entregó a Louise una carpeta manila.

—La directora de vuestra Academia me la dio cuando pasó a recoger vuestros cheques para pagar a los proveedores.

—La revisaremos esta noche. ¿Cuándo pensáis regresar a Dublín?

—Nos quedaremos para el ochenta cumpleaños de Humphrey y luego, el martes por la noche, tomaremos el ferry desde Holyhead.

—Lo pregunto porque Bea y yo querríamos acompañaros. Tenemos asuntos pendientes de la Academia. Por cierto, sabéis que estamos organizando el cumpleaños de Humphrey como una fiesta sorpresa, así que no dejéis escapar ni una palabra.

—No os preocupéis por eso. Pero, desde luego, Humphrey se olerá que algo traman.

—Sabe que vamos a ofrecer una cena, pero espera que solo estéis vosotros dos y la familia. Hemos ideado un plan para sacarlo de la casa el próximo domingo y así el servicio pueda hacer los preparativos.

—Buena suerte con eso. Es un viejo pájaro astuto.

Tras las copas de sobremesa en la biblioteca, la generación mayor se retiró a sus habitaciones. James, Louise, Donald y Bea se quedaron para hablar de los planes de la fiesta sorpresa.

Louise dijo:

—Mi tía y mi tío tienen pensado llegar a Victoria el sábado a mediodía. James estará fuera con Humphrey, así que, Donald, tendrás que ir tú a recogerlos a la estación de Victoria. Tendrán que mantenerse fuera de la vista hasta la tarde del domingo, cuando empiece la fiesta.

Donald dijo:

—No hay problema. Entonces, James, ¿cómo piensas distraer a Humphrey el sábado que viene?

—Creí que lo sabías. He arreglado que él, Smalbridge y su hijo, Titus, me acompañen a ver en funcionamiento un nuevo tractor Massey-Harris.

Cuando los demás se retiraron a sus dormitorios, Louise y Bea se quedaron en la biblioteca para leer los informes preparados por la señorita Connors, la directora de su Academia.

El primer conjunto de documentos eran notas mecanografiadas que había tomado tras las entrevistas con cada una de las primeras veinticuatro chicas.

Cuando ambas terminaron de leer el extenso informe, Louise preguntó:

—¿Qué te parecen estas transcripciones?

—En todos los casos, las chicas estaban centradas en su futuro y planeaban seguir en la escuela para obtener más cualificaciones. Sus familias lo impidieron enviándolas con las monjas. Las chicas no son estúpidas, pero, tras haber sido recluidas en las lavanderías, son ignorantes e inexpertas.

A continuación, revisaron los informes que su abogado había recibido de los detectives privados.

Louise dijo:

—Los investigadores de Ian Joyce han descubierto, además de las seis lavanderías en las que estuvieron encerradas las chicas, otras cuatro. También han identificado y documentado al menos treinta y una instituciones católicas subvencionadas por el Estado. Entre ellas hay hogares para madres y bebés, orfanatos, manicomios y asilos de pobres. A través de entrevistas con antiguas internas de las lavanderías, ha reunido los nombres de más de cincuenta chicas y mujeres que fueron puestas al cuidado de las cuatro principales órdenes religiosas: las Hermanas de la Misericordia, las Hermanas de Nuestra Señora de la Caridad, las Hermanas de la Caridad y las Hermanas del Buen Pastor. Ha obtenido los nombres religiosos de muchas de las monjas, así como los de las madres superioras que dirigían esas diez instituciones. Sus detectives privados han tomado fotografías de todos los edificios e incluso han sacado fotos subrepticias de algunas de las monjas. También han identificado cementerios vinculados a las lavanderías.

Bea dijo:

—Podemos utilizar parte de esto en nuestro próximo número de The Shamrock.

Luego examinaron un ejemplar del primer número de The Shamrock. La nota de la señorita Connors decía que Lady Maureen Scott-Piper había organizado una tirada de cinco mil ejemplares, que se habían distribuido por toda Irlanda gracias a hombres y mujeres desempleados. Iba adjunto un boceto del siguiente número. Contenía artículos sobre orfanatos de Magdalena y hogares para madres y bebés, con fotografías y descripciones que confirmaban que ambos eran negocios con ánimo de lucro que, en esencia, vendían bebés a parejas adineradas inglesas y estadounidenses.

Había también un ensayo de un economista liberal del claustro del Trinity College de Dublín. Detallaba la implicación del gobierno irlandés en un encubrimiento financiero que había protegido los negocios eclesiásticos exentos de impuestos y sus operaciones ilegales de blanqueo de capitales.

Louise dijo:

—Bea, hemos removido un avispero. Esperemos que jueces y magistrados tomen nota y presionen al gobierno irlandés para que ponga en marcha reformas. Si no, el pueblo irlandés tendrá que confiar en las incertidumbres de las urnas para llevar a la Iglesia ante la justicia.

Capítulo 14

Martes, 8 de diciembre – Selfridges, Londres

Durante el desayuno, James dijo:

—Abuelo, Smalbridge vuelve a hablarme de los problemas que está teniendo con nuestro viejo tractor Case. De verdad deberíamos sustituirlo, porque pasa más tiempo averiado que en el campo.

—Haz lo que creas conveniente. Tú estás al mando de Woburn.

—Suponía que querrías formar parte de la decisión. He hecho los arreglos para que Smalbridge y su hijo se nos unan para ver en acción un nuevo tractor Massey-Harris con neumáticos de goma el próximo sábado por la tarde.

Humphrey estuvo de acuerdo. Nicholas dijo que estaba cansado del viaje y que pensaba quedarse dentro de casa. Como estaba lloviendo, retó a Humphrey a una partida de snooker en la sala de juegos de Woburn.

A primera hora, Donald se había marchado a su oficina en Westminster. Bea llevó a Helen y a Louise a la estación de Addlestone. Dejó su Jowett en el aparcamiento y juntas tomaron el tren de las 10:18 a Waterloo. Las señoras pararon un taxi para que las llevara a Harrods. Por el camino hablaron de los regalos que pensaban comprar para Humphrey.

Louise dijo:

—He leído que las bolsas de golf con ruedas ya se consideran legales por el Royal and Ancient Golf Club de St Andrews, en Escocia. El R&A fija todas las reglas del golf en el Reino Unido y, por tanto, para el resto del mundo. Caminar mantiene con vida a los ancianos y, mientras Humphrey haga dieciocho hoyos un par de veces por semana, debería seguir en plena forma. Dudo que Harrods tenga una sección de golf, pero sé, por compras que hice la Navidad pasada, que Selfridges tiene un profesor residente.

Bea dijo:

—Donald y yo pensamos invitar a mis abuelos a entradas para el concierto dominical de mediodía de la Beecham Society de El Mesías de Händel. Lo interpretan en la Opera House de Covent Garden. Creo que hay una taquilla en Oxford Street.

Louise dijo:

—Bea, si no te importa, me apunto.

Helen dijo que se quedaría en Harrods.

—Quiero comprar regalos de Navidad para mis hijas y sus maridos.

Quedaron en encontrarse para almorzar en Wiltons, en Jermyn Street.

Louise y Bea pararon un taxi para que las llevara a Selfridges. En la sección de golf, Louise habló con el profesional, que acababa de terminar de atender a dos clientes estadounidenses.

Louise preguntó:

—¿Tiene de esos nuevos carritos de golf para llevar las bolsas? He oído que el R&A los ha declarado legales en todos los campos del Reino Unido.

El profesional confirmó la información y les mostró varios modelos. Ella eligió uno, lo pagó con un cheque, le entregó su tarjeta de visita y pidió que el carrito se enviara a Woburn Hall.

—Es un regalo de cumpleaños y tiene que estar con nosotros antes del domingo, sin falta.

—No hay problema, señora. Me ocuparé ahora mismo y me aseguraré de que llegue antes del fin de semana.

Al salir de Selfridges, vieron una taquilla especializada en espectáculos y conciertos del West End. Mientras Bea elegía localidades para El Mesías, Louise se entretuvo mirando otros locales de música anunciados en folletos y carteles.

Cuando Bea se reunió con ella, Louise dijo:

—Bea, mira. Charles Kunz y la Casini Club Orchestra encabezan el cartel en el Trocadero.

Bea dijo:

—¿Y?

—¿Es que no recuerdas que esa fue la orquesta que tocó en el May Ball de King's? Parece que ahora tiene una cantante principal en su orquesta que se llama Vera Lynn. No sé nada de ella, pero podría ser divertido que la familia saliera una noche a Londres. Voy a ver si puedo conseguir entradas para el viernes por la noche.

Compró ocho localidades en primera fila para tener una vista sin obstáculos de los músicos.

Después se dirigieron a Wiltons.

Poco después de que se sentaran en el restaurante, llegó Helen cargando varias bolsas grandes. El camarero tomó nota de sus pedidos y Louise preguntó:

—¿Ha sido fructífera la incursión en Harrods?

—Qué variedad asombrosa de productos de todo el mundo. En Dublín, nuestras opciones se limitan prácticamente a artículos irlandeses y británicos.

Tras enseñarles los regalos de Navidad que había comprado para sus hijas y sus maridos, añadió:

—También he comprado un juego victoriano de licoreras de cristal, en un cofre de madera con incrustaciones y cerradura. Lo enviarán mañana a Woburn.

Louise dijo:

—Creo que eso se llama un Tantalus. Estoy segura de que ocupará un lugar de honor en la biblioteca de Woburn.

Tras una fabulosa comida de pescado, pidieron cafés. Louise dijo:

—James ha hecho los arreglos para que instalen una extensión telefónica en el escritorio de Humphrey en la biblioteca. Los ingenieros de la GPO harán el cableado el sábado. Dijeron que pueden instalarla de forma que se pueda silenciar para no molestar al resto de la gente en la sala. Humphrey podrá hacer llamadas a cualquier hora, de día o de noche, sin tener que ir al vestíbulo.

En la estación de Waterloo vieron a Donald en el andén siete, evidentemente esperando el siguiente tren a Addlestone. Lograron hacerse con un compartimento vacío de primera clase. Les contaron sus regalos y sus planes para el resto de la semana, incluido el concierto del Trocadero el viernes y la interpretación de El Mesías el domingo.

Donald dijo:

—Un momento, ese es su cumpleaños.

Louise dijo:

—De eso se trata. Es un concierto de mediodía. El plan de Bea es sacarlo de casa para que el personal pueda preparar la cena. Los invitados llegarán a las siete y se acomodarán primero en el salón contiguo a la biblioteca. Michel y Louisa llegan el día 12 a mediodía. Peets puede ir a recogerlos a Victoria. Para el concierto del domingo, todos tomaremos el tren a Waterloo y luego taxis negros hasta Covent Garden. Está a solo cuatro minutos.

Bea preguntó:

—¿No has incluido a Michel y Louisa?

—No queremos estropear la sorpresa. Tendrán que mantenerse fuera de la vista de Humphrey hasta la tarde del domingo.

Cuando el tren llegó a Addlestone, subieron al Jowett de Bea y ella condujo la corta distancia hasta Woburn Hall.

Durante la cena, Bea contó a sus abuelos lo de las reservas para El Mesías y la orquesta de Charles Kunz.

Humphrey dijo:

—Rara vez salimos por la noche, así que esto será todo un lujo para estos viejos.

En la biblioteca, Nicholas recordó a todos que al día siguiente iría y vendría a Londres para su reunión en el Foreign Office y que el jueves se vería con Thomas Inskip, el ministro para la Coordinación de la Defensa.

Capítulo 15

Miércoles, 9 de diciembre – El Foreign Office

Nicholas se reunió con Donald en el tren a Waterloo. Tomaron un taxi que dejó primero a Nicholas en el Foreign Office y luego llevó a Donald el corto trayecto hasta Westminster.

Nicholas pasó el control de seguridad, donde en recepción confirmaron su cita con Anthony Eden, secretario de Estado de Asuntos Exteriores. Un guardia de uniforme acompañó a Nicholas hasta el despacho de Eden.

Tras estrecharse la mano, Eden le presentó a Hugh Dalton:

—Hugh es un economista del Partido Laborista cuyo trabajo ha sido fundamental para dar forma a la política del gobierno. Ha dejado constancia pública de sus advertencias al gobierno sobre los peligros del pacifismo. Al mismo tiempo, ha promovido los efectos beneficiosos que el rearme podría tener sobre nuestra economía en depresión. Dalton es un opositor declarado de la política de apaciguamiento de Neville Chamberlain.

Eden abrió la reunión:

—Nicholas, le hemos pedido que viniera para conocer su evaluación de la posición de Irlanda si las potencias del Eje declararan la guerra contra Gran Bretaña.

—Como general retirado del ejército británico, mis lealtades están con la Corona. Hablando como residente en Irlanda, estoy seguro de que los vientos políticos harán que Irlanda permanezca neutral. Hay simpatizantes nazis entre las clases altas irlandesas y los angloirlandeses más conservadores. Tras la detención del comandante del IRA Declan Murphy, la amenaza nazi ha quedado neutralizada. Sé que no me han preguntado esto directamente, pero en mi opinión, una guerra europea se ha vuelto ya inevitable. Hitler ha demostrado que tiene poco respeto por los dirigentes extranjeros, su soberanía o sus fronteras. Miente al mundo en casi cada frase que pronuncia. Sus promesas de no agresión contra Francia y las naciones de Europa oriental han demostrado ser pura palabrería. A principios de 1935 se hizo con el control del Sarre y en julio sus tropas volvieron a ocupar Renania. Ese acto de agresión fue una violación directa del Tratado de Versalles.

—Además, es un narcisista maligno, racista, antisemita, un sociópata y un megalómano ávido de poder. Sus seguidores casi sectarios le creen pese a las pruebas de sus propios ojos. Ha conseguido que apoyen políticas que, en realidad, eliminan sus propios derechos civiles. Nunca me he encontrado con un líder capaz de lograr que sus partidarios voten contra sus propios intereses.

Eden dijo:

—Esa también es nuestra conclusión. Ahora nos gustaría escuchar sus opiniones sobre la guerra civil en España.

—Por lo que he leído, se trata de una guerra de clases, iniciada por el estamento adinerado que se ha alineado con la monarquía y la Iglesia católica. Sus oponentes son los republicanos democráticamente elegidos, que representan a la población rural. A esta se la ha atrapado deliberadamente en la pobreza y se la ha mantenido en la ignorancia. Las fuerzas irlandesas que se han ofrecido voluntarias para servir en las Brigadas Internacionales están formadas principalmente por antiguos soldados del Ejército Republicano Irlandés. Por razones obvias, se oponen al fascismo y en especial a la variante defendida por los seguidores ricos y derechistas de los nacionalistas españoles. Se han unido a los batallones de las Brigadas Internacionales para promover la justicia social.

Dalton dijo:

—Aquí está ocurriendo prácticamente lo mismo. Mineros galeses, escoceses y de Yorkshire forman el grueso de los voluntarios. No son necesariamente comunistas, aunque es probable que algunos sean miembros del Partido Comunista de Gran Bretaña. En su mayoría se consideran socialistas que luchan por una vida mejor y que quieren crear una sociedad con una distribución de la renta y la riqueza más equitativa. Como sabe, la Depresión actual ha dejado prácticamente intactas a las clases acomodadas propietarias, mientras que las clases trabajadoras han sido abandonadas, sin hogar y hambrientas.

Eden hizo una pausa:

—Nuestros analistas creen que esa misma fractura ha desembocado en una guerra civil en España. Las clases ricas y con privilegios apoyan a la Falange. Formada en 1933, se fusionó con las fascistas Juntas de Ofensiva Nacional-Sindicalista para convertirse en la Falange Española de las JONS. La extrema derecha, compuesta principalmente por magnates industriales y grandes terratenientes, aportó apoyo financiero a esta coalición recién formada. Su ideología se basa en lo que llaman sindicalismo nacional. Refleja el fascismo de corte italiano, pues se fundamenta en el poder intocable e ilimitado encarnado en el catolicismo. Se manifiesta como un rechazo existencial y demagógico de los principios democráticos. Frente a ellos está la mayor parte de la población campesina, que probó un atisbo de democracia tras la adopción de la Constitución de 1931. Ahora, cinco años después, sigue teniendo poca influencia política y prácticamente ningún poder económico.

Nicholas asintió:

—Como en Alemania e Italia, lo veo como un movimiento nacionalista. Hitler y Mussolini inicialmente accedieron al poder apelando al patriotismo y luego jugaron la baza de la bandera y del etnocentrismo. En sus mítines, Hitler afirma regularmente que su objetivo es regresar a épocas de grandeza pasadas, cuando el Imperio prusiano gobernaba y unificaba Europa central y oriental.

Eden hizo una pausa:

—En realidad, el Foreign Office considera que la guerra civil española es bastante más complicada. Sin duda hay nacionalistas españoles, pero muchos basan su jingoísmo en lealtades regionales. Aquí me refiero a las comunidades catalana, vasca y gallega. En Cataluña, ciertos sectores de las clases privilegiadas colaboran con la Falange, con la esperanza de recibir apoyo militar y protección para sus inversiones regionales. No ocurre lo mismo con los catalanes de a pie. Estos, junto con los nacionalistas vascos y gallegos, están siendo objeto de ataques por parte de la Falange, que se muestra unida en su ofensiva contra liberales, socialistas, protestantes, marxistas, intelectuales, homosexuales, masones, romaníes y judíos. Estoy seguro de que sabe que esos son exactamente los mismos objetivos a los que se dirige el NSDAP de Hitler y el Partito Nazionale Fascista de Mussolini.

Nicholas estuvo de acuerdo:

—Al igual que la Falange, Mussolini abraza activamente el apoyo que recibe de la Iglesia católica y sus fieles. Sin embargo, no creía que Hitler tolerase la religión organizada.

—No lo hace, salvo que obtenga algo a cambio —respondió Eden—. Se considera a sí mismo un negociador excepcional. Baviera sigue siendo mayoritariamente católica. Incluso hoy, Hitler necesita el apoyo de los líderes de la Iglesia tanto a nivel nacional como parroquial. En junio de 1933, tras el encarcelamiento en todo el país de clérigos católicos, Hitler y el papa Pío XI firmaron el Reichskonkordat. Fue una ampliación de los concordatos anteriores con Prusia y Baviera. Las negociaciones las llevó a cabo el cardenal Eugenio Pacelli. Hitler dejó claro que su aceptación simbólica del catolicismo no afectaría a los luteranos del norte de Alemania.

Nicholas meditó:

—Así que parece que hay muchas variedades de fascismo europeo. Seguramente la pregunta que deberíamos plantearnos es si la Falange cooperará con Alemania e Italia si salen vencedores.

—Ha dado en el clavo. Esa es precisamente la preocupación de nuestros analistas del Foreign Office. Todavía no han alcanzado un consenso.

Eden hizo una pausa:

—Ahora, pasemos a otro asunto. Nicholas, su historial militar muestra que entre 1921 y 1924 estuvo destinado en Gibraltar, al mando de una pequeña unidad de técnicos del ejército. En estos momentos, la RAF y la Royal Navy mantienen una presencia permanente en el Peñón. Me gustaría conocer su impresión de la política gibraltareña y quizá sus puntos de vista sobre la del cercano Marruecos español y el sur de España.

—En el ejército nos manteníamos bien alejados de la política. Dicho esto, sabemos que la guerra civil comenzó en el Marruecos español cuando las tropas dirigidas por Francisco Franco entraron en España desde el sur. Aunque no tengo pruebas concretas, mi impresión es que el fascismo en Gibraltar se basaba en los mismos factores que mencioné antes: clase, estatus social y riqueza. Quienes ocupan los escalones superiores y controlan el dinero y el poder siempre votan por que no haya cambios que puedan afectar a su posición privilegiada en la sociedad. Sus oponentes son aquellos que tienen poco que perder porque prácticamente no tienen nada. Viven en una pobreza permanente, sin acceso a la educación ni a oportunidades para mejorar su posición social.

Eden dijo:

—Eso describe bastante bien a quienes apoyan el fascismo frente a quienes proponen el cambio a través de procesos democráticos. Ahora, permítame darle las gracias por su tiempo.

Se trasladaron al comedor revestido de paneles de roble del edificio del Foreign Office.

Tras un agradable almuerzo de cordero asado acompañado de un excelente clarete, se estrecharon la mano y Nicholas tomó un taxi hasta Waterloo. Una hora más tarde llegó a Addlestone y pidió al jefe de estación que pidiera un taxi para llevarlo a Woburn Hall.

Durante la cena, Humphrey preguntó a Nicholas por su reunión.

—En el Foreign Office parecía interesarles la reacción de Irlanda ante la guerra civil española. Dicho esto, en Whitehall consideran ese conflicto una lucha entre la izquierda y la derecha; el socialismo y el comunismo, por un lado, frente al capitalismo que, en su forma extrema, se ha transformado ahora en fascismo.

Humphrey dijo:

—Eso describe bastante bien lo que está ocurriendo en todo el mundo desarrollado. Las sociedades europeas y estadounidenses han quedado irreparablemente bifurcadas por la Gran Depresión, hasta el punto de que el diálogo constructivo o el compromiso entre las distintas facciones se ha vuelto prácticamente imposible. A veces me pregunto si las instituciones democráticas podrán sobrevivir a esta lucha intestina. La gente trabajadora corriente está sin hogar y hambrienta, mientras los millonarios toman el sol en sus yates y viven en mansiones en sus fincas campestres. Pese a, o quizá a causa de, nuestro gobierno de coalición, los miembros del parlamento siguen ociosos, contentos con cobrar sus salarios y hacer poco más que aparecer de vez en cuando para una votación sin sentido.

—Antes de que diga nada sobre hipocresía, sé que nuestras dos familias ocupan posiciones privilegiadas. Hemos estado prácticamente aislados de los efectos de la actual Depresión económica. En lo personal, apoyaría subir los tipos del impuesto sobre la renta, imponer un recargo del 90 % a los ingresos superiores a cien mil libras, introducir un impuesto anual del uno o dos por ciento sobre el patrimonio valorado, ampliar los impuestos sucesorios y perseguir con firmeza el estatuto de no domiciliado y los paraísos fiscales en el extranjero. Obviamente, será el parlamento quien deba tomar esas decisiones. Como familia, lo único que podemos hacer es apoyar causas benéficas. Sé que no es una solución sostenible. Es como poner una tirita en una pierna rota.

Poco antes del mediodía, James condujo hasta la estación de Addlestone y subió al tren de las 11:57 a Waterloo. Desde allí tomó un taxi hasta Mayfair. Tras entrar en el Albemarle, firmó el registro de visitas. Luego lo dirigieron hacia el suntuoso bar, lleno de caballeros y damas vestidos con estilos bastante extravagantes. Vio a Blunt, Philby, Long, Burgess y Deutsch sentados en una mesa redonda bebiendo copas de champán. James les dio la mano y tomó la única silla libre.

Después de que el camarero llenara su copa de champán, Blunt inició la reunión:

—Arnold tiene algunas cosas que le gustaría decirte.

—Desde nuestro punto de vista, tu documento para los Apostles fue una estratagema extraordinariamente ingeniosa para distraer a nuestros enemigos fascistas de tus verdaderas intenciones.

—¿Perdón? ¿Mis verdaderas intenciones?

—Quedó claro que estabas apoyando nuestra causa al proporcionar la hoja de ruta que podría usarse para convertir Gran Bretaña en un estado socialista. Tu ponencia describía con astucia los distintos métodos que un estado fascista podría emplear para ir retirando poco a poco los derechos civiles y de common law de los ciudadanos. Incluso una implementación parcial de tus propuestas conduciría a la desobediencia civil, las protestas y, finalmente, a la rebelión organizada. Las restricciones que sugerías sobre el voto, los derechos de ciudadanía, la libertad de prensa, de expresión y de religión, y la aplicación de deportaciones masivas, sin duda provocarían al pueblo británico. Animarían a nuestros ciudadanos a sublevarse contra el Estado por exceder los poderes que le concede nuestra constitución no escrita. Nos impresionó la sutileza de tu ensayo. Mis fuentes han confirmado que tu texto ha sido adoptado como plan por el Alto Mando de Hitler para ayudar a lograr su agenda fascista. Al hacerlo, has conseguido llevarlos por el proverbial camino del jardín, lo que primero desembocará en el caos social alemán y después en el fracaso militar.

Deutsch dio un sorbo a su champán:

—He hecho traducir al ruso tu texto para los Apostles. El triunvirato de la NKVD lo ha leído, al igual que el "Padre de las Naciones", el camarada Stalin. Como resultado directo de tu escrito, nuestros estrategas soviéticos han adoptado una política bastante imaginativa. Consiste en provocar deliberadamente al Oberkommando der Wehrmacht. Lo harán afirmando regularmente que nuestra meta es la dominación mundial, tal y como se expone en el Manifiesto comunista de Engels y Marx.

—Hitler es como un niño de seis años con la capacidad de atención de un mosquito. Cuando lo provocan, responde invariablemente con rabietas. Esperamos que nuestras pullas y aguijonazos acaben por animarle a atacar a la madre Rusia, obligando así a la Wehrmacht a luchar en dos frentes. Hacerlo impondría una presión insuperable sobre la mano de obra y los recursos militares de Alemania. Cuando Estados Unidos entre finalmente en la guerra, confiamos en que el fascismo será derrotado. Eso dejará a Europa en un vacío político y económico que la Unión Soviética estará encantada de llenar. Nuestro objetivo último es crear una zona de libre comercio paneuropea. Los países miembros se especializarán en producir aquellos bienes para los que tengan una ventaja comparativa. Eso mejorará la eficiencia y llevará a la prosperidad de todos los europeos.

James comprendió entonces que, como maestros del ajedrez, los rusos estaban jugando a largo plazo. Siguiendo mentalmente esa analogía, se dio cuenta de que las potencias del Eje solo estaban jugando a las damas. Se las estaba animando a adoptar reacciones viscerales para saltar sobre los obstáculos convenientes que se les ponían delante. Esa táctica soviética conduciría a una enorme pérdida de vidas. Sin embargo, si la estrategia rusa tenía éxito, los dejaría como figura dominante en Europa cuando Alemania fuera finalmente derrotada. Otros países europeos, entre ellos Francia, el Benelux, los escandinavos y Gran Bretaña, quedarían tan afectados por la devastación de otra guerra mundial que ninguno tendría ni la capacidad económica ni el deseo político de unirse para reconstruir Europa. James estaba convencido de que Estados Unidos no participaría en ninguna reconstrucción política y económica de posguerra. Incluso en el improbable caso de que los estadounidenses entrasen en la guerra, pronto regresarían a su tradicional postura aislacionista. Los dirigentes estadounidenses afirman regularmente que una guerra europea es problema de Europa. Intentó elaborar una respuesta adecuada a la visión de Deutsch sobre la Europa del siglo XX.

—Arnold, eres el primero que ha captado el mensaje subyacente de mi texto para los Apostles. Siempre he creído que las casi constantes guerras intestinas de Europa han sido fútiles y autodestructivas. Nuestro único camino hacia adelante es alcanzar un acuerdo económico y luego político que conduzca a la prosperidad de nuestra ciudadanía colectiva. Una Europa unida también proporcionaría un poder compensatorio frente a la posible agresión y arrogancia de un presidente estadounidense díscolo.

Deutsch añadió:

—Esa es la evaluación del Partido Comunista. En cuanto al calendario, creemos que la Wehrmacht de Hitler se excederá muy pronto después de invadir los estados soberanos a su este. La madre Rusia reaccionará rápidamente con hombres y material para contrarrestar la agresión territorial alemana. Al final, nuestro poderío militar frustrará el imperialismo nazi. También contamos con que el pueblo culto y civilizado de Alemania se levante contra Hitler y lo sustituya por un estado democrático similar, aunque esperemos que más funcional, al establecido bajo la República de Weimar.

James pensó: «Suerte con eso». Aun así, sentía curiosidad por ese tal Deutsch. No tenía idea de hasta qué punto manejaba poder e influencia. También se daba cuenta de que Richard y el MI6 se interesarían en que utilizara esta conexión para obtener información interna sobre los planes del Partido Comunista.

Arnold alzó su copa de champán en un brindis:

—Entonces, James, ¿puedo dar por sentado que te unirás a nosotros en nuestra misión de unir Europa?

James también alzó su copa y la hizo chocar con las de los demás:

—Haré todo lo que esté dentro de mis, admitidamente limitadas, posibilidades para ayudar a promover nuestra causa común de llevar paz y prosperidad a Europa.

Deutsch le tendió entonces una tarjeta grabada en la que se leía: «Por la presente se certifica que James Harcourt-Heath es miembro oficial del Partido Comunista de Gran Bretaña».

James le estrechó la mano mientras aceptaba la tarjeta. Luego preguntó:

—Dígame, ¿qué es exactamente la NKVD?

—Es el acrónimo ruso de *Narodniy Komissariat Vnutrennij Del*, el Comisariado del Pueblo para Asuntos Internos. En realidad no es más que la policía secreta rusa, responsable de la seguridad interior.

James preguntó:

—Dígame, ¿de cuántos miembros disponen?

—Tras la Huelga General de 1926, contábamos con más de cincuenta mil miembros con carné. Con esta Depresión, menos de nuestros seguidores pueden permitirse la cuota anual de cinco chelines. Aun así, hemos estado ocupados. Hemos reclutado nuevos miembros que plantaron cara con éxito a la BUF en la batalla de Cable Street. En estos momentos, la URSS apoya a los batallones británicos de las Brigadas Internacionales. Estamos proporcionando armas a todos los soldados voluntarios para que se las lleven con ellos a España.

James se dio cuenta de que eso probablemente tendría relevancia para su próxima misión.

—¿Hay algo en lo que pueda ayudar?

—Limítate a mantener el contacto y ya te avisaremos. Por ahora, bienvenido a nuestras filas.

Capítulo 16

Jueves, 10 de diciembre – Boodles Club

Nicholas se reunió con Donald en el tren de cercanías matutino a Waterloo.

Después de separarse en la estación, Nicholas tomó un taxi que lo llevara a su reunión en el recién creado Ministerio para la Coordinación de la Defensa. A su llegada, lo recibió Thomas Inskip, diputado por Fareham, en Hampshire.

Nicholas lo había conocido en varias ocasiones, cuando Inskip se desempeñaba como fiscal general de Stanley Baldwin.

Inskip fue directo al grano.

—Nicholas, le he pedido que venga para pedirle consejo respecto a la situación cada vez peor en España. Creemos que más de dos mil ciudadanos británicos se han presentado como voluntarios para luchar por los republicanos contra la Falange. Están viajando con sus pasaportes británicos y nuestro gobierno tiene el deber de velar por ellos y de prestarles asistencia si necesitaran ser repatriados. Además de eso, hay al menos diez mil súbditos británicos que residen legalmente en España. Muchos están atrapados o en peligro porque se encuentran en una zona de guerra. Nuestros consulados están desbordados e incapaces de ayudar a nuestros compatriotas. Sabemos que estuvo destinado en Gib durante varios años después de la guerra. ¿Tiene alguna idea de cómo podríamos prestar ayuda logística si necesitaran regresar a Gran Bretaña?

—Debería estar hablando con lord Chatfield, almirante de la Flota. Creo que Gran Bretaña tiene varios buques de guerra permanentemente estacionados en Gibraltar, colocados allí para garantizar que el Mediterráneo y el Atlántico permanezcan abiertos al libre comercio. Podrían utilizarse para ayudar.

—Créame, ya lo he intentado. Debido a la política oficial de neutralidad del Número 10, Chatfield tiene las manos atadas. Por alguna razón absurda, Baldwin cree que se consideraría un acto de agresión o de complicidad si utilizáramos a la Royal Navy para evacuar súbditos británicos. Algunos quizá sean turistas, pero otros son jubilados de larga residencia o empresarios que viven allí con sus familias. Numerosas empresas británicas tienen contratos a largo plazo con proveedores españoles de productos alimenticios, vino y minerales en bruto.

Nicholas hizo una pausa.

—¿Y nuestra marina mercante? Gran Bretaña tiene la mayor flota mercante del mundo, que da empleo a más de doscientos mil hombres. Como se trata de empresas privadas, los armadores quizá estén dispuestos a ayudar en las tareas de rescate y repatriación. Las tripulaciones podrían seleccionarse de manera voluntaria. Dado que muchos marinos mercantes proceden de entornos obreros, es probable que se opongan al fascismo. Obviamente, tendrá que conseguir la aprobación del Tesoro para la financiación. También habrá que indemnizar a las navieras y a los marineros por sus costes, salarios y los riesgos asociados. Los grandes buques podrían fondear mar adentro y se podrían utilizar botes para trasladar a los refugiados desde Algeciras y también desde las ciudades costeras del Mediterráneo. Debe de haber cientos de yates británicos invernando en aguas españolas cuyos dueños ayudarían encantados a sus compatriotas.

—Eso es inviable. ¿Cómo sabrían cuándo y adónde dirigirse a determinados puertos del sur para ser evacuados?

—Seguro que todos escuchan el World Service. Una vez que haya un plan establecido y se fijen fecha y hora para un determinado puerto de rescate, la información podría transmitirse a través de los habituales programas de música clásica de los domingos por la noche. Dudo mucho que la Falange esté sintonizando a Elgar o a Benjamin Britten en la BBC.

—Bueno, tengo que decir que esta ha sido una reunión productiva. Pondré su plan en marcha de inmediato. Y ahora, ¿qué tal un almuerzo? Soy socio del Boodles y podría invitarle.

Nicholas dijo:

—En realidad, soy socio desde la guerra.

Mientras comían, el presidente del club se puso en pie, golpeó su copa de vino con el tenedor y pidió silencio.

—Hace una hora, el rey Eduardo firmó su acta de abdicación. Fue firmada en calidad de testigos por sus hermanos menores, entre ellos el príncipe Alberto, duque de York, que pasa ahora a ser el rey presunto.

El comedor estalló en gritos y discusiones. Algunos apoyaban sin reservas la decisión del monarca. Otros señalaban que solo había sido rey desde el 20 de enero, cuando murió su padre, Jorge VI, y que nunca había llegado a ser coronado. Algunos estaban enfadados porque había quebrantado las normas estatutarias de la monarquía. Otros se oponían a él por su apoyo anterior a la Alemania nazi.

Capítulo 17

Viernes, 11 de diciembre – Planificación del cumpleaños

Después del desayuno, la señora Peets entró en el comedor e hizo una reverencia.

—Disculpen. ¿Podría hablar con las señoras en la biblioteca?

Una vez allí, la señora Peets tomó la palabra.

—Señoras, creo que ya estamos completamente preparadas para la fiesta de cumpleaños del domingo.

Louise dijo:

—¡Excelente!

Desplegó una lista de asistentes escrita a mano.

General sir Nicholas Gavin Wheeler y su esposa, lady Helen
Teniente general Robert Baden-Powell y su esposa, Olave, lady Baden-Powell
General de brigada William Ironside y su esposa, Mariot
Coronel David Harringay, capitán del club de golf de St George's Hill, y su esposa, Francis
Mayor Alastair Menzies, vicecapitán del club, y su esposa, Morag
Lord Hutchinson de Whorlton y su esposa, lady Mary
Florence Hutchinson y su pareja, Lester Renshaw
Walter Hutchinson y su prometida, Maria Lefkowitz
Doctor Richard Chillingworth
Señorita Sybil Fergusson
Barnes Wallis y su esposa, Molly
Reginald Mitchell y su esposa, Florence
Doctores Christina y Johann Sherman y sus dos hijos, Daniel y Sarah

Norman Paine y su prometida, Rose Gregory
Michel y Louisa de la Béré
Comandante Jonathan Lawrence, su esposa, Marjorie, y sus dos hijos, Peter y Humphrey
Donald y Beatrice Hutchinson
James y Louise Harcourt-Heath

La señora Peets añadió:

—La lista de invitados está ahora completa.

—¿Cuántos seremos? Tendremos que informar a la cocina y a Jarvis para que puedan empezar con los preparativos.

—Eso ya lo he hecho. Incluyéndolos a ustedes y al coronel, ahora somos treinta y seis para la cena. No he contado a los cuatro niños. Sugiero que se sienten en una mesa aparte, más cerca de la puerta del comedor. Aparte de Madame e Monsieur de la Béré, que viajarán desde Francia, los demás tienen previsto llegar el domingo por la tarde. La mayoría se quedará aquí, pero he reservado habitaciones adicionales en el George Inn y en el Oatland Park Hotel, en Weybridge.

—¿Y el menú?

—Cook me ha dicho que todo está organizado. Empezaremos con marisco salteado en salsa de ajo y después, como plato principal, habrá solomillo Wellington, coles de Bruselas y patatas gratinadas. Cook ya ha pedido todos los ingredientes.

—¿Y los vinos?

—Tendremos champaña Moet para los brindis, Clos des Chênes del 24 para acompañar la comida y Château d'Yquem del 25 con las tartas de chocolate. Jarvis me ha dicho que ha decantado varias mágnum de oporto Graham's de 1920 para los discursos después de la cena. Si no hay nada más, me gustaría volver a confirmar los arreglos de alojamiento de los invitados, tanto aquí como en los alrededores.

Después de que la señora Peets abandonara la habitación, se les unieron James y Donald.

James preguntó:

—¿Dónde está Humphrey?

Louise dijo:

—Está en St George's Hill. Convencí al capitán y al vicecapitán para que lo invitaran a completar una partida de cuatro con ellos y con el capitán del Sunbury Golf Club. Almorzará allí y volverá a las tres para su siesta habitual.

Louise añadió:

—Ahora que no está, asegurémonos de que todos tengamos claro el plan para este fin de semana.

Abrió su agenda y empezó a resumir la planificación.

—El viernes por la noche tenemos asientos en primera fila para escuchar a Charles Kunz y a la Casani Club Orchestra. He reservado dos compartimentos de primera clase en el tren de las 5:17 a Waterloo. Desde allí, tomaremos un par de taxis negros hasta Piccadilly. He reservado mesa en el restaurante del Cavendish Hotel para las seis y media. La función empieza a las ocho y debería terminar hacia las diez. Volveremos en tren y deberíamos estar en la cama antes de medianoche.

Dorothy dijo:

—Me aseguraré de que Humphrey duerma bien la siesta esta tarde, porque ninguno de los dos está acostumbrado a trasnochar. La última vez que vimos un espectáculo en el centro fue antes de la Gran Guerra.

—El sábado será un poco más complicado. James, tengo entendido que tú y Smalbridge llevaréis a Humphrey a Woking para mirar tractores, así que estaréis fuera la mayor parte del día. Mientras estén fuera de casa, los ingenieros del GPO tienen previsto instalar la extensión telefónica junto al escritorio de Humphrey en la biblioteca. Al mediodía, Michel y Louisa llegarán a Victoria. Peets los recibirá y los traerá directamente aquí. Almorzaremos con ellos, les mostraremos su habitación y nos aseguraremos de que se mantengan fuera de la vista cuando James y Humphrey regresen.

Dorothy dijo:

—Como se perderá su siesta de la tarde, lo animaré a acostarse temprano. Después de que nosotros nos retiremos, Michel y Louisa podrán reunirse con ustedes para el resto de la velada.

Louise consultó su agenda.

—Ahora, el gran día. Tenemos ocho entradas para el concierto de mediodía en la Ópera del Covent Garden. El Mesías dura casi tres horas, así que es poco probable que estemos de vuelta antes de las cinco. Mientras tanto, algunos de nuestros invitados habrán llegado. Jarvis y los Peets los acompañarán a sus habitaciones o los esperarán en la estación de Addlestone y los llevarán a sus hoteles para que puedan cambiarse para la cena. Nos reuniremos todos para los cócteles a las siete. Para entonces, el gato ya habrá salido del saco y Humphrey se dará cuenta de que su 80 cumpleaños no va a ser solo una tranquila reunión familiar. La cena se servirá a las ocho y habrá treinta y seis cubiertos en la mesa. Los cuatro niños se sentarán juntos en una mesa más pequeña cerca de la puerta. Cook les preparará una comida diferente, ya que, como acordamos, el solomillo Wellington sería demasiado para ellos.

—Después de que se sirvan los postres, le daremos a Humphrey sus regalos. Nicholas ha pedido permiso para decir unas palabras. Cuando termine, pasaremos a la biblioteca. Para entonces, supongo que los niños ya se habrán despedido. Sara y Daniel Sherman podrán echarse una siesta en nuestro dormitorio mientras transcurre el resto de la velada. Jarvis ha sugerido abrir las puertas plegables de caoba que separan la biblioteca del salón. Podemos esperar una noche larga mientras los invitados se conocen mejor o comparten recuerdos. ¿He olvidado algo?

Bea dijo:

—Obviamente, nuestros bebés se quedarán arriba con la enfermera y las niñeras. Aparte de eso, creo que está todo listo.

Capítulo 18

Domingo, 13 de diciembre – El Mesías de Händel

Los preparativos previos a la fiesta transcurrieron sin contratiempos. La mañana del viernes, Humphrey estuvo fuera de casa jugando al golf. Después almorzó en su club.

Tras la función del viernes por la noche en el Trocadero, comentaron el espectáculo en el tren de regreso a Addlestone. Humphrey quedó particularmente impresionado con la nueva cantante de Charles Kunz, Vera Lynn. Ella interpretó su recién publicado disco en solitario, «Up the Wooden Hill in Bedfordshire». En el programa, Dorothy había leído que también había cantado con la Joe Loss Orchestra. A Louise le sorprendió saber que había nacido y crecido en el East End. Le parecía que su voz tenía matices de origen de clase media más que de cockney puro.

El sábado, la excursión a Woking terminó con James y Humphrey de acuerdo en sustituir el poco fiable tractor Case por un nuevo tractor Massey Harris 4x4 con neumáticos de goma. Mientras James y Humphrey estaban fuera, Peets recogió a Michel y Louisa en Victoria. Almorzaron con el resto de la familia y se pusieron al día de sus respectivas novedades. Como llevaban viajando las últimas dieciocho horas, Jarvis los acompañó a su habitación para que pudieran deshacer el equipaje y descansar. Jarvis dispuso que se les sirviera la cena en la habitación.

Tras la habitual siesta vespertina de Humphrey, la cena fue una velada tranquila. Todos se acostaron temprano para prepararse para el ajetreado día que les esperaba.

Después del desayuno, asistieron al oficio temprano del domingo en St Paul's. Prescindieron de su habitual copa en el George, ya que tenían que estar en la Ópera de Covent Garden antes del mediodía.

Después del concierto, todos estuvieron de acuerdo en que la interpretación del «Mesías» había sido impresionante.

Humphrey dijo:

—La última vez que lo escuché fue cuando Victoria era nuestra reina.

Bea añadió, quizá tomando ejemplo de Louise:

—Puede que esto te resulte interesante. A pesar del boicot actual de la BBC a los compositores alemanes, a Händel se le sigue programando. Nació en Prusia, se formó en Hamburgo, pero se convirtió en súbdito británico en 1727. Fue en Londres donde compuso sus obras más famosas, incluido el «Mesías». Además, durante los treinta y dos años siguientes, fundó varias compañías inglesas de ópera.

Louise dijo:

—Bea, no lo sabía.

Tomaron el tren de las 4:57 a Addlestone y estaban de vuelta en Woburn a las seis.

Dorothy dijo:

—Sé que todos estamos cansados y, sin duda, con un poco de hambre, pero tenemos que cambiarnos para la cena.

Jarvis anunció:

—Los cócteles se servirán a las siete.

Cuando la familia pasó junto a la puerta de la biblioteca, Humphrey le preguntó a Dorothy:

—Dime, ¿por qué están abiertas las puertas correderas dejando a la vista el salón?

—Querido mío, eso pronto quedará claro —respondió ella.

Capítulo 19

Domingo, 13 de diciembre – Fiesta del 80.º cumpleaños

A las siete, Michel y Louise bajaron vestidos con sus mejores galas. Al mismo tiempo, Peets y Jarvis fueron conduciendo a un flujo de invitados hacia la biblioteca. Jarvis, Peets, la señora Peets y Lillian Turner sirvieron las bebidas. Los cuatro también servirían la cena cuando llegara el momento.

Con su habitual buen humor, Humphrey fue saludando y charlando con sus invitados. Puntualmente a las ocho, Jarvis hizo sonar el gong y todos fueron pasando al comedor en fila. Con la ayuda de Dorothy, la señora Peets había elaborado un plano de distribución de asientos que estaba apoyado sobre uno de los caballetes de Bea. También había tarjetas con los nombres en cada servicio de mesa.

Cuando todos estuvieron sentados, la señora Peets dio la vuelta a la mesa sirviendo agua de Malvern en los vasos de cristal de Bohemia que había frente a cada comensal. Luego Jarvis y Peets recorrieron ambos lados de la mesa sirviendo champán Moet en copas de flauta de cristal. Junto a cada una había una copa para vino de Borgoña, otra más pequeña para Sauternes y una copa de oporto de cristal tallado.

Durante la hora y media siguiente, el servicio fue sacando el entrante de marisco seguido del solomillo Wellington. Durante la comida se sirvió Clos des Chênes y se descorchó un Château d'Yquem Sauternes para acompañar las dos tartas de chocolate de cumpleaños. Todos brindaron por Humphrey mientras cantaban la tradicional «Happy Birthday». Mientras la señora Peets y Turner retiraban los platos, Jarvis y Peets empezaron a servir de unas mágnum de oporto Graham's de la añada de 1920.

Cuando todos tuvieron las copas bien llenas, Humphrey se levantó de su silla.

—He de decir que no tenía ni la menor idea de que, para marcar mi entrada en mi novena década de vida, la celebración incluiría invitados tan ilustres además de mi familia y mis amigos íntimos. Por lo que parece, mi esposa y mis nietos han urdido algunas diversiones muy interesantes para asegurarse de que esta noche fuera algo más que una simple cena familiar.

Ante esto, se oyeron aplausos y varios gritos de «¡Eso es!».

Humphrey prosiguió:

—Ahora me gustaría decir unas palabras para presentar a cada uno de nuestros compañeros de cena. A mi izquierda está Dorothy, mi compañera de vida y confidente. Mientras vaya presentando a los demás, les agradecería que se pusieran en pie para que el resto de la mesa pueda verlos bien. En primer lugar, que se pongan en pie el barón Robert Baden-Powell y su esposa, Olav, baronesa St Clair. Sentados junto a ellos están el general de división sir Nicholas Gavin-Wheeler y su esposa, lady Helen. Robert fue mi oficial al mando durante la Primera y la Segunda Guerras de los Bóers y Nicholas fue mi superior inmediato en ambos conflictos.

Humphrey alzó su copa hacia ambas parejas y dio un sorbo a su oporto.

—En aquella época yo era un capitán recién ascendido y Nicholas tenía el rango de mayor. Robert era nuestro oficial al mando y ostentaba el rango de coronel. Tras resistir con éxito los doscientos diecisiete días del asedio de Mafeking, fue ascendido a general de división. Compartimos momentos bastante espantosos en el sur de África. De hecho, Nicholas me salvó la vida en varias ocasiones; una vez, cuando me apuñalaron en combate cuerpo a cuerpo y otra, cuando fui herido por el fuego de fusilería bóer.

Cuando Robert, Nicholas y sus esposas volvieron a sentarse, Humphrey dio otro sorbo a su copa de oporto.

—A continuación, está un hombre con el que no había hablado en treinta y siete años. Me gustaría pedir a William Ironside y a su esposa, Mariot, que se pongan en pie para que los vean. En octubre de 1899, él me arrastró de vuelta al recinto después de que recibiera una bala en el hombro derecho. En aquel entonces, William era un subteniente recién comisionado en la Artillería

Real. Al verlo de pie ante ustedes, estoy seguro de que entienden por qué sus compañeros le pusieron el apodo de Tiny. Como pilar derecho, ganó ese apodo de sus compañeros de equipo cuando jugaba al rugby en la Royal Military Academy de Woolwich. De hecho, más tarde fue internacional por Escocia. Como pueden ver, es una montaña de hombre, de algo menos de dos metros de estatura y que pesa más de diecisiete stone. Actualmente ostenta el rango de general de división. Tengo entendido que ha aceptado el nombramiento de gobernador de Gibraltar y que piensa asumir el cargo el año que viene.

Tiny y Mariot volvieron a sus sillas y Humphrey continuó presentando a sus invitados.

—Y ahora, mi familia. A mi derecha inmediata está mi nieto James y su esposa, Louise. Junto a ellos, mi nieta mayor, Marjorie. Ha venido con su esposo, el comandante Jonathan Lawrence. Actualmente sirve en la Royal Navy pero, según me dicen, está a punto de asumir el mando de su propio barco, un destructor de la clase Tribal. Estará destinado en Gibraltar para salvaguardar nuestros intereses estratégicos en el Mediterráneo. A continuación, mi otra nieta, Beatrice, con su marido Donald Hutchinson. No estoy del todo seguro de cómo se gana la vida, pero creo que es algo de la City. Junto a ellos están los padres de Donald, Gerald y Mary, es decir, lord Hutchinson of Whorlton y lady Mary. Su otro hijo, Walter, está aquí con su prometida, Maria Lefkowich. Nuestra familia tiene previsto asistir a su boda a finales de este verano. Sentados junto a ellos están su hija, Florence, y su amigo, Lester Renshaw. No estoy seguro de a qué se dedica él durante el día, pero quizá alguien pueda preguntárselo cuando nos retiremos a la biblioteca. También tenemos la fortuna de contar esta noche con la presencia del tío y la tía de Louise, Michel y Louisa de la Béré. Podría añadir que fue su viñedo de Borgoña el que produjo el magnífico Premier Cru pinot noir que hemos disfrutado con la cena.

Todos en la mesa alzaron sus copas para mostrar su reconocimiento por el vino servido durante la comida.

Humphrey dio otro sorbo de oporto mientras recorría con la mirada al grupo reunido.

—Siguiendo por la mesa, tenemos a los doctores Johann y Christina Sherman. Johann es investigador sénior de Economía en King's College, Cambridge, y Christina dirige una próspera consulta dental aquí en Addlestone. Sus dos hijos, Sarah y Daniel, cenaron en la mesa de los niños con los dos chicos de Marjorie y Jonathan. Después han subido a acostarse.

—Sentados junto a los Sherman hay otra pareja que planea una boda de verano. Son nuestros vecinos de Addlestone, Rose Gregory y Norman Paine. Luego tenemos al doctor Richard Chillingworth y a la señorita Sybil Fergusson. Respectivamente, fueron el antiguo tutor de matemáticas de James en King's y la antigua profesora de Lenguas Modernas de Louise en Newnham College. No estoy seguro de si son pareja, pero quizá alguien quiera preguntarles.

Hubo algunas risas corteses antes de que Humphrey continuara con sus presentaciones.

—A continuación, dos de mis amigos más cercanos, con quienes paso buena parte de mi tiempo libre. Son el coronel David Harringay, capitán del St George's Hill Golf Club, y su esposa, Francis, y el comandante Alastair Menzies, vicepresidente del club, y su esposa, Morag. He pasado muchas horas con David y Alastair, hundido hasta las rodillas en el enorme búnker del hoyo doce de St George's.

De nuevo Humphrey dio un sorbo de oporto, señal para que los demás hicieran lo propio.

—Ahora me gustaría que se pusieran en pie Barnes Wallis y su esposa, Molly, y Reginald Mitchell y su esposa, Florence, para ser reconocidos. Barnes y Reginald son lo que yo llamo mis amigos «boffins». Ambos están trabajando en algún proyecto ultrasecreto para frenar a los nazis, si llegara el caso en los próximos años.

Tras esto, Humphrey volvió a sentarse a la cabecera de la mesa y apuró lo que quedaba de su oporto. Jarvis le rellenó la copa y luego él y Peets recorrieron ambos lados de la mesa, colmando las copas del resto.

Nicholas se levantó y pidió permiso a Humphrey para decir unas palabras.

—Humphrey es un hombre extremadamente modesto y, que yo sepa, siempre se ha mostrado reacio a hablar de sí mismo o de sus logros. He pensado ahorrarle la incomodidad de la autoalabanza y contarles un poco acerca de su vida extraordinaria.

Tras dar un sorbo al oporto, Nicholas empezó:

—Humphrey Reginald Harcourt-Heath nació el 13 de diciembre de 1856. Para quienes se les dan bien las cuentas, estoy seguro de que estarán de acuerdo en que eso significa que hoy cumple ochenta años. Su padre fue Reginald Humphrey Harcourt-Heath, que residía en Runnymede. Su madre fue Alice Winchester, cuya familia procedía de Leamington Spa. A los seis años, Humphrey fue enviado como interno a Christ's Hospital, donde su hermano mayor, James, se había matriculado dos años antes. Allí, ambos ingresaron en la recién creada Combined Cadet Force y llegaron al rango de capitanes de la CCF. A los dieciséis años, fue aceptado para estudiar Historia Europea en King's College, Cambridge. Tres años más tarde, obtuvo un título con matrícula de honor de primera clase y mención especial. Debido a sus éxitos académicos, se le ofreció una beca de investigación. Sin embargo, después de sus exámenes finales del Tripos, recibió la trágica noticia de que su hermano James había muerto en el campo de batalla durante la guerra anglo-zulú. La pérdida de su único hermano lo devastó y, sospecho que por esa razón, Humphrey abandonó la carrera académica y entró en el Royal Military College de Sandhurst. Yo era instructor allí y fue donde lo conocí por primera vez. Un año después fue comisionado como subteniente en el Ejército británico.

Nicholas hizo una pausa para dar otro sorbo de oporto.

—Acababa de cumplir veinticuatro años cuando recibió su primer destino en el extranjero. En diciembre de 1880, él y su compañía viajaron al Transvaal para luchar en lo que hoy llamamos la Primera Guerra de los Bóers. Estoy seguro de que muchos de ustedes saben que no fue una campaña exitosa. Los bóers resultaron victoriosos y acabaron logrando la independencia de la República de Sudáfrica. Durante esa campaña, Humphrey recibió un ascenso en el campo de batalla al rango de teniente primero y se le concedió la Medalla de Sudáfrica de la Reina. Fue mencionado dos veces en despachos por su valentía frente al enemigo. En junio de 1881 regresó a su cuartel en Surrey, donde recibió dos galones de herida para lucir en su uniforme.

—Durante un permiso, se alojó en casa de un camarada en Walton-on-Thames. Me han contado que conoció a Dorothy Beckwith en un baile organizado por la iglesia de St James en Weybridge. En ese momento Dorothy vivía con sus padres en Woburn Park Farm. Habían comprado las tierras de pasto en 1834 y más tarde construyeron esta casa solariega en el emplazamiento de las ruinas de la abadía de Chertsey, un monasterio benedictino del siglo VII. Antes de eso, la familia Beckwith criaba ganado cerca de Maidstone, en Kent.

Tras otro sorbo de oporto, Nicholas continuó:

—Su noviazgo duró cuatro años, no por ninguna duda por parte de Humphrey o de Dorothy, entiéndanme, sino principalmente porque Humphrey solía estar ausente de su cuartel local en misiones para el Ejército británico.

—El sábado 19 de junio de 1886, tuve la suerte de ser el padrino de Humphrey cuando se casó con Dorothy en la iglesia parroquial de St Paul, aquí en Addlestone. Su luna de miel solo duró una semana en Deauville, porque, una vez más, Humphrey fue llamado de vuelta a su regimiento. En septiembre de ese mismo año, recibió una de las primeras DSO jamás concedidas. La Distinguished Service Order se otorga a los oficiales que han demostrado valentía por un mando y liderazgo muy satisfactorios durante operaciones activas en combate real.

Nicholas hizo una pausa para que Jarvis y Peets pudieran aprovechar para rellenar todas las copas de oporto.

—Después de casarse, se alojaba en Woburn cuando estaba de permiso. Fue entonces cuando se familiarizó con el negocio del ganado. En 1889 fue enviado a Sudán para luchar en la guerra mahdista. Allí, Humphrey sirvió bajo las órdenes del entonces coronel Herbert Kitchner. Más tarde, Humphrey sirvió bajo el mando de lord Kitchner en la Segunda Guerra de los Bóers. Fue durante esa campaña cuando Humphrey recibió un ascenso en el campo de batalla al rango de capitán. Durante la Gran Guerra, Humphrey mandó su compañía en la batalla de Mons en 1914, en el Somme en 1916, después de lo cual fue ascendido al rango de mayor. Dirigió su compañía en Passchendaele al año siguiente y en la batalla de Amiens, apenas tres meses antes de que terminara la guerra. A su regreso a Inglaterra, fue ascendido al rango de coronel.

Alzando su copa hacia Humphrey y Dorothy, Nicholas dijo:

—Su único hijo, James Reginald Harcourt-Heath, nació el 30 de octubre de 1888. Estudió en Eton College y en King's, Cambridge, donde, como su padre, cursó Historia Europea. Tras obtener un título con honores de segundo grado superior, regresó a Woburn para ayudar a gestionar el negocio familiar. En 1912 se casó con Rebecca Holtz, que vivía con sus padres en la cercana Sutton. De ese matrimonio nacieron tres hijos, Marjorie, James y Beatrice, a quienes han conocido esta noche. James y Rebecca decidieron tener una segunda luna de miel y viajaron a Nueva York. El 7 de mayo de 1915, en su viaje de regreso a bordo del barco de Cunard RMS Lusitania, este fue torpedeado y hundido por el submarino alemán U-20. De los casi dos mil hombres, mujeres y niños que iban a bordo, murieron mil doscientas personas. Ese terrible total incluía al hijo y a la nuera de Humphrey. Con la ventaja de la perspectiva, uno podría decir que fue un regalo de la providencia que decidieran dejar a sus tres hijos en Inglaterra al cuidado de sus abuelos, Humphrey y Dorothy. Marjorie aún no había cumplido los tres años y James y Beatrice acababan de cumplir uno.

Nicholas se enjugó los ojos con el pañuelo.

—Humphrey y Dorothy quedaron destrozados. Por orden del secretario de Guerra, lord Kitchener, el Ministerio de la Guerra concedió a Humphrey dos meses de permiso por compasión. Yo pude intervenir y ayudar a ordenar el testamento de su hijo y los fondos fiduciarios de sus nietos. Gracias a mi relación con George Smith, recién nombrado director de Dulwich College, conseguí asegurar la entrada de los tres huérfanos. Marjorie ingresó en James Allen Girls' School cuando cumplió seis años, y Beatrice se le unió dos años después. James también entró en Dulwich College en 1919. Debido a la pandemia de gripe española, los tres niños regresaron a Woburn y solo pudieron ocupar sus plazas al año siguiente.

Nicholas añadió:

—Puede que no sepan nada de su posterior destino como oficial al mando de los proyectos de desarrollo ultrasecretos de la RAF en el cercano aeródromo de

Brooklands. Por este servicio fue nombrado Commander of the British Empire. Su CBE fue anunciado por el rey Jorge V en la lista de honores de cumpleaños de junio de 1932.

Nicholas hizo una pausa para otro sorbo de oporto.

—Sé que Humphrey es extremadamente modesto respecto a sus logros, por lo que me pareció necesario pedirle permiso para hacer el siguiente anuncio. La semana pasada, desde el Palacio le informaron de que el rey Jorge VI ha decidido otorgarle el rango de Knight Bachelor. Esto se anunciará oficialmente en la London Gazette el 29 de enero y se le impondrá en una ceremonia en el Palacio como parte de la coronación del Rey. A partir de ese momento, Humphrey será conocido como sir Humphrey Harcourt-Heath y su esposa, lady Dorothy.

Todos se pusieron en pie y aplaudieron a la pareja.

James susurró a Louise:

—Sabes, realmente tenemos que reservar alojamiento en Londres. ¿Cuándo será esto?

—La coronación propiamente dicha tendrá lugar el miércoles 12 de mayo en la abadía de Westminster —respondió Louise—. Nicholas ha sido invitado a la abadía, al igual que los padres de Donald.

—Bien, aunque falten aún cinco meses, será mejor que me ponga manos a la obra.

Nicholas aún no había terminado.

—Ya que hablamos del servicio al Imperio británico y de la Gran Guerra, debería añadir que la vida de Helen y la mía también se vieron trastocadas hace unos veinte años. Nuestros dos hijos murieron el 1 de julio de 1916, el primer día de los seis meses que duró la batalla del Somme. Como muchos de los aquí presentes, trabajo con nuestro gobierno para garantizar que nunca vuelva a producirse una guerra de tal magnitud.

Nicholas volvió a su asiento y aquello fue la señal para que Jarvis indicara a los sirvientes que despejaran la mesa de los niños. Ellos se habían marchado antes para subir a descansar y quedar al cuidado de la enfermera O'Sullivan y de Turner. Peets llevó los regalos y los colocó sobre la mesa. Estaban el carrito de golf comprado por James y Louise, la factura de la instalación del teléfono de la biblioteca por parte de la GPO, el Tantalus de roble del siglo XIX con cerradura de parte de Nicholas y Helen, y una botella de Clos des Chênes pinot noir de 1900, regalo de Michel y Louisa. También había sobre la mesa varias tarjetas de cumpleaños y pequeños paquetes.

Humphrey se puso en pie.

—Abriré las tarjetas y el resto de los regalos más tarde y enviaré las notas de agradecimiento según dicta la costumbre. Ahora, les propongo que nos retiremos a la biblioteca para seguir bebiendo y tener la oportunidad de reencontrarnos o simplemente de hacer nuevos amigos.

Durante la siguiente hora, Jarvis y Peets sirvieron bebidas mientras los invitados conversaban en pequeños grupos.

A las once, Johann y Christina Sherman dieron las gracias a Humphrey y Dorothy por haberlos incluido en la celebración.

—Tenemos que llevarnos a los niños a casa, ya es muy pasada su hora de acostarse. Daniel tiene colegio mañana.

Louise se acercó a William Ironside.

—General Ironside, me gustaría saber cuándo piensa asumir su cargo de gobernador de Gibraltar.

—Por favor, llámeme Tiny, todo el mundo lo hace. Para responder a su pregunta, diría que a principios del año que viene. ¿Por qué lo pregunta?

—Es posible que mi marido y yo estemos en España unas semanas en marzo o abril.

—Ya sabe que hay una guerra.

—Nos mantendremos bien alejados de la acción y nos limitaremos a disfrutar del sol, la comida, el vino y la cultura españoles.

—Si llegan al sur, vengan a verme. Y ahora, si me disculpa, mi chófer ha llegado para llevarme a mí y a mi esposa a nuestro hotel en Weybridge. Ha sido un placer conocerlos a todos. Voy a despedirme de Humphrey y Dorothy.

Con la medianoche acercándose, otros invitados también iban marchándose. Louise se dio cuenta de que Richard y Sybil se cogían de la mano mientras subían las escaleras.

Antes de volver a su dormitorio, Michel le dijo a Humphrey que les encantaría aceptar su invitación para quedarse hasta Año Nuevo.

—Hay poco que hacer en la vinécole que no puedan manejar nuestros trabajadores fijos. Noël debe celebrarse siempre en familia.

Capítulo 20

Lunes, 14 de diciembre – Planificación de la partida

Antes de que Richard y Sybil se marcharan de regreso a Cambridge, James les pidió que se unieran a él, Donald, Bea y Louise en la biblioteca.

—Me gustaría ponerles al tanto de varios acontecimientos que se me han presentado. El miércoles de la semana pasada, Anthony Blunt me invitó a almorzar al East India Club. Se nos unieron Guy Burgess, Kim Philby y Arnold Deutsch.

Richard lo interrumpió.

—El nombre de Deutsch salió a relucir cuando el pasado febrero el MI6 entrevistó a Johann Sherman. Si mal no recuerdo, el doctor Sherman sugirió que Deutsch era un espía soviético ocupado en reclutar agentes británicos. Desde entonces, hemos logrado recomponer parte de su carrera. Es un judío austríaco al que se le concedió un doctorado en química por la Universidad de Viena. En 1933 fue detenido por las autoridades nazis. Tras su puesta en libertad, entró en el Reino Unido con un visado de trabajo válido para ocupar una plaza académica en la Universidad de Londres. Nuestros informes sugieren que es un profesor concienzudo y no tenemos ninguna prueba de que esté metido en nada que pudiera interesar a ninguna de las ramas del SIS.

James dijo:

—Deutsch es un marxista ferviente. Si quieren reírse un poco, me dijo que creía que mi ensayo de los Apóstoles describía cómo el capitalismo de libre mercado terminará implosionando, lo que inevitablemente llevaría a una insurrección del proletariado. A partir de eso concluyó que yo era partidario del comunismo.

Sybil dijo:

—James, no nos estamos riendo. Cuéntanos qué pasó.

—El miércoles pasado me reuní de nuevo con él, con Blunt, Long, Burgess y Philby en The Albemarle. La conclusión de esa reunión es que me han reclutado como miembro del Partido Comunista de Gran Bretaña.

James les enseñó su carnet de miembro, con el sello en relieve.

Richard fue el primero en hablar.

—James, has conseguido tropezarte con una oportunidad increíble. No solo tienes una vía de acceso directa a los fascistas de la Nordic League y de la BUF, sino que ahora también puedes entrar en la mente del Partido Comunista británico. Asiste a sus reuniones y mantenos informados de sus planes.

—Pienso hacer exactamente eso. Hay otro matiz. En esa reunión, Philby me dijo que The Times lo ha contratado como corresponsal extranjero. Planea viajar a España en algún momento del año que viene como periodista acreditado. Le dijo a la Nordic League que les transmitiría sus impresiones sobre la guerra civil y, en especial, sobre la probabilidad de una victoria de los nacionalistas. A estas alturas, Jock Ramsay y sus conspiradores aún no tienen claro a qué bando apoyar. Por razones estratégicas, obviamente no quieren comprometerse con uno u otro hasta estar razonablemente seguros de quién será el vencedor final.

Richard dijo:

—Tengo que decir que, en pocas palabras, esa es la posición de Su Majestad el Gobierno.

Louise dijo:

—Cuando vayamos a España, igual que Philby, tendremos acreditaciones de prensa del Manchester Guardian. Philby será entonces un colega, aunque de una publicación rival, que quizá pueda echarnos una mano de vez en cuando.

James continuó:

—Philby también nos dijo que piensa proporcionar a Deutsch y al Partido Comunista cualquier información de inteligencia que consiga. Sugeriste que los comunistas podrían estar apoyando a los voluntarios británicos que viajan a España para ayudar a los republicanos. Deutsch confirmó que la Unión Soviética está proporcionando armas y munición a los reclutas de las Brigadas Internacionales.

Richard preguntó:

—¿Dijo cómo piensan suministrar el armamento?

—No, y yo no se lo pregunté. Supongo que a los voluntarios británicos los equiparán antes de que salgan hacia España. Dudo que tuviera intención de soltar ese dato. En aquel momento estaba alardeando de sus contactos directos con el NKVD.

Richard cambió de rumbo.

—Louise, en cuanto a vuestras acreditaciones de prensa, he enviado vuestras fotos y datos a Charles Scott, que se ha comprometido a expedir las credenciales en el plazo de una semana.

James dijo:

—Como los demás hablan español, pensé que yo podría ir como fotoperiodista. Así sería poco probable que tuviera que hacer entrevistas. He contactado con un estudio en Weybridge. El dueño me dijo que estaría encantado de formarme para que, al menos, pueda hacerme pasar por fotógrafo. No he avanzado con esto hasta saber si voy a poder conseguir las acreditaciones de prensa adecuadas.

Richard dijo:

—Déjalo en mis manos. Me pondré en contacto contigo antes de las fiestas. ¿Tenéis algo más en mente?

Donald preguntó:

—¿Y el automóvil alemán que nos prometiste?

—¿No lo dije? El MI5 ha comprado un nuevo Mercedes-Benz 200 W21 Pullman-Limousine. Tiene el volante a la derecha, es enorme y extremadamente caro. Debería convencer a las autoridades españolas y a cualquier alemán con el que os crucéis de que tenéis tanto dinero como posición.

—¿Cuándo lo entregarán?

—Algún momento a principios de enero. Además de su actual matrícula británica, todavía tenemos que inventarnos unas placas alemanas. Ahora que ya hemos elegido vuestras identidades alemanas, el Mercedes quedará matriculado en Dortmund, en el valle industrial del Ruhr.

Louise dijo:

—Todavía no nos has informado de a quién vamos a suplantar.

—Eso se decidió el viernes por la tarde. James, tú serás Max Krupp. Louise, tú interpretarás a su esposa, Frieda. Max es el hermano menor de Bertha Krupp. Ella es la heredera del negocio familiar, Friedrich Krupp AG, que incluye su acería, la Krupp-Gussstahlfabrik. Tu alter ego dirige una fábrica de montaje en Buckau, en el distrito de Biberach, Baden-Wurtemberg. Lleva produciendo Panzers desde que Hitler llegó al poder a principios de 1933. Como esto contraviene directamente las disposiciones del Tratado de Versalles, sus plantas de producción están dispersas por el distrito circundante y sus ubicaciones se mantienen en secreto. Solo hemos descubierto esto gracias a los agentes de las SS y del Heer que Donald ha reclutado recientemente. Tu cobertura será la de un hombre de negocios que va a España para conseguir contratos con compañías mineras para el suministro de cobre, zinc y acero.

Donald preguntó:

—¿Y nosotros?

—Donald, tú suplantarás a Gunther Lange. Bea, tú serás su esposa, Emma. Lange es el director gerente de Rheinmetall Waffe Munition GmbH. Tiene su sede en Düsseldorf, pero cuenta con fábricas de montaje en los alrededores de Ulm. Desde hace dos años, esta empresa produce tractores de nueve toneladas que pueden equiparse opcionalmente con torretas y cañones perforantes de 37 mm. Se han designado como tractores para sortear las prohibiciones de producción y exportación incluidas en el Tratado de Versalles. Al parecer rivalizan con los que actualmente fabrican Krupp y Daimler-Benz.

—¿Y cómo es que nosotros cuatro nos conocemos?

—Hemos establecido que tú y Max os conocisteis en la Universidad de Stuttgart. Es una escuela técnica donde ambos estudiasteis ingeniería mecánica. Junto con vuestros padres, ingresasteis en el Partido Nazi en 1931. Aunque técnicamente sois rivales comerciales, vuestras empresas tienen contratos con el gobierno alemán para suministrar carros de combate y municiones a la Wehrmacht. Los falsificadores del MI6 acaban de empezar a preparar vuestros pasaportes alemanes, carnés de conducir y carnés de afiliación al Partido Nazi. Como vais a suplantar a personal clave de industrias estratégicas, también tendréis documentación que demuestre que estáis exentos del servicio militar obligatorio en Alemania.

Sybil se levantó.

—Richard y yo tenemos que volver a Cambridge.

Jarvis había dejado previamente sus maletas en el vestíbulo. Se quedó en la puerta y dijo:

—Si quieren acompañarme, el señor Peets los llevará en coche a la estación.

Después de que se marcharan, Louise dijo:

—Parece que nuestro viaje a España va en serio. Después de Año Nuevo, tendremos que organizar nuestro viaje a Francia, donde pasaremos una semana más o menos antes de entrar en España. Dicho esto, cuando Nicholas y Helen salgan hacia Dublín el martes, Bea y yo pensamos acompañarlos. Tenemos que tomar algunas decisiones administrativas sobre nuestra Ireland Academy for Women. Solo estaremos fuera seis días y regresaremos el lunes 21 para preparar las fiestas de Navidad.

Capítulo 21

Lunes, 14 de diciembre – Biblioteca de Woburn

Durante el desayuno, Humphrey dio las gracias a la familia por el delicioso ardid que habían urdido para convencerlo de que iba a ser una fiesta sorpresa.

—Debo confesar que me divirtió seguirles el juego, ya que, en realidad, sí necesitamos un tractor nuevo. Además, siempre he disfrutado del Mesías de Händel. Estoy seguro de que ese teléfono adicional en mi mesa de la biblioteca me resultará extraordinariamente práctico. Me entusiasmó menos el espectáculo del Trocadero. Fue un poco moderno para mis gustos. Dicho esto, me pareció que Vera Lynn fue verdaderamente encantadora. Espero que tenga una larga y exitosa carrera por delante. Según el programa, aún no ha cumplido los veinte. —Y tú, Louise, si no nieva durante las fiestas, probaré ese artilugio del carrito de golf, pero solo si me acompañas en el campo de St George's. Por cierto, confío en que tu hombro se haya curado después de que aquel soldado nazi te empujara por las escaleras del sótano.

—Estoy como una rosa. Mi médico de Harley Street me recetó algo de fisioterapia y, durante los últimos meses, he sido una asidua del campo de prácticas de St George's. También cumplo con mis obligaciones administrativas como capitana de las damas del club. De hecho, he reclutado a una docena de señoras que han aceptado la oferta del club de hacerse socias de pleno derecho, con derecho a jugar los siete días de la semana. A algunos de los socios veteranos no les hizo ninguna gracia permitir mujeres en el campo los domingos, pero mis jugadoras son hábiles golfistas con hándicaps de un solo dígito. Dada la actual Depresión económica y el fallecimiento de algunos de nuestros socios más mayores, St George's necesita nuevos miembros de pago. Por cierto, somos uno de los primeros clubes de golf de Surrey en dar este paso tan audaz. Estoy sumamente orgullosa de estar contribuyendo a avanzar los derechos de las mujeres.

Humphrey dijo:

—No podría estar más de acuerdo. Ya es hora de que esos carcamales, que se pasan las tardes apoyados en la barra soltando disparates sobre política y los asuntos del mundo, se pongan al día con los tiempos que corren. ¿Algún plan para hoy?

—Si Bea y yo pudiéramos usar el teléfono de tu biblioteca, nos gustaría llamar a la directora de nuestra Academia de Dublín. Tenemos que concretar los detalles de nuestro viaje. ¿Y tú?

—Pienso pasar el resto de la mañana con Smalbridge hablando de nuestro programa de cría.

James dijo:

—Cuenta conmigo. Al fin y al cabo, se supone que estoy al mando ahora que te has jubilado oficialmente.

—Pero sin que me manden a pastar, ojo. No olvides que, cuando tú estés por ahí de viaje en Francia y España, yo tendré que retomar mis obligaciones de gestión.

Louise lo reprendió cariñosamente:

—Nuestro viaje a Francia y España difícilmente será unas vacaciones. Tenemos decisiones importantes que tomar sobre la vinécole. Después, tendremos nuestras obligaciones con el SIS mientras intentamos proteger los intereses británicos en España y Gibraltar.

En ese momento, Michel y Louisa entraron en la biblioteca. Humphrey preguntó:

—Michel, ¿te apetece acompañarnos a una visita rápida a la explotación de ganado?

—¡Absolutamente!

Los hombres salieron de la biblioteca, pasaron al guardarropa, se pusieron abrigos y botas de agua y se marcharon a reunirse con Smalbridge y su hijo, Titus.

Cuando se fueron, Louisa preguntó a Dorothy:

—¿Estás segura de que no les importa que nos quedemos para la Navidad y las celebraciones de Año Nuevo?

—Insistimos.

—Desde que nuestros dos hijos fueron asesinados en Verdún, Louise y, por extensión, tú y tu familia, sois nuestros únicos parientes vivos. Los mellizos de James y Louise no solo son vuestra herencia genética, también son la nuestra.

Capítulo 22

Miércoles, 16 de diciembre – Holyhead, Gales

El martes tuvieron el típico tiempo de diciembre. Soplaban fuertes vientos procedentes del mar del Norte, acompañados de lluvia casi horizontal y aguanieve. La familia y los invitados que quedaban decidieron quedarse dentro. En la biblioteca, Humphrey, Dorothy, Nicholas y Helen hablaban de la elaboración del vino con Michel y Louisa.

Nicholas preguntó:

—Michel, ¿podrías darnos tu opinión sobre los vinos del valle del Loira? El año pasado planeábamos visitarlo y ahora esperamos poder hacerlo más avanzada la primavera.

—Debes aceptar que siento una fuerte preferencia por los vinos de Borgoña. No obstante, intento mantenerme al día con los últimos avances en la enología francesa. Louisa y yo leemos las revistas especializadas y asistimos a reuniones con expertos en Beaune y Lyon. Puedo decirte que el Loira es el tercer mayor productor de vinos AOC de Francia y el segundo productor de vinos blancos, algo por detrás de la región de Champaña. También es el segundo embotellador de rosados, solo superado por Provenza. Las vinécole del Loira se centran en uvas Chenin blanc, Sauvignon blanc y Gamay. En estos momentos intentan competir con nosotros, pero elaboran lo que yo consideraría un Pinot noir inferior.

Mientras Louise y Bea pensaban en las tareas que esperaban realizar en Dublín, James y Donald hablaban de los planes para su viaje al continente.

Donald dijo:

—Supongo que, antes de seguir en coche hasta España, haremos una parada rápida en Clos des Chênes.

—Ese es el plan. Hemos sido invitados a asistir a la boda doble de Catherine y Élisabeth.

—¿Quiénes?

—Seguro que te acuerdas. Son las dos chicas de diecisiete años a las que rescatamos de Heim Hochland en agosto, hace ahora un año.

—Claro, pero ¿no se llamaban Kathleen y Winnifred?

—Así es. Han conocido a unos jóvenes cuyos padres son propietarios de vinécole en Morey-Saint-Denis.

—Entonces, ¿un par de días allí y después, rumbo a España en el Mercedes?

—No exactamente. Louise y yo tenemos otras tareas urgentes en el viñedo. Tenemos que ponernos al día con las nuevas plantaciones y quiero revisar bien los libros de cuentas. El año pasado pasé un tiempo reorganizando su sistema contable y me gustaría confirmar que todos los ingresos y gastos se están registrando de forma fidedigna. Mi intención es elaborar cuentas de pérdidas y ganancias, además de obtener estimaciones precisas de activos y pasivos. Además de tasaciones actualizadas de las tierras, la casa y las dependencias, necesitaré un inventario de las añadas antiguas de Clos des Chênes y, con la ayuda de Michel, obtener estimaciones de su valor actual. Mi propósito es construir una imagen fiel de la situación financiera de nuestro negocio familiar conjunto.

—¿Eso es todo?

—No, y esto puede darnos bastante trabajo. El año pasado, Louise y yo nos reunimos con el arquitecto que supervisó las reformas de las instalaciones de vinificación. Le encargué que diseñara una nueva cava para guardar nuestro vino.

—¿Qué problema hay con vuestra cava actual? Es enorme y, al estar excavada en la ladera, es ideal para mantener los vinos más antiguos a una temperatura y humedad óptimas.

—No hay nada de malo en ella. Pero quiero poder anticipar posibles problemas futuros.

—¿Como cuáles?

—Seguro que recuerdas a Gephardt Fleischer. Era aquel funcionario gordo de la Gestapo con el que cenamos después de salir de la Jefatura de la Gestapo de Múnich.

—¿Cómo iba a olvidarlo? Obtuvimos unos informes excelentes que resultaron vitales para evaluar la futura amenaza nazi.

—Sí, pero cuando pediste aquel magnum de Château Margaux, dijo, arrastrando las palabras: «Pronto no tendremos que importar estos buenos vinos. Serán nuestros en cuanto anexemos Francia». Eso me hizo pensar que si, o más bien cuando, los nazis invadan Francia para saquear su riqueza, la región de Borgoña será un objetivo principal, ya que está cerca de Alemania. Le he pedido a Michel que encargue a un arquitecto la construcción de una cava secundaria que pueda ocultarse en algún lugar de la propiedad. Debe ser adecuada para almacenar nuestro vino, pero también indetectable en caso de que los nazis invadan.

—Seguro que eso no es una preocupación inmediata.

—Como futuros propietarios del viñedo, queremos estar preparados para cualquier eventualidad. Es probable que se necesite tiempo para construir la cava y asegurarse de que la entrada sea indetectable.

—¿Eso es todo? ¿Cuánto tiempo necesitaréis?

—Al menos una quincena. Mientras lleguemos a España a principios de abril, estaremos bien.

Mientras tanto, Louise y Bea estaban agrupadas en el otro extremo de la mesa de la biblioteca, enumerando las tareas que debían abordar durante su estancia en Dublín. James se inclinó por encima del hombro de Louise para ver qué planeaban:

1. Ingresar los cheques recibidos para apoyar a la Academia

2. Reunirse con los editores de la prensa liberal irlandesa para conseguir su apoyo para el Shamrock

3. Reunirse con nuestros abogados para recibir una actualización sobre

los avances en la identificación de otras lavanderías

4. Reunirse con nuestra directora para ponerse al día sobre las matriculaciones y las obras del edificio

5. Confirmar que la clínica de la Academia está en funcionamiento

James dijo:

—Es mucho para lograrlo en solo un fin de semana largo.

—Nos apañaremos. No queremos estar lejos de nuestros bebés ni perdernos las celebraciones navideñas. Cuenta con que estemos de vuelta para el día 21.

CAPÍTULO 23

MIÉRCOLES, 3 DE MARZO DE 1937 – WOBURN

Las últimas once semanas pasaron rápido. Después de la fiesta de cumpleaños de Humphrey, Louise y Bea acompañaron a Nicholas y Helen a Dublín. Se alojaron en The Chase y resolvieron con éxito los detalles de su Academia. Ingresaron cheques en la cuenta bancaria de la Academia, asegurándose de que tuviera fondos suficientes para llegar hasta el verano. Ya había sesenta chicas y mujeres internas y un personal fijo de seis profesoras, además de la directora. El ginecólogo/obstetra la visitaba una vez por semana, asesorando y tratando a las residentes.

Como en las anteriores vísperas de Navidad, hubo el habitual intercambio de regalos. El Boxing Day, con jornada de puertas abiertas para los trabajadores de la finca, fue seguido por una gran reunión de amigos de la zona.

Michel y Louisa se quedaron hasta mediados de enero. Pasaron tiempo con los dos hijos de Jonathan y Margie, así como con los dos niños de los Sherman. Era evidente que a ambos les encantaba estar rodeados de adolescentes.

La noche de Fin de Año sonó el teléfono del vestíbulo. Jarvis dijo:

—El señor Anthony Blunt está en línea y desea hablar.

James atendió la llamada en el recién instalado teléfono de la biblioteca.

—Anthony, qué agradable sorpresa. Permíteme desearte un próspero Año Nuevo.

Tras ese saludo, Louise pudo ver por su expresión que estaba recibiendo noticias preocupantes.

—No tenía ni idea de que pensara ir al extranjero —dijo James.

Cuando colgó, Louise preguntó:

—¿Qué ha pasado?

—¿Recuerdas a John Cornford? Creo que lo conociste en varias ocasiones en el Mitre.

—Por supuesto. ¿No estaba en tu misma promoción?

—Sí. Estudió Historia en Trinity, pero su verdadera pasión era la poesía. Asistía con regularidad a las reuniones de los Apóstoles. Como Blunt y los demás, apoyaba al Partido Comunista.

—Entonces, ¿qué ha dicho Blunt?

—Cornford ha muerto. Lo mataron combatiendo contra los Nacionalistas en Lopera, que está, al parecer, cerca de Córdoba. Le perdí la pista después de graduarnos, pero Blunt me ha contado que en 1936, después de obtener un posgrado en la LSE, se fue a España y tomó las armas con la milicia del POUM. Por lo visto, son soldados que forman parte del Partido Obrero de Unificación Marxista.

Louise se quedó callada, pero luego añadió:

—Supongo que su muerte trae la guerra aún más cerca de casa. Ambos lo admirábamos y ahora ya no está. Que nuestro último brindis del Año Nuevo sea en su nombre. Por mi parte, espero que nuestro viaje a España pueda ayudar a acortar esta guerra sin sentido.

Alzó su copa de champán.

—John Cornford, que descanse en paz.

Los demás compartieron sus sentimientos, alzaron las copas y dijeron al unísono:

—John Cornford.

Sus dos juegos de documentos de identidad con foto llegaron a mediados de enero. El primero era sus credenciales de prensa. La documentación de James lo identificaba como David Duckworth, fotoperiodista. La de Donald correspondía a su nueva persona, el editor de Política del Manchester Guardian, Nigel Hepworth. Bea era ahora Evelyn Wright, que escribía con regularidad para la sección femenina del Observer, y Louise poseía una tarjeta de prensa a nombre de Martha Gellhorn, donde se indicaba que su especialidad periodística eran los Asuntos Políticos Europeos. Los falsificadores del MI6 también les habían proporcionado pasaportes británicos a esos nombres y el Departamento de Vehículos de Motor expidió permisos de conducir con sus alias.

El segundo juego de documentos de identidad identificaba a James y Donald como industriales alemanes casados. Los cuatro tenían ahora pasaportes alemanes, cartillas de afiliación al Partido Nazi, permisos de conducir alemanes y tarjetas de residencia de Renania del Norte-Westfalia.

Desde mediados de diciembre, James había concertado reuniones semanales con el propietario de un estudio fotográfico de Weybridge. Ahora era dueño de una Leica Modelo IIA con todos los accesorios, incluidos cuatro objetivos especializados, un teleobjetivo con zoom de largo alcance, un flash y un trípode. También había comprado una cámara en miniatura Minox Riga que pensó que podría resultar útil en su papel de espía. Durante enero y febrero había estado haciendo fotografías de todo y de todos. También había aprendido las técnicas de revelado en un cuarto oscuro que había construido en el sótano de Woburn.

El Mercedes-Benz Pullman-Limousine con volante a la derecha fue entregado el 14 de enero. Era negro azabache y enorme. Además de su libro de registro británico y sus placas de matrícula del Reino Unido, tenía también una matrícula alemana con base en Düsseldorf y papeles de propiedad a nombre de Gunther Lange, el alias alemán de Donald. Las correspondientes placas alemanas estaban guardadas en el maletero, debajo de la rueda de repuesto.

Dos veces en enero, James se reunió con Deutsch, Philby, Long y Blunt en The Albemarle. Allí se enteró de que Philby pensaba viajar a Madrid en febrero para ocupar su puesto de corresponsal extranjero de The Times.

A finales de enero, Sir Hugh informó a Donald de que el MI6 había descubierto que Albacete era una de las principales bases de las Brigadas Internacionales.

El 19 de febrero, aquella ciudad fue bombardeada por aviones pertenecientes a la Legión Cóndor nazi. Las fuentes de inteligencia indicaban que el bombardeo había durado más de tres horas y había sido realizado por aparatos Junker 52 de la Wehrmacht y Messerschmitt Bf 109. Al parecer, estaban estacionados en la base aérea de Tablada, en Sevilla. Según los informes locales, hubo más de veinte pasadas, a intervalos de diez a veinte minutos, en las que se soltaron bombas de racimo de 50 kg y 250 kg. Las primeras estimaciones sugerían que habían muerto más de ciento cincuenta personas, entre residentes locales y civiles. Estas noticias aparecieron en el Manchester Guardian, pero apenas hubo mención y ningún comentario editorial ni crítica en el Telegraph, The Times o los diarios de Lord Rothermere, el Daily Mail y el Daily Mirror. El primer ministro, Stanley Baldwin, y los miembros más veteranos de su gobierno de coalición se negaron a dejarse arrastrar por las preguntas de la prensa o durante la sesión de preguntas al primer ministro en el Parlamento. El líder del Partido Laborista, Clement Attlee, y el líder liberal, Lloyd George, también hicieron caso omiso de las preguntas de los periodistas.

Capítulo 24

Viernes, 5 de marzo – Llamadas telefónicas desde la biblioteca

Después del desayuno, la familia se retiró a la biblioteca para disfrutar de una segunda taza de café. Jarvis entró y le dijo a James:

—Señor, tiene una llamada de Cambridge. ¿Querría atenderla aquí en la biblioteca?

James miró a Humphrey.

—Abuelo, ¿te importa?

—Haz lo que quieras, a no ser que prefieras algo de intimidad, en cuyo caso deberías atenderla en el vestíbulo.

—Ninguno de nosotros tiene secretos para los demás y, como es de Cambridge, sospecho que será Richard.

En efecto, era su superior del MI5, que le dijo a James:

—Me gustaría tener una reunión con vosotros cuatro antes de que salgáis hacia España. ¿El próximo martes a nuestra hora habitual?

James se llevó el auricular al pecho y transmitió a Louise la propuesta de reunión de Richard.

—James, debes ponerte en contacto con Donald y Bea y comprobar cuáles son sus planes.

Bea había vuelto a su trabajo de cifrado en Broadway Buildings a finales de enero, después de que Genie cumpliera seis meses. Lora Hart, la niñera que acababan de contratar, estaba cuidando de su bebé en su casa de Chelsea.

Volviendo a acercarse el auricular al oído, James dijo:

—Louise y yo estaremos allí. Me pondré de nuevo en contacto contigo cuando haya hablado con Donald y Bea.

Cuando volvió a colocar el auricular en su soporte, Louise preguntó:

—¿Te ha dicho cuál es el motivo de la reunión?

—Richard nunca entra en detalles por teléfono. Nos enteraremos de qué se trata el martes.

James llamó entonces a la extensión de la oficina de Donald en Westminster. Contestó su secretaria y James preguntó:

—¿Podría hablar con Donald Hutchinson?

—Está en una reunión. ¿Quiere que le deje un recado?

—Por favor, dígale que llame a su cuñado en cuanto le sea posible.

Una hora más tarde, volvió a sonar el teléfono del vestíbulo. Jarvis le dijo a James:

—El señor Hutchinson desea hablar con usted.

James volvió a descolgar el teléfono de la biblioteca.

—Donald, viejo amigo, nos han convocado a una reunión en Gibbs' el próximo martes a las once. Estoy seguro de que Richard quiere darnos unas últimas instrucciones y quizá los informes de inteligencia más recientes antes de que pongamos rumbo al sur.

—Allí estaremos.

—Mira, ¿por qué no paso a recogeros a los dos por vuestra casa de Chelsea? Subir juntos en coche nos dará la oportunidad de ponernos al día. Al fin y al cabo, hace un par de semanas que no hablamos con ninguno de vosotros.

—Perfecto. Os esperaremos para las diez.

Capítulo 25

Martes, 9 de marzo – Gibbs' Building

Como de costumbre cuando visitaban a Richard, James aparcó delante del pub Mitre. Mientras caminaban hacia la entrada neogótica de King's, oyeron cómo el reloj de Trinity College daba la hora con su característico doble gong.

Subieron los dos tramos de escaleras y llamaron a la puerta del despacho de Richard. Él los invitó a pasar con su habitual grito de «¡Adelante!».

Al entrar, vieron que también estaban presentes Sybil Fergusson y sir Hugh Paget Sinclair, el jefe del MI6.

Richard comenzó la reunión con una pregunta.

—¿Cuándo pensáis marcharos los cuatro a España? Lo pregunto porque la situación española se está volviendo cada vez más tensa. Por esta razón, os sugeriría que fuera más pronto que tarde.

—Tomamos nota —dijo Donald—. Hemos reservado el ferry a Calais para el miércoles 31 de marzo. Debería añadir que no vamos directamente a España, sino que pasaremos una semana aproximadamente en Borgoña. James y Louise tienen algunos asuntos que atender en su viñedo y el fin de semana siguiente tenemos una boda doble. Calculo que bajaremos hacia el sur en la segunda semana de abril.

Sir Hugh tomó las riendas de la reunión.

—Voy a aprovechar esta oportunidad para recordarles que, como jefe del MI6, esta es mi misión y, como tal, yo asumo la responsabilidad última y me corresponderá el mérito de cualquier resultado favorable. Señor y señora Harcourt-Heath, el MI5 les ha permitido unirse a mis agentes, principalmente porque en el pasado ustedes cuatro han tenido cierto éxito en sus incursiones en Francia, Alemania e Irlanda. Quiero recordarles que entran en una zona de guerra y que esta misión conlleva riesgos. Sus funciones son las de observadores pasivos que deberán informar a su regreso. En el pasado, han asumido riesgos y se han salido de los parámetros oficiales fijados por mí y por sus superiores en el MI5. En esos casos, se arriesgaron a poner en peligro los objetivos de la misión, lo que habría significado que no podrían habernos proporcionado inteligencia vital. Se arriesgaron a que los capturaran y los torturaran para arrancarles datos sensibles del SIS y que posteriormente los mataran. Hasta ahora han tenido suerte, así que no echen a perder su historial. Cíñanse a mis directrices y regresen sanos y salvos.

—Puede confiar en nuestra prudencia —dijo Donald.

Sir Hugh no había terminado.

—Permítanme dejar constancia de que sus objetivos son los siguientes. Bajo sus disfraces de periodistas deberían poder conseguir entrevistas con políticos nacionalistas y republicanos de alto nivel. Compórtense como si intentaran ofrecer al público británico una visión equilibrada del conflicto. No tomen partido nunca. Sin duda tienen sus propias ideas sobre quién está en el lado correcto de la historia, pero guárdenselas para ustedes.

Tras una pausa, Sir Hugh añadió:

—En sus papeles de industriales alemanes deberían tratar de calibrar el alcance y la profundidad de los vínculos entre los nacionalistas y la Alemania nazi. En Madrid, céntrense en Alcorcón, la zona donde han elegido vivir los hombres de negocios alemanes y el personal del consulado. Es un barrio acomodado que alberga la embajada alemana. También deberían visitar la provincia de Vizcaya y, en particular, la ciudad de Bilbao. Está en el País Vasco y es fundamental para la extracción de metales valiosos, gas natural, carbón y hierro destinados a la producción de acero. Estos figuran entre las materias primas que la maquinaria de guerra nazi necesita con urgencia. En nuestra búsqueda de industriales alemanes con identidades adecuadas para ustedes cuatro, mis investigadores dieron con el nombre de Otto Saalmann. Vive y trabaja en Bilbao y es director de una empresa llamada Instalaciones Industriales. Saalmann es un miembro destacado del Deutsche Arbeitsfront, o DAF. Desde

1934, el DAF está oficialmente asociado al NSDAP, es decir, al Partido Nazi. También deberían intentar visitar Cuenca. Dado el actual asedio de Madrid, allí se encuentra en estos momentos la base administrativa de los nacionalistas.

—Supimos del DAF el pasado agosto —dijo James—. Fue cuando aquel agente renegado del MI5, Max Kingsley-Paige, nos dio una charla sobre las virtudes del Partido Nazi y sobre cómo consideraba que el DAF era una bendición para los trabajadores alemanes. Una cosa que he aprendido es que cualquier político que intente destruir el movimiento sindical solo busca el poder dictatorial. Kingsley-Paige pasó por alto el hecho de que, cuando se creó dos meses después de que Hitler tomara el poder, el DAF se propuso de inmediato destruir los sindicatos y eliminar el derecho de huelga de los trabajadores. Al mismo tiempo, aumentó las horas obligatorias y rebajó los salarios por hora.

Sir Hugh ignoró el análisis de James y dijo, algo irritado:

—Sí, sí. Tiene que dejar de interrumpirme con tales trivialidades y permitirme continuar con mi informe. Su evaluación del liderazgo nacionalista y republicano es vital. Necesito saber si los nacionalistas tienen intención de estrechar sus lazos con la Alemania nazi en caso de resultar vencedores. Esto afectará a mis tácticas y estrategia de espionaje, por no hablar del consejo que ofrezco a Whitehall y al Number 10.

Sybil planteó otra cuestión.

—El MI5 está preocupado por la seguridad de los turistas británicos y de los residentes expatriados en España. Además, somos conscientes de que varios propietarios de yates pasan el invierno en la Costa Blanca y en la Costa del Sol. Puedo informarles de que la marina mercante se está preparando para prestar ayuda si los residentes desean ser evacuados.

James añadió:

—En el ochenta cumpleaños de Humphrey, usted y Richard debieron de charlar con el general William Ironside. Por lo visto está a punto de ser nombrado gobernador general de Gibraltar.

—Tomará posesión a finales de este mes —dijo Sybil—. Sin embargo, en realidad es un puesto honorífico, generalmente considerado un destino de corto plazo sin recorrido que precede a la jubilación.

Richard añadió:

—Les aconsejo que solo se pongan en contacto con él en último extremo. El centro de su misión estará en Madrid, Cuenca y el norte. Es en Cataluña, el País Vasco y Galicia donde la oposición a los nacionalistas es más fuerte. No hace falta que les recuerde que Gibraltar está a más de cuatrocientas cincuenta millas al sur de Madrid.

A Sir Hugh le desagradaba claramente tener que escuchar aquellas otras aportaciones. Carraspeó ruidosamente para retomar el control de la reunión y dirigió su siguiente comentario a Donald.

—Les ordeno a usted y a Beatrice, como mis agentes del MI6, que entren en España con el menor alboroto posible, hagan su valoración de la situación política y regresen a la seguridad de Francia. No veo razón alguna para que permanezcan allí más de quince días. ¿He sido claro?

—Señor —dijo Donald.

Sir Hugh se puso en pie, dejando claro que la reunión había terminado.

Abandonaron el despacho de Richard y regresaron al Railton. James propuso tomar algo rápido en el Mitre. James y Donald pidieron pintas de bitter y Louise y Bea pidieron Dubonnet con limonada.

Al darse cuenta de que ninguna de las dos damas había hablado durante la reunión, James le preguntó a Louise:

—Entonces, querida, ¿tienes alguna reflexión sobre nuestra misión?

—Por supuesto. ¿No te parece que sir Hugh está bastante pagado de sí mismo? Donald, ¿cómo te las arreglas con un pazguato tan pomposo y pretencioso?

—Te aseguro que con gran desgana. Pero al fin y al cabo es mi jefe.

Louise continuó.

—Para empezar, dudo mucho que podamos cumplir todo lo que ha previsto en solo quince días. Se nos ha ordenado concertar reuniones en Madrid, Cuenca y el País Vasco. Tendremos transporte, pero nuestra ruta podría verse bloqueada por los combates o por los controles.

—En cualquier caso, ya oíste sus órdenes. Debemos observar y asegurarnos de regresar con nuestra información. Supongo que recalcó esto por varias razones. Primero, el Gobierno de Su Majestad necesita saber qué bando lleva la delantera y, en consecuencia, nuestra valoración del probable vencedor. Segundo, estoy segura de que Thomas Inskip, el ministro de Coordinación de la Defensa, desea saber si Gibraltar se vería afectada. De ser así, probablemente influiría en el despliegue de la flota de la Royal Navy en su función de mantener el control de los Pilares de Hércules. Tercero, el Ministerio del Interior está preocupado por la seguridad de los súbditos británicos de vacaciones en España, de quienes puedan pasar allí el invierno, de los británicos que se han jubilado en España y poseen o alquilan casas o villas, o de los propietarios de yates que están refugiados en puertos españoles durante el invierno. Cuarto, Sybil sugirió que nuestra marina mercante podría desempeñar un papel en la evacuación de súbditos británicos atrapados en esta zona de guerra. He de decir que dudo mucho que tengamos tiempo o la proximidad necesaria para averiguar nada útil en lo que respecta a estos dos últimos objetivos. Por último, tanto el MI6 como el MI5 necesitan nuestra valoración del grado en que Alemania está prestando ayuda militar a los nacionalistas. Esto podría incluir tropas, aviones, tanques, vehículos blindados, munición pesada e incluso armas ligeras.

Donald estuvo de acuerdo.

—Aunque entremos en España con dos juegos de credenciales impecables, aún tendremos que concertar citas con funcionarios republicanos y nacionalistas. Dado que el asedio de Madrid entra ya en su sexto mes, quién sabe si queda algún político republicano de alto rango en la capital. Sabemos que los republicanos controlan Barcelona, así que sugiero que vayamos allí primero. Podremos establecer contacto con cargos electos para hacernos una idea de la situación. Después iremos a Madrid y, utilizando nuestras credenciales de prensa, concertaremos entrevistas con los republicanos allí y luego con los nacionalistas en Cuenca. Con nuestro segundo juego de documentos intentaremos organizar entrevistas con cualquier industrial alemán que logremos localizar en el norte de España.

—Donald, el punto que quería subrayar es la amplitud de nuestra encomienda —dijo Louise—. ¿Puedo suponer que estás de acuerdo en que quince días es un plazo demasiado breve para cumplir nuestra misión?

Donald asintió.

—Desde luego.

—Será mejor que vayamos volviendo —dijo Bea—. Quiero ponerme en contacto con mi secretaria. ¿Podríais dejarnos en Chelsea?

Mientras terminaba su pinta, James preguntó:

—¿Podemos ya fijar definitivamente la fecha de nuestra partida al continente?

—Mantengamos nuestro plan de salir el miércoles 31 de marzo —dijo Donald—. Así llegaremos cómodamente a Clos des Chênes la noche siguiente y estaremos allí para el fin de semana de la boda.

—No olvidéis que seremos nosotros quienes entreguemos a las novias —dijo Bea—, ya que no les queda ningún pariente vivo.

Capítulo 26

Jueves, 1 de abril – Clos des Chênes

El miércoles por la mañana madrugaron y, a las nueve, embarcaron en el Forde Ferry en Dover. Poco antes del mediodía, una grúa descargó el Mercedes en el muelle de Calais.

—Si condujéramos directamente hasta Clos des Chênes, llegaríamos cuando Michel y Louisa ya se hubieran retirado —dijo Louise—. Para esta noche he reservado dos habitaciones en Reims.

Mientras desayunaban en su hotel de Reims, Louise dijo:

—A media hora de aquí está la Maison Bollinger. Está cerca de Épernay, en la comuna de Aÿ-Champagne. Como vamos a asistir a una boda doble, sería de buena educación presentarnos con un par de cajas de una de mis burbujas favoritas.

—¿Conoces el camino? —preguntó Donald.

Louise le alargó un folleto que había cogido en la recepción cuando hicieron el registro la noche anterior.

—Si tomamos la D9 hacia el sur, enlazaremos con el Canal Latéral à la Marne. Tras hacer una parada en Bollinger, solo nos quedará un viaje de cuatro horas hasta Morey-Saint-Denis.

En la Maison Bollinger compraron dos cajas de madera de doce botellas de su 1932 RD Extra Brut. Mientras el personal las cargaba en el maletero, el director les ofreció una visita a sus bodegas. Aunque Donald tenía prisa por marcharse, Louise insistió en que aceptaran.

—Siempre estoy deseosa de aprender más sobre la vinicultura francesa. Supongo que saben que Bollinger está considerado entre lo más selecto de los Champagnes. Nunca he conseguido visitar esta importante marca. Es interesante que, como los vinos de Borgoña, Bollinger se elabora únicamente con uvas Pinot noir y Chardonnay.

—¿Qué significa esa designación RD? —preguntó James.

—Récemment Dégorgé.

—¿Eh?

—«Degüelle reciente» significa simplemente que ha sido embotellado menos de un año antes de salir al mercado. Dicho esto, ha envejecido en barricas de roble el doble de tiempo que la mayoría de los vinos de añada.

Terminada la visita, pusieron rumbo al sur. En una gasolinera de Épernay, Louise se deslizó hasta la recepción mientras Donald supervisaba el llenado del depósito. Cuando volvió, dijo que había telefoneado a Michel y Louisa y les había pedido que se unieran a ellos para cenar en el Castel de Trés Girard.

—Podemos parar allí y reservar una mesa para seis. Una vez en Clos des Chênes, tendremos tiempo de instalarnos en nuestras habitaciones, cambiarnos de ropa y luego cenar en nuestro restaurante local favorito.

A las cinco llegaron a Morey-Saint-Denis. Aunque solo habían pasado algo más de dos meses desde que Michel y Louisa habían dejado Woburn, fueron recibidos calurosamente con los habituales cuatro besos en la mejilla que, en esta región de Francia, se reservan para la familia y los amigos íntimos. Se instalaron en las mismas habitaciones que habían ocupado en su última visita. Tras cambiarse de la ropa de viaje, se reunieron abajo, en su comedor.

Michel descorchó una botella de su última añada, el 1934 Premier Cru.

—Me gustaría que me dieran su opinión sobre cómo está evolucionando. Naturalmente, tengo mi propia idea, pero me temo que difícilmente soy un sumiller imparcial cuando se trata de nuestro Pinot noir.

Louise fue la primera en comentar:

—Es evidentemente joven, pero tiene un buen grado alcohólico y seguirá mejorando con la edad. Además, tiene un cuerpo y una frutosidad excelentes y resulta excepcionalmente suave para tener solo dos años.

—Menos mal que lo tasamos por la parte alta cuando ofrecimos esta añada en primeur —añadió James—. Si mal no recuerdo, su objetivo antes de retirarse ambos es alcanzar la categoría de Grand Cru de la Appellation d'Origine Contrôlée. Aunque dejo esa valoración al paladar experto de Louise, creo que tenemos buenas posibilidades de convencer al AOC de que se nos permita poner en nuestras botellas Clos des Chênes Grand Cru.

Alzaron sus copas ante esa perspectiva.

En el restaurante, Louise preguntó a su tía por los preparativos de la boda.

—La ceremonia tendrá lugar en nuestra iglesia local, la Église Saint-Denis, como parte de nuestra misa dominical habitual. Después iremos todos al Domaine Les Pieux. Es la vinécole del prometido de Catherine, Benoît Chagnon. Producen un Pinot noir Grand Cru. El banquete se celebrará en la sala de catas de su château del siglo XIV.

—Hemos conocido brevemente a los dos jóvenes, pero no a sus familias —dijo Louise—. En cuanto al prometido de Élisabeth, creo que se llama Étienne, ¿no?

—Sí, Étienne Lefebvre —dijo Louisa—. Su familia produce un Pinot noir Premier Cru en su viñedo, Le Caveau à Noyer.

—Michel, vamos a donar dos cajas de Bollinger —dijo Donald—. ¿Alguna sugerencia sobre cómo podríamos mantenerlo frío para que esté listo para la recepción?

—Dejen eso en mis manos. Somos vecinos y muy cercanos a ambas familias. Mañana por la mañana llamaré a André para hacer los arreglos necesarios. La temperatura de servicio recomendada para el Champagne está entre ocho y diez grados centígrados. Sus bodegas mantienen esa temperatura durante todo el año, igual que las nuestras.

Quizá sin necesidad, Louise añadió:

—Eso equivale a entre cuarenta y seis y cincuenta grados Fahrenheit.

Donald y Bea intercambiaron miradas. Más tarde, ambos coincidieron en que habían esperado que Louise hubiera abandonado sus aires de sabelotodo desde que había ganado confianza con su matrimonio y al ser madre de gemelos. Más tarde, en su dormitorio, Bea sugirió que quizá ese desafortunado hábito había regresado porque estaba de nuevo en su querida Francia.

Capítulo 27

Viernes, 2 de abril – Arquitecto

A las nueve, la familia estaba en el comedor disfrutando de un desayuno de pan perdu y boles de café crème. Era imposible confundir los estridentes graznidos de sus pintadas, que siempre acompañaban la llegada de los invitados a la casa. Al mirar por la ventana, Louisa vio un Citroën negro de cuatro puertas. Michel abrió la puerta y regresó al comedor acompañado de un distinguido caballero de mediana edad que llevaba un maletín de cuero y un tubo portaplanos de un metro de largo.

Michel presentó a Rafaël Montagu como el arquitecto que había renovado su zona de producción de vino y modernizado su cave.

Louisa ofreció al señor Montagu un bol de café crème mientras a los demás se les invitaba a tomar el segundo de la mañana. Louisa volvió de la cocina con una bandeja de croissants de almendra recién hechos, un plato de mantequilla de Normandía sin sal y platillos y tenedores.

—Monsieur Montagu ha accedido a diseñar una nueva cave para nuestra vinécole —dijo Michel.

Una vez retirados los platos del desayuno, el arquitecto abrió un extremo del tubo y sacó varios planos que desenrolló sobre la mesa del comedor.

—Permítanme confirmar primero que mis instrucciones han sido crear una nueva cave, capaz de albergar hasta cuatro mil botellas de vino —dijo—. Hoy vengo a obtener su aprobación, tras lo cual podré dar instrucciones a mis constructores. Hasta donde entiendo, debe quedar camuflada e indetectable para cualquiera que intente interferir con sus existencias de vino. ¿Ese es mi encargo?

—Así es —respondió Louise—. Estamos intentando anticiparnos a un posible peor escenario.

—¿Y cuál sería?

—El pasado febrero, mi marido y el señor Hutchinson estuvieron en Múnich. Allí se reunieron con un oficial de la Gestapo que dio a entender que existía un plan nazi activo para invadir Francia con el fin de someter el país, apropiarse de los tesoros artísticos franceses y, entre otras cosas, saquear las reservas de vino. Como Borgoña es una de las regiones de primera categoría productoras de vino más cercanas a Alemania, es probable que estemos en lo alto de su lista.

—¿Por qué un espacio de almacenaje tan grande? Por lo que sé de su vinécole, habría supuesto que sus necesidades se limitarían quizá a mil botellas de sus añadas más raras.

—Vivimos en la comuna de Morey-Saint-Denis y formamos parte de una cooperativa —respondió Michel—. Durante la vendimia compartimos mano de obra y maquinaria. Tras exponer nuestras preocupaciones a nuestros vecinos más próximos, han aceptado contribuir a los costes de construcción y, si la guerra pareciera inminente, trasladar sus añadas más antiguas y valiosas a nuestra nueva cave. Debe ser totalmente indetectable para los ojos inquisitivos de la Gestapo.

—Lo sospechaba —dijo monsieur Montagu—. Tal vez hayan reconocido mi apellido como judío asquenazí. En los últimos quinientos años, mis antepasados fueron expulsados de Francia en varias ocasiones. Solo después de que terminara la Revolución francesa, en 1790, se aceptó oficialmente a los judíos como ciudadanos de Francia. Si llegara a cumplirse su peor escenario, temo por mi familia y mis amigos de mi sinagoga de Ruan. Tengo que agradecerles este aviso previo, que transmitiré a mi shul. Estaré encantado de ayudarles a ustedes y a sus vecinos con este proyecto.

—¿Cómo piensa ocultar una cave tan grande y a la vez garantizar que mantenga la temperatura y la humedad adecuadas? —preguntó James.

El arquitecto desenrolló el plano superior, impreso en gran papel azul de copias.

—Si observan mis planos, verán que pienso utilizar su sótano actual como única entrada a su nueva cave. Los cimientos de su casa están bien construidos en piedra y hormigón. Puedo hacer bajar allí a un equipo de hombres con picos, palas y marteau-piqueur.

—¿Qué es esa última herramienta? —preguntó James.

—Un marteau-piqueur es lo que los americanos llaman jack-hammer y en Gran Bretaña, creo que lo llaman martillo neumático o martillo demoledor. Mis hombres cavarán en horizontal bajo el patio. Los escombros excavados se sacarán por la salida del patio y se eliminarán en la zona. La abertura exterior se equipará luego con estanterías de hierro, del suelo al techo, para almacenar las existencias de vino. Después, se cerrará la abertura con un techo de hormigón armado con acero y se camuflará cubriéndolo con los adoquines originales que habremos retirado cuidadosamente del patio. Como estarán desgastados y coincidirán con los demás, su nueva cave será indetectable. El acceso será únicamente a través de su sótano, que sellaremos y cuyo acceso camuflaremos.

—¿Y la ventilación? —preguntó Michel—. Al estar bajo tierra, sería demasiado húmeda.

—La cave tendrá suministro eléctrico —respondió el arquitecto—. Mis hombres instalarán luces y un conducto de ventilación de veinticinco centímetros con un ventilador para expulsar al exterior el exceso de humedad. El tubo saldrá más allá de su patio amurallado.

Todos se levantaron para estudiar los planos desplegados sobre la mesa del comedor.

—¿Y el ruido? —preguntó Michel.

—Aparte de abrir la entrada al sótano, el resto del trabajo será exterior.

—¿Y el coste? —preguntó Michel.

El arquitecto abrió su maletín y sacó un presupuesto detallado de tres páginas. El total ascendía a algo menos de un millón de francos. Por transferencias anteriores realizadas para invertir en el viñedo, James sabía que el franco francés equivalía aproximadamente a tres peniques y medio, de modo que un millón de francos suponía algo más de quince mil libras esterlinas. Si se dividía en tres partes iguales entre Michel y Louisa y sus dos vecinos, él solo tendría que aportar cinco mil libras.

Miró a Louise para obtener su aprobación.

—Será dinero bien empleado si los nazis invaden Francia —dijo ella—. Imagino que aquí, en Borgoña, dejarían en paz a la población local para que siguiera produciendo vinos que acabarían siendo requisados por los alemanes. No ocurriría lo mismo con judíos, marxistas, comunistas, socialistas, liberales o, de hecho, partidarios de su primer ministro judío Léon Blum y de su partido del Frente Popular.

El señor Montagu asintió.

—Tengo que agradecerles este aviso previo. Mis amigos, mi familia y los miembros de nuestro shul empezarán a hacer planes para abandonar nuestros hogares si nuestro país cayera en manos de los nazis.

Volviendo al negocio, Michel dijo:

—Entonces, queda acordado. ¿Cuándo pueden empezar sus hombres?

—Aunque el desempleo en Francia nunca ha alcanzado los niveles de otros países europeos, los constructores locales están desesperados por conseguir trabajo. Solo por esa razón podrían empezar el lunes por la mañana. Los camiones y la maquinaria de excavación bloquearán su patio, pero como estamos en marzo, dudo que eso afecte a su negocio.

Michel y James estrecharon la mano de monsieur Montagu para sellar el contrato.

—¿Podría darnos una estimación de cuánto tiempo llevará completar el proyecto? —preguntó James.

—Un máximo de dos meses. Puedo garantizarles que podrán empezar a almacenar vino en su nueva cave a finales de mayo. Habrán notado que mi presupuesto incluye la construcción y montaje de estanterías de hierro para vino de dos metros de altura a cada lado del túnel. Serán suficientes para seis mil botellas. He decidido aumentar la capacidad de su cave por si deciden incorporar más socios.

Tras la marcha del arquitecto, la familia habló de los planes para el fin de semana.

—Esta noche cenaremos pintada —dijo Louisa—, pero había pensado que el sábado al mediodía podríamos ir a un restaurante.

—¿Qué tal un banquete por todo lo alto en el Hôtel le Cep? —dijo James—. En diciembre de 1934, Louise y yo pasamos allí nuestra primera noche en Beaune.

Mirando a Louise, añadió:

—Entonces estábamos cortejándonos.

—Qué idea tan romántica —dijo Louisa—. Es también donde celebramos nuestro banquete de boda en julio de 1897.

—Mi madre y mi padre celebraron allí su banquete de boda cuando se casaron en junio de 1867 —añadió Michel con una sonrisa—. Se ha convertido en un lugar tradicional para las celebraciones familiares.

Capítulo 28

Domingo, 4 de abril – Boda doble

El sábado al mediodía llegaron al Hôtel le Cep en Beaune. Tras la elevación del año pasado a la categoría de Primeur Cru, el hotel incluía ya Clos des Chênes en su carte du vin. Michel se encargó de pedir el vino y eligió su añada de 1924. Observó cómo el sumiller abría con cuidado la botella, olía el corcho y luego vertía unas gotas en un tastevin que llevaba colgado al cuello con una cadena de plata. Mientras lo hacía, Michel también olió el corcho y asintió, dándole su aprobación. Se llenaron seis copas con el contenido de la botella, y el camarero tuvo cuidado de no verter ningún sedimento, poso ni los minúsculos cristales blancos de levadura agotada.

—Tal vez les interese saber que, en inglés, a este sedimento se le llama lees y, de forma bastante romántica, a la levadura agotada se la conoce como wine diamonds —dijo Louise.

Donald dirigió una rápida mirada a Bea. Ambos se dieron cuenta de que Louise volvía a comportarse como si fuera la experta indiscutible en todo lo relacionado con la vinificación francesa.

Tras hacer girar el vino en la copa, tomar un sorbo y pasearlo por la boca, Michel llamó al sumiller. Le pidió que decantara una botella de Clos des Chênes de 1928 para que respirara.

Cuando el camarero regresó para tomarles nota, todos decidieron probar la especialidad del chef, écrevisse cocinadas en una salsa de mantequilla y vino blanco. Louise explicó que en Inglaterra se llaman crayfish. Para el plato principal, el camarero les recomendó traer tres costillares de cordero lechal preparados con ajo y romero, que, según dijo, bastarían sin dificultad para seis personas. Para el postre, primero hizo rodar un carro de quesos y luego el carro de dulces. James pidió media botella de Calvados para acompañar el café que siguió.

Pasadas las cinco, James dijo a su camarero:

—L'addition, s'il vous plaît.

Después de regresar a la casa en el Mercedes, todos decidieron retirarse a descansar.

La mañana del domingo se vistieron para las bodas. Al llegar a la Église, Louise comentó a los demás que creía que la arquitectura databa de la Baja Edad Media, quizá incluso del siglo XIV. Donald intercambió una mirada con Bea; Louise estaba otra vez pontificando.

Un acomodador los condujo hasta los asientos que les habían sido asignados en la primera fila del lado izquierdo de la iglesia. Los cuatro sabían que esta sección se reserva tradicionalmente a la familia de la novia. Esa costumbre no se seguía en este caso, ya que las dos novias, Winnifred Elizabeth Bradford y Kathleen Mary Fawcett, eran huérfanas. James advirtió que el programa indicaba sus nombres franceses adoptivos, Élisabeth Bradford y Catherine Fawcett.

La ceremonia duró varias horas; el sacerdote pronunció varias homilías y el coro cantó en diversos momentos entre las lecturas. Parecía que solo Louise, Michel y Louisa eran capaces de responder adecuadamente a los protocolos. James, Bea y Donald, criados en las tradiciones de la Iglesia de Inglaterra, no estaban en absoluto familiarizados con las formalidades de la misa católica. Hicieron todo lo posible por imitar lo que hacían los demás, poniéndose de pie y sentándose en distintos momentos de la misa.

Por fin, el sacerdote los invitó a acercarse al altar para situarse junto a las parejas jóvenes junto con los padres de ambos novios. Las dos parejas prestaron su consentimiento al matrimonio y se intercambiaron los anillos. Tras el regreso de los testigos a sus asientos, los recién casados se arrodillaron mientras se recitaba otra oración, seguida de la Sagrada Comunión. Al abandonar el presbiterio, el sacerdote invitó a ambos recién casados a intercambiar un beso. Después de otra bendición, el sacerdote, seguido por las parejas y el cortejo nupcial, salió lentamente de la iglesia acompañado por una animada música de órgano.

Todo aquello llevó casi cuatro horas y James se alegró de salir al templado aire primaveral. Como era marzo, la iglesia medieval estaba húmeda y fría.

Un centenar de invitados, aproximadamente, se dirigió al Domaine Les Pieux, la vinécole propiedad de los padres del marido de Catherine, Benoît Chagnon. Los condujeron a la sala de catas, preparada con mesas, sillas y una barra. Media docena de camareros acompañaban a los invitados a sus mesas, en las que había tarjetas con los nombres para facilitar la distribución de los asientos. La primera bebida que se ofreció fue el Champagne Bollinger. Había suficiente para que todos los adultos participaran en los numerosos brindis dedicados a los recién casados. Siguieron los discursos antes de que se sirviera una comida de cuatro platos, acompañada por el Pinot noir Grand Cru de sus anfitriones.

Después de retirar los platos, entraron cinco músicos empujando un piano vertical, con sus instrumentos apoyados encima. A continuación se vivió una velada animada con bailes, canciones y abundante vino excelente.

Pasadas ampliamente las dos de la madrugada, Michel sugirió que había llegado la hora de regresar a casa. Antes de marcharse, los seis se dirigieron a la mesa presidencial para felicitar a las dos parejas.

—Tengo que darles las gracias por rescatarme y presentarme a Francia —dijo Catherine—. He encontrado mi hogar espiritual y el amor de mi vida. Ustedes han hecho posible este día.

Élisabeth se levantó y abrazó a cada uno de los seis por turno.

—Gracias a los riesgos que corrieron y a su amabilidad, no solo me han salvado la vida, sino que me han dado la oportunidad de lograr algo más que mi probable destino como huérfana desempleada de un orfanato o como criada. Catherine y yo nunca olvidaremos su amabilidad. Michel y Louisa, nos dieron un hogar donde podíamos recuperarnos y superar los malos tratos que sufrimos en Heim Hochland. Les estaremos eternamente agradecidas a todos ustedes.

Capítulo 29

Miércoles, 7 de abril – Partida

El lunes por la mañana, James usó el teléfono de la casa para llamar a la sucursal de Marylebone de su banco, Coutts & Co. Pidió hablar con Simon Bingham, el corredor de la familia.

Cuando este se puso al aparato, James dijo:

—Simon, me alegra hablar con usted. Confío en que su esposa y su familia estén prosperando.

—En efecto, así es. ¿En qué puedo ayudarle hoy?

—¿Recuerda que en marzo del año pasado gestionó varias transferencias a la cuenta bancaria de Michel de la Béré en el Crédit Agricole de Beaune, Francia?

—Permítame que busque su expediente.

Dos minutos después, dijo:

—Tengo sus datos delante. Vaya, su familia sí que se mueve. A finales del año pasado tramité dos transferencias a Dublín; una para su esposa, Louise, y otra para su hermana, Beatrice.

—En este momento estamos en Francia, organizando unas obras en nuestro viñedo. Quisiera que vendiera una parte de mis participaciones en 3 1/2% War Loan suficiente para obtener cinco mil libras esterlinas. Una vez se liquide la venta, envíe esa suma por transferencia telegráfica a nombre de Michel de la Béré a su cuenta en el Crédit Agricole de Beaune. Confío en que siga teniendo sus datos bancarios.

—Están aquí, en su expediente. La TT puede hacerse esta tarde.

—Ese calendario se ajusta a nuestras necesidades y le agradezco que se encargue de ello.

—¿Puedo mencionar otro asunto? Los ingresos mensuales que recibe por el arrendamiento de sus propiedades en Belgravia y Mayfair descansan actualmente en su cuenta corriente y solo devengan un 0,58 % anual.

—Me temo que he tenido otras preocupaciones que no me han permitido prestar mucha atención a mis saldos bancarios. ¿Puede decirme cuánto tengo en la cuenta?

—Aunque los términos del testamento de su padre le otorgaron la propiedad exclusiva de los inmuebles de Londres, usted y sus dos hermanas, Beatrice y Marjorie, reciben cada una un tercio de los ingresos netos de dichas propiedades. Dicho esto, su cuenta corriente tiene en este momento un saldo de 7.507,93 libras. Tal vez podría sugerirle que, en lugar de vender sus bonos del Estado de mayor rendimiento, utilice esos fondos para realizar la transferencia.

—Excelente idea. Hágalo así y organice la transferencia hoy mismo. ¿Cuándo podría llegar?

—Más vale contar con tres días laborables, ya que habrá que vender las libras esterlinas para comprar francos franceses en el mercado de divisas de Londres. Confío en que la suma estará en la cuenta de monsieur de la Béré el lunes 5 de abril, como muy tarde.

—Simon, le agradezco la atención personal que nos ha dispensado a mí y a mi familia. Dé recuerdos de mi parte a su esposa y a sus hijos.

—Así lo haré.

James regresó a la mesa del desayuno.

—Los fondos están en camino y deberían llegar a su cuenta conjunta a más tardar el lunes —dijo.

Michel preguntó entonces:

—¿Cuáles son sus planes para el resto de la visita? Como en esta época del año está todo bastante tranquilo, podríamos acompañarles en alguna aventura de cata de vinos.

—Eso no será posible —dijo Louise—. Hemos organizado un viaje a Béziers. Tengo una amiga del colegio que lleva tiempo insistiendo en que la visite. Como salimos tarde, probablemente pasemos la noche en Lyon. Nunca he tenido ocasión de pasar mucho tiempo allí, así que quizá dediquemos un par de días a callejear, disfrutar de la comida y de la arquitectura. Desde allí es un paseo agradable hasta Avignon y luego hasta Montpelier. Después seguiremos la ruta escénica hacia el sur, a lo largo del Mediterráneo, y quizá lleguemos a Béziers para el jueves.

—Confío en que se detendrán a la vuelta para ver cómo avanzan nuestras nuevas bodegas —dijo Louisa.

—Por supuesto, pero por ahora estamos de vacaciones. Hemos decidido no atarnos a ningún calendario. Volveremos cuando nos hayamos cansado de viajar, de los hoteles de primera clase, de la cocina francesa y de la costa.

—Suena a que eso será nunca —dijo Michel—. Avísennos cuando tengan una idea aproximada de la fecha de regreso. Sus habitaciones estarán aireadas y preparadas para ustedes en cualquier momento.

Habían hecho el equipaje la noche anterior y, antes del desayuno, cargaron las maletas y el equipo fotográfico de James en el maletero del Mercedes. Cuando terminaron el café, se despidieron y sus anfitriones los despidieron con la mano desde el patio.

Donald comenzó a conducir hacia el sur mientras Louise se sentaba a su izquierda en el asiento corrido delantero. Tenía abierta sobre el regazo su Guía Michelin de Francia de 1937. En cuanto Donald tomó la carretera principal, Louise empezó a darle instrucciones.

—Cuando salgamos de Morey-Saint-Denis, dirígete hacia Vougeot y luego sigue las señales hacia Nuits-Saint-George. Podemos rodear Beaune tomando la D906. Síguela y atraviesa el pequeño pueblo de Chalon-sur-Saône. Pasaremos por el centro de Tournus y continuaremos hasta llegar a Mâcon. Como hemos salido tarde y no tenemos ninguna prisa en particular, sugiero que nos detengamos allí para comer. Mi Guía elogia el Restaurant La Part Des Anges, que está justo a orillas del río Saône.

Debido al historial de Louise, nadie puso en duda sus dotes para leer mapas ni sus sugerencias sobre comidas y alojamientos. De forma tácita, acordaron que, por el momento, disfrutarían del viaje como si estuvieran de vacaciones y no a punto de entrar en una zona de guerra.

La comida fue excelente, con peces de agua dulce dominando las opciones de plato principal. A las dos en punto volvieron a tomar la carretera hacia el sur. Como era media tarde, cuando las tiendas suelen estar cerradas, atravesaron el centro de Lyon con poco retraso. Después, su ruta discurrió paralela al río Ródano.

—Aunque esta es una región cálida, la vinécole de Languedoc-Roussillon produce tintos muy intensos con la uva Syrah y decenas de variedades de vino blanco —dijo Louise, volviendo la cabeza para dirigirse a Bea y James, sentados atrás—. La mayoría emplea la uva Grenache Blanc, que da un vino rico con notas de regaliz y flores.

—Entonces, ¿has estado aquí antes? —preguntó James.

—En junio de 1931 pasé todo el verano en el sur de Francia. Quería mejorar mi dominio del idioma y, al mismo tiempo, ampliar mis conocimientos sobre los vinos franceses. Acababa de cumplir veinte años y había terminado mis exámenes del Part I Tripos. En agosto visité el Languedoc y otras regiones vinícolas del sur. Utilicé la red ferroviaria francesa y alquilaba un coche cuando era necesario.

—¿Viajabas con alguna amiga?

—En realidad estaba tout seul. Siempre he preferido ir por mi cuenta.

Luego volvió a girarse hacia la derecha y sonrió a su marido.

—Pero eso fue antes de conocerte. ¿Recuerdas lo que te dije en Viena? No lo repetiré literalmente delante de Donald y Bea, pero la idea era que me sentía felizmente dichosa de viajar contigo y de que me cuidara el hombre del que me había enamorado.

Donald interrumpió aquel momento romántico con bastante brusquedad.

—Louise, ya que tienes los mapas, ¿has pensado dónde pasaremos la noche?

Ella replicó con cierta brusquedad:

—Por supuesto. En Avignon. Hay rutas más directas hacia España, pero está cerca del punto en que el río Ródano desemboca en el Mediterráneo. Más importante aún, fue la capital del papado de 1309 a 1377. En el centro de la ciudad está el Palais des Papes. La Iglesia celebró allí seis cónclaves entre 1334 y 1394. He localizado un hotel prometedor, el Hotel De l'Atelier en Villeneuve-les Avignon. Se encuentra en la orilla este del Ródano y ha recibido dos estrellas Michelin por su ubicación tranquila.

Donald miró el salpicadero y dijo:

—Esta bestia de Mercedes hace unas doce millas por galón. Tendré que parar en la próxima station-service. Louise, intenta usar su teléfono para reservar nuestras habitaciones.

Al entrar en Roussillon, Donald se desvió hacia una gasolinera y pidió al empleado que llenara el depósito con esencia au plumb de 95 octanos. Louise preguntó al empleado si tenían teléfono público. Él negó con la cabeza.

—¿Podría usar su teléfono para llamar y reservar habitaciones de hotel en Avignon?

—Si dependiera de mí, diría que sí. Pero si la dejo acercarse, mi jefe me despide al momento. Necesito este trabajo, así que la respuesta es no.

—¿Hay algún téléphone payant cerca?

—En el Mairie De Roussillon hay uno, pero no vuelve a abrir hasta las cinco. Mire, si me da diez francos, la dejaré usar el teléfono. Le diré a mi jefe que necesitaba hablar con mi hermana en Avignon y que me ofrecí a pagar la llamada.

Louise conocía el tipo de cambio aproximado entre la libra y el franco a raíz de su reciente decisión de construir la nueva bodega. Calculó mentalmente que le estaba pidiendo más de dos chelines. Era un precio abusivo, pero necesario para asegurarse las reservas del hotel de esa noche.

—Muy bien. Le pagaré cuando termine de llenar el depósito. Ahora enséñeme el teléfono.

Donald la siguió a la oficina y pagó la gasolina mientras Louise deslizaba al empleado el prometido billete de diez francos. Ella llamó al hotel, consiguió dos habitaciones y dijo al recepcionista que llegarían hacia las siete de la tarde.

De vuelta en la carretera, Louise dijo:

—Estamos a unas ciento cuarenta millas de Avignon. Como las carreteras atraviesan numerosas aldeas, probablemente tardaremos tres horas en llegar a nuestro hotel.

Cuando se detuvieron frente al Hotel De l'Atelier, vieron que se trataba de un impresionante edificio del siglo XVI cubierto de hiedra. Un portero con uniforme les ayudó con el equipaje y los acompañó hasta el mostrador de recepción. Un anciano les pidió que firmaran el registro y luego indicó al portero que los condujera a sus habitaciones.

Pensando en la cena, James preguntó:

—¿Serez-vous des repas?

—¡Bien sûr!

Sus habitaciones eran amplias, cada una con una cama con dosel. Como se trataba de un hotel de prestigio, se cambiaron para la cena. El comedor podía acoger al menos a ochenta comensales, pero solo estaba ocupado en torno a una cuarta parte.

El maître d' los condujo a una mesa con vistas a unos jardines formales que descendían hasta el río Ródano. Aunque el entorno era elegante, a juicio de Louise la comida era poco más que mediocre. La pretenciosa carte du vin contenía únicamente vinos locales a precios inflados de añadas corrientes o por debajo de la media.

Sirvieron el café, que resultó estar hecho con grano de Robusta de inferior calidad.

Capítulo 30

Jueves, 8 de abril – Perpiñán

Por la mañana los dirigieron a una sala aparte donde se servía el desayuno. Solo les ofrecieron café crème tibio y croissants mustios del día anterior.

—¿Llegaremos hoy a la frontera española? —preguntó Donald a Louise.

—Podríamos, pero preferiría que pasáramos la noche en Perpignan. Está a unas cuatro horas. Y lo más importante es que, desde allí, solo hay media hora hasta la frontera.

—MI6 sugirió que el paso fronterizo estará fuertemente vigilado, así que quizá tengas razón. En vez de entrar en España sin un destino concreto, preguntaremos a la gente de Perpignan por la seguridad en la frontera y quizá usemos sus recomendaciones para reservar un hotel en España.

—Entonces, ¿queda decidido? Estamos a unas siete horas de viaje de Perpignan. Sugiero que paremos a mediodía a comer en Béziers. Déjame ver qué encuentro sobre restaurantes allí y alojamientos en Perpignan.

—¿Hacia dónde debo ir ahora? No veo números de carretera ni señales.

—Gira a la derecha y busca la A54; si no, dirígete hacia Nîmes. Después pasaremos por Montpellier. Desde allí, sigue las señales hacia Béziers. Deberíamos llegar a tiempo para almorzar.

Louise guardó silencio durante aproximadamente media hora mientras estudiaba su Guía.

—Creo que deberíamos intentar comer en L'Ambassade. Tiene tres estrellas Michelin. En cuanto al hotel de esta noche en Perpignan, he escogido el Hôtel de la Loge. Está en el centro y la Guía dice que está a solo doscientos metros de la Cathédrale Saint-Jean-Baptiste. Sé que deberíamos evitar distracciones tan cerca de nuestro objetivo, pero nunca he conseguido verla por dentro. En mis dos viajes anteriores había grandes bodas celebrándose allí. Quizá mientras tú y Bea habláis con la Gendarmerie sobre las condiciones en la frontera, James y yo podamos dedicar una hora aproximadamente a hacer turismo.

Donald respondió de inmediato, ansioso por hacer su propia investigación sin que Louise intentara tomar el mando:

—Buena idea. Vosotros dos, tortolitos, disfrutad de un paseo vespertino.

Louise no supo muy bien qué pensar de la aceptación inmediata de Donald a su propuesta. Desde luego, tenía muchas ganas de ver la catedral, pero también quería participar en las decisiones sobre su entrada en España. Aun así, como ella y James siempre habían disfrutado visitando catedrales e iglesias inglesas, alemanas y francesas, no quería perder aquella oportunidad.

A las diez ya estaban en la carretera; el personal del hotel les había ayudado a guardar el equipaje en el maletero del Mercedes. Eran la una y media cuando entraron en Béziers. Louise indicó a Donald que siguiera las señales hacia Centre-Ville.

—Estate atento al Plateau des Poètes. El restaurante L'Ambassade está en el lado sur de ese parque público —añadió.

Al ver el restaurante, Donald dejó el coche aparcado en la calle. Tras la decepcionante cena de la noche anterior, todos decidieron pedir entrantes y un plato principal.

Mientras compartían una botella de blanco Coteaux du Libron de 1935, Louise dijo:

—Siempre me interesa probar los vinos locales. De vez en cuando, uno se lleva una grata sorpresa. Sin embargo, debo admitir que no es el caso esta vez.

A las dos y media volvieron a la carretera, rumbo directamente al sur.

—Donald, fíjate en la D609 o en las señales hacia Narbona —dijo Louise—. Nuestra ruta sigue un río serpenteante llamado la Barre. Parece que aún estamos a unas dos horas de Perpignan, así que disfrutemos del paisaje. Al estar en el Mediterráneo, los veranos aquí son sofocantes, calurosos y húmedos. Eso hace de la primavera la época ideal para visitar la zona. Las colinas están verdes y las temperaturas diurnas rondan los veinte grados.

Al entrar en las afueras de Perpignan, Louise dijo:

—Según la Guía, la Basilique-Cathédrale Saint-Jean-Baptiste tiene una gran torre campanario, así que deberíamos poder verla desde lejos. La torre es un importante monumento nacional francés que se remonta a principios del siglo XIV, así que puede que también haya señales que lo indiquen. Nuestro hotel está junto a los terrenos de la catedral.

Encontraron el hotel, que tenía aparcamiento para huéspedes en un lateral. Un portero uniformado les ayudó con el equipaje y, tras registrarse en recepción, los acompañaron a sus habitaciones. Siguiendo el plan acordado, James y Louise se encaminaron directamente a la catedral mientras Donald se quedaba abajo para hablar con el recepcionista del hotel.

Al entrar en la basílica, Louise llevaba abierta su guía:

—Aunque la construcción comenzó en 1324, no se terminó hasta cien años más tarde. Aquí dice que hubo numerosas adiciones en el siglo XVII. La estructura es esencialmente gótica catalana con algunos añadidos románicos.

James no estaba realmente escuchando. Tenía la atención puesta en la bóveda del techo y luego en el suelo, cubierto de intrincados mosaicos. Louise le tomó de la mano y lo condujo hacia el área del altar, donde cinco ventanales de vidrieras arqueadas dejaban entrar la luz en el presbiterio.

Como habían hecho tantas veces en numerosas iglesias y catedrales, se abrazaron, saboreando aquel momento de consuelo y silencio. Mientras la sostenía, ella se estremeció brevemente. No hacía especialmente frío en la iglesia, pero él recordó aquella vez, en noviembre de 1934, cuando se había desmayado la Noche de Guy Fawkes. Se había desplomado tras una explosión provocada por un cohete que alguien había lanzado a la enorme hoguera. Comprendió que esta vez debía de tratarse de otra cosa. Sin querer romper el hechizo, no dijo nada. Decidió que le preguntaría más tarde aquella noche, cuando, presumiblemente, se hubiera repuesto.

Como se hacía tarde, Louise dijo:

—Será mejor que busquemos a Donald y Bea para ver qué han organizado.

Volvieron al hotel y, al no verlos por ninguna parte, entraron en la salle de bar a la izquierda de la zona de recepción. Louise pidió una botella de blanco Châteauneuf-du-Pape. Antes de que llegara, Donald y Bea se unieron a ellos en la mesa. Cuando el camarero trajo el vino, Louise se dio cuenta de que llevaba cuatro copas en la mano. El serveur abrió cuidadosamente la botella y sirvió medio vaso a cada uno.

Sin que nadie se lo pidiera, Louise dijo:

—Este vino se elabora con la uva Clairette. Al proceder del cálido sur, verán que es dulce y rico, con aromas intensos. Con un contenido alcohólico de solo un 7 %, es un aperitivo ligero, ya que es apenas un poco más fuerte que la cerveza. Fíjense en que se está sirviendo correctamente, bien frío, a aproximadamente la misma temperatura que el Champagne que tomamos en el banquete de la boda.

Tras chocar las copas y probar el vino, Louise preguntó a Donald por sus gestiones.

—Hemos avanzado algo —dijo él—. Primero hablamos con el director del hotel. Resulta que es catalán y tiene amigos y familia en La Jonquera, un pueblo justo al otro lado de la frontera. También tiene primos en Figueres, una pequeña ciudad unos quince kilómetros más al sur. Nos dijo que hay una fuerte seguridad en el paso fronterizo. El gobierno catalán intenta impedir que los voluntarios de las Brigadas Internacionales introduzcan armas y munición en España. Se registran los vehículos y se controlan las identidades. Como él es de la zona, sufre poco retraso cuando va a visitar a sus primos españoles.

—Luego fuimos andando a la comisaría cercana y hablamos con el capitaine de la Police Municipale. Confirmó la información que nos había dado el director del hotel. Cuando le mostré mi pasaporte y mis credenciales de prensa, pidió disculpas para hacer una llamada telefónica. A su regreso nos dijo que había hablado con su homólogo español, responsable de la seguridad fronteriza. Tenemos una cita mañana por la mañana a las diez en el puesto fronterizo.

—Donald, confío en que hayas hecho arreglos para ocultar nuestras armas y municiones, de modo que no provoquemos una alerta de seguridad en la frontera —dijo Louise.

—MI6 ya pensó en eso. Nuestros técnicos montaron dos compartimentos falsos detrás de los asientos plegables, que son equipamiento de serie en esta versión de batalla larga de la limusina.

—Como es probable que esta sea nuestra última noche en Francia, veamos si podemos conseguir una cena bastante mejor que la de anoche —añadió Louise—. Como este hotel tiene una calificación de tres estrellas Michelin, he reservado una mesa para las ocho y media.

Se cambiaron para la cena y, ya abajo, los condujeron a una mesa con vistas a la catedral iluminada. Un maître d' elegantemente vestido enumeró de viva voz las opciones del menú de aquella noche. Como entrantes, Donald y Bea eligieron vieiras reinas con beurre blanc de Sauternes, Louise pidió paté de hígado de pollo y James, steak tartare. Por estar tan cerca del Mediterráneo, todos escogieron platos de pescado o marisco como principal. Louise optó por tartar de atún rojo atlántico marcado a la plancha, Bea eligió lenguado a la meunière, Donald pidió lubina y James se decidió por bogavante espinoso a la thermidor.

El sumiller se acercó a su mesa y ofreció a Donald la carte du vin. Louise sonrió dulcemente y alargó la mano.

—Donald, conozco esta región íntimamente. Debe dejarme escoger los vinos que acompañarán nuestras elecciones.

Donald sonrió y le entregó la carpeta encuadernada en piel.

Tras estudiar la carta, dijo:

—Para el primer plato estoy segura de que disfrutaremos con su '24 Chateau Lafite Rothschild. Está elaborado con la uva Syrah y acompañará prácticamente cualquier cosa. Para nuestros platos principales de pescado y marisco, creo que a todos les gustará el '23 Chateau Beaucastel. De hecho, durante mi viaje de 1931 visité esa vinécole y fui recibida por la familia Perrin, propietaria de la finca. Su vino es una mezcla de varias variedades de uva blanca. Se basa principalmente en la uva Roussanne y, según el año y las condiciones de cultivo, puede mezclarse con Bourboulenc, Clairette, Garnacha blanca o Picardan.

En ese momento llegó el camarero con un amuse-bouche. A cada uno le sirvieron una cucharilla de sopa de cerámica que contenía una pequeña porción de salmón ahumado con queso crema. Al cabo de un minuto, el camarero regresó con los entrantes. Una vez retirados los platos, les trajeron una pequeña copa de cristal con sorbete y una cucharilla de demitasse de plata.

James miró aquel servicio con cierto desconcierto. Louise explicó:

—Esto es perfectamente normal en los restaurantes de primera categoría. Su finalidad es limpiar el paladar en preparación para el siguiente plato.

Cuando el camarero retiró las copas del sorbete, el sumiller se acercó a la mesa con el Chateau Lafite Rothschild. Ofreció a Donald el privilegio de catar el vino. Él negó con la cabeza y dijo que prefería que fuese Louise quien lo probara, pues tenía el paladar más fino. Cuando le sirvieron una pequeña cantidad, ella la olió, tomó un sorbo y lo dejó rodar por la boca antes de tragarlo. Antes, el sumiller había vertido unas gotas en su tastevin de plata, que colgaba de su cuello con una cinta de seda roja.

Louise sonrió y dijo:

—Parfait.

Cuando retiraron los platos, sirvieron el plat principal. El sumiller regresó con el Chateau Beaucastel. Abrió la botella con cuidado, olió el corcho y luego se lo pasó a Louise. Ella también olió el corcho y asintió al sumiller, que llenó hasta la mitad las cuatro copas. Después de probar el vino, alzaron sus copas hacia Louise y dijeron:

—Santé.

Una vez retirados los platos, acercaron el carro de quesos a su mesa. Cada uno escogió un pequeño trozo de su queso preferido. A continuación, el camarero volvió con el carro de postres. Tras hacer cada uno su elección, retiraron los platos y sirvieron el café. James pidió media botella de calvados y el camarero trajo cuatro vasitos y un demi de Chateau de Breuil.

—Louise, permíteme felicitarte —dijo Donald—. Has hecho elecciones excelentes: nuestro hotel, el restaurante y el vino. Quiero felicitarte especialmente porque es probable que esta sea nuestra última buena comida en algún tiempo. Mañana entraremos en un país en guerra consigo mismo.

Ella asintió, aceptando el tributo. Mientras saboreaban en silencio el café y el calvados, Louise dijo:

—Creo que sería buena idea que puliéramos un poco nuestro francés. Propongo que a partir de ahora usemos ese idioma.

—Por el amor de Dios, ya sabes que las lenguas se me dan fatal —dijo James—. Me gustaría tener una velada normal mientras hablamos de nuestros planes para España.

Donald cruzó una mirada con Bea, pues resultaba evidente que Louise había retomado su antigua costumbre de comportarse como si estuviera al mando y como si fuera la experta indiscutible en todo lo relacionado con el vino y los idiomas. Ignoraba sistemáticamente el hecho de que Donald había obtenido un first en Lenguas Modernas en el Magdalen College de Oxford.

Donald y Bea dieron un sorbo al calvados, dejaron las copas sobre la mesa y sonrieron dulcemente en dirección a Louise, preparándose para otra lección improvisada.

—James, querido, por supuesto tengo eso en cuenta. El francés es una de las cinco lenguas romances derivadas del latín vulgar. De hecho, alrededor de tres cuartas partes tanto del francés como del español tienen raíces latinas. Solo la pronunciación puede causar malentendidos. Estamos a punto de entrar en esta parte del noreste de España donde el catalán es la lengua dominante. Los lingüistas han estimado que hasta el 80 % del léxico catalán se comparte con el francés.

—Sugiero que hablemos francés porque estoy segura de que tu francés te ayudará a entender a los lugareños cuando lleguemos a Barcelona. De hecho, es perfectamente posible que los funcionarios del gobierno insistan en hablar únicamente catalán. He leído que los generales nacionalistas han declarado abiertamente que, una vez victoriosos sobre los republicanos, piensan prohibir el catalán por completo. Han anunciado planes para imponer multas o incluso penas de prisión a cualquiera que sea sorprendido hablando catalán en lugares públicos.

—El catalán suena como otra lengua más —dijo James—. Me parece que tengo un botón en el cerebro que pone “idiomas extranjeros”. Cuando intento hablar otra lengua, no tengo ni idea de qué va a salir de mi boca.

—Justamente por eso propongo que hablemos todos en francés a partir de ahora. Ya hemos practicado el español. Las similitudes entre el francés y el catalán nos ayudarán a prepararnos para nuestras entrevistas con los funcionarios del gobierno en Barcelona.

Donald dejó escapar un gemido audible cuando Louise añadió:

—Permítanme darles algunos ejemplos de similitudes entre el francés y el catalán. "Gracias" en catalán es mercès y, como saben, en francés es merci. "Todo está bien" en catalán es tot bé y en francés es tout bien. Muchos verbos son similares, incluido el verbo "comer". Por ejemplo, "yo como" es je mange en francés y jo menjo en catalán. Igual que en español, el catalán solo tiene pronombres masculinos y femeninos; el o la en español y le o la en catalán.

—En cualquier caso, esto es solo una precaución. Puede que no tengamos que tratar con el catalán en absoluto. Estoy segura de que los funcionarios con los que nos encontremos también hablarán el castellano convencional. Me preocupa que, por su insularidad y lealtad a su región, simplemente se nieguen a hablar otra cosa con los forasteros.

—Será mejor que yo me quede mudo, trasteando con el equipo de la cámara y manteniéndome bien apartado —dijo James.

Aquella noche, ya en la cama, James decidió abordar el tema de su estremecimiento cuando se abrazaron en la catedral.

—No es nada, de verdad.

—¿Seguro? Me recuerda a cómo reaccionabas antes a las explosiones fuertes.

—James, cariño, he dejado todo eso atrás para siempre. Soy feliz y estoy enamorada.

Hizo una pausa y suavizó la voz.

—En realidad, por dentro estoy aterrorizada cuando pienso en lo que podríamos encontrarnos en esta misión. No dejo de preguntarme si no debería haber dimitido de MI5 y haberle dicho a Sybil que ya no quiero ponerme en peligro ahora que soy madre de gemelos. Sé que es irracional, porque Sir Hugh nos aseguró que no correríamos ningún peligro significativo. Tenemos credenciales sólidas como una roca e identidades dobles. Supongo que estoy siendo tonta.

—¿Qué crees que causó el temblor?

Guardó silencio varios minutos, hasta el punto de que él pensó que se había quedado dormida.

—En realidad, estaba pensando en el día en que visitamos la catedral de Ely. Recuerda que fue hace casi dos años, dos días antes del baile de mayo del King's. Cuando nos abrazábamos bajo la luz de aquellas elegantes vidrieras, me di cuenta de que nunca había sido más feliz. Estaba enamorada del hombre en quien confiaba mi propia vida. Esperaba con tanta ilusión nuestra boda y la perspectiva de pasar el resto de nuestras vidas juntos. Dos días después, aquel horrible nazi irlandés, Seamus Mahoney, te disparó. En el hospital estabas en coma y los médicos dijeron que tus heridas eran mortales. Fue entonces cuando comprendí lo frágil que es la vida y lo potencialmente efímera que puede ser la felicidad. Por favor, entiende que intento no recrearme en esos pensamientos, pero al estar allí, en la luz menguante que caía sobre el altar orientado al oeste, recordé lo precioso que es todo lo que compartimos, nuestra vida y nuestro amor. ¿Recuerdas lo que te dije en nuestra luna de miel, cuando paramos en Chamonix?

Él asintió, pero permaneció en silencio.

—Te dije que, si no hubieras sobrevivido al ataque de Mahoney, habría elegido acabar con mi vida. Simplemente no podía imaginar vivir sin ti. Ahora que tenemos a nuestros gemelos, tengo dos motivos más para seguir viviendo. Ponernos en peligro, por mínimo que sea, es una amenaza existencial para todo aquello por lo que deseo vivir. Por favor, dime que lo entiendes.

—Lo entiendo, cariño. Yo también dudé en aceptar esta misión. No tengo ningún deseo de dejar huérfanos a Jamie y Dottie, como Margie, Bea y yo quedamos cuando nuestros padres murieron al torpedear los alemanes el Lusitania. Mientras nos mantengamos bien alejados de los bandos enfrentados, no deberíamos correr peligro. Y ahora, querida mía, ¿puedo proponerte lo que solías llamar Spielzeit para que los dos durmamos bien antes de cruzar la frontera hacia España?

Louise sonrió.

—James, mi queridísimo, gracias por tranquilizarme y sí, por favor, a tu propuesta.

Capítulo 31

Viernes, 9 de abril – Cuartel General de la Guardia Civil, Cataluña

El desayuno no tuvo nada que ver con el triste fiasco de la víspera. Lo que les ofrecieron resultó un comienzo perfecto para lo que probablemente sería un día difícil. Les sirvieron café Arábica y una variedad de croissants acompañados de mantequilla normanda sin sal.

Donald les recordó:

—Hemos quedado en reunirnos con el jefe de seguridad fronteriza a las diez. Antes de salir, asegúrense de que las armas estén guardadas en los compartimentos detrás de los asientos plegables.

James pagó la cuenta de las habitaciones y de las cenas y dio las gracias al director por su ayuda, la excelente cocina y el servicio profesional. Le entregó además un billete de quinientos francos para que lo repartiera entre el personal.

Sosteniendo su Guía Michelin, Louise comenzó a dar instrucciones:

—Sigue las señales hacia la D618. La frontera está a unos quince minutos.

Una vez allí, se acercaron a una barrera abatible custodiada por media docena de guardias armados. Donald detuvo el coche y se acercó a un hombre que parecía estar al mando.

Hablando en castellano, dijo:

—Buenos días, agente. Me llamo Nigel Hepworth. Trabajo para el periódico inglés Manchester Guardian. Aquí tiene mis credenciales de prensa y mi pasaporte.

El agente saludó.

—Buenos días, señor. Soy el sargento primero Miguel García Fernández de la Guardia Civil, en representación de la comunidad autónoma de Cataluña. He sido informado de su próxima visita y he recibido instrucciones del comandante en Barcelona de concederle a usted y a sus colegas toda la cortesía y cooperación de nuestro gobierno. Necesitaré examinar sus credenciales y pasaportes.

Donald hizo señas a los demás para que se unieran a él en la barrera. El sargento examinó sus documentos y anotó sus nombres y números de pasaporte.

Cuando terminó, preguntó:

—¿En qué puedo ayudarles?

—Estamos aquí para cubrir lo que la prensa británica denomina ya la Guerra Civil española. Nuestro objetivo es entrevistar a dirigentes republicanos y nacionalistas a fin de ofrecer a nuestros lectores una valoración equilibrada de las causas y las consecuencias del conflicto. Mi redactor espera que nuestras crónicas puedan influir en algunos miembros de ambas cámaras del Parlamento británico. Tengo entendido que el pueblo catalán apoya al gobierno electo de la Segunda República Española.

—En Cataluña estamos comprometidos con el imperio de la ley. He jurado apoyar y defender nuestra Constitución frente a toda amenaza, venga de fuera o de dentro. Sin embargo, hay entre nosotros quienes apoyan al general de brigada Emilio Mola y a sus tres generales asociados, Francisco Franco, José Sanjurjo y Manuel Goded Llopis, en su uso de la fuerza militar para imponer un gobierno autoritario y no elegido. Históricamente, cuando los aspirantes a dictadores alcanzan el poder, sus primeras acciones consisten en vengarse de sus enemigos. En este caso, es probable que el objetivo sea toda la población catalana.

Donald tenía la libreta de reportero en la mano y empezó a tomar notas, apuntando los nombres de los jefes militares nacionalistas.

El sargento prosiguió:

—En España, los partidarios nacionalistas están formados mayoritariamente por terratenientes y grandes empresarios. Por desgracia, cuentan con el apoyo de nuestra Iglesia católica.

Al ver que Donald seguía escribiendo, añadió:

—Le ruego que no utilice mi nombre, porque podría costarme el puesto y quizá incluso la vida, tanto la mía como la de mi familia. Digo esto porque nos están llegando noticias de que los generales están llevando a cabo represalias arrestando a madrileños que han protestado pacíficamente contra sus políticas. Los generales han conseguido corromper a sectores del poder judicial e incluso destituir a jueces que se han negado a jurar su lealtad absoluta a los dirigentes nacionalistas. Han subvertido a oficiales de la Guardia Civil y comprometido a partes del Ejército. En este momento, están atacando a manifestantes pacíficos, sean partidarios de la República o simples leales catalanes.

—Ha dicho que entre los simpatizantes nacionalistas hay monárquicos, conservadores, grandes terratenientes y la Iglesia católica. ¿Hay zonas en España donde la resistencia republicana sea más fuerte?

—Insisto, le ruego que no me cite, y preferiría mucho que su fotógrafo no me retratase.

—Le diré que solo tome fotografías generales del paso fronterizo.

—Como le decía, en nuestra región creemos en la democracia y consideramos traicioneras las sublevaciones armadas. En 1931, nuestra recién adoptada Constitución estableció España como una república parlamentaria. Siguiendo el ejemplo de otros países, a las mujeres se les ha concedido el derecho de voto y el derecho al divorcio. Lo que irrita a los monárquicos y a los católicos es que nuestra Constitución también ha suprimido el estatus jurídico especial y la inmunidad de que gozaban la nobleza española y la Iglesia.

—En realidad, le preguntaba por otras zonas de España —aclaró Donald.

—Solo dispongo de rumores y conjeturas. Dado que los Nacionalistas controlan buena parte de la riqueza de nuestro país, la prensa se ha autocensurado de hecho, negándose a informar de las protestas que sabemos que tienen lugar en toda España. Dicho esto, en otras regiones las divisiones se basan principalmente en la clase y la riqueza, más que en la región o la cultura. En todas las provincias españolas, los ricos y poderosos luchan por mantener su posición elitista en la sociedad. Al mismo tiempo, los pobres desean acceder a oportunidades que se les han negado históricamente. En el norte de nuestro país, los vascos y la mayoría de la población de Galicia, Cantabria y

Asturias suelen apoyar a nuestro gobierno legítimamente elegido, pero, como en otras regiones, ese apoyo no es universal. En cada ciudad, pueblo y aldea, los vecinos se enfrentan entre sí. Y luego está la Iglesia. Los católicos devotos se alinean con los Nacionalistas sin importar su posición social. Los sacerdotes han ofrecido promesas de salvación a los partidarios nacionalistas y han amenazado con excomulgar a los votantes republicanos.

—¿Y el Ejército? Dado que juró lealtad a la nueva República, supongo que combate contra las fuerzas voluntarias nacionalistas.

—Suponga lo que quiera. No debo responder a eso. Ya he dicho demasiado. ¿Puede decirme adónde piensan dirigirse ahora? Debo informar a mis superiores si Barcelona será su próximo destino.

—Así es. Nos gustaría concertar una entrevista con quienquiera que tenga el control de Cataluña —dijo Donald.

—Ese sería el alcalde de Barcelona, el señor Carles Pi i Sunyer. Sin embargo, también deberían intentar hablar con los dirigentes sindicales, que son quienes ostentan el poder real.

Louise dio un paso al frente.

—Hemos oído hablar de varias Brigadas Internacionales que han venido a luchar del lado de los Republicanos. Como cubrimos la Guerra Civil para la prensa británica, nos interesa especialmente la Tom Mann Centuria, que creo que se ha integrado recientemente en la XII Brigada Internacional.

—No puedo decir nada sobre combatientes extranjeros. Mi trabajo consiste en controlar la frontera y no dejar pasar a nadie que no cuente con la aprobación oficial y con pruebas documentales de sus planes durante su estancia en España. Extraoficialmente, he oído rumores de que los extranjeros que se ofrecen voluntarios en el bando republicano entran en España a pie, cruzando los Pirineos desde distintos puntos de Francia.

Louise continuó:

—¿Cómo podríamos concertar una cita para entrevistar al alcalde de Barcelona?

—Les sugiero que se pongan en contacto con el Ayuntamiento de Barcelona. Si llaman al consistorio, estoy seguro de que el alcalde estará dispuesto a complacer a la prensa extranjera con una entrevista. Hay un teléfono de pago en el Ayuntamiento de Figueres, un pequeño pueblo a unos cuarenta kilómetros al sur de aquí.

El sargento saludó y volvió a su puesto junto a la barrera.

—Sigamos hacia el sur —dijo Donald—. Después de la magnífica cena de anoche, es demasiado pronto para comer. Propongo que hagamos una parada en Figueres y organicemos la entrevista con el alcalde Sunyer. Louise, mientras estemos en Figueres, reserva un hotel en Barcelona. ¿Tienes a mano tu Fodor's Guide to Spain?

—Donald, de verdad no hacía falta que lo preguntaras. Le eché un vistazo anoche y pensé que podríamos alojarnos en el Hotel Duquesa de Cardona. Fodor's dice que es un edificio histórico que en su día fue residencia de reyes y nobles. Como ya imaginaba que querríamos visitar el Ayuntamiento, la Duquesa está a no más de diez minutos a pie de la casa consistorial.

Acordado el plan, se encaminaron hacia el sur. En Figueres hicieron las llamadas. Donald concertó una cita con el alcalde para el lunes por la mañana a las once. Louise reservó después dos habitaciones en la Duquesa de Cardona para el fin de semana.

Regresaron al coche y, cuatro horas más tarde, aparcaron frente a su hotel. Un portero uniformado les ayudó con las maletas y con el equipo fotográfico de James. Una vez deshecho el equipaje, acordaron reunirse abajo. En recepción, Louise reservó una mesa para una cena temprana.

Capítulo 32

Lunes, 12 de abril – Ayuntamiento de Barcelona

El desayuno en su hotel no se parecía a nada de lo que hubieran probado en Inglaterra, Alemania ni siquiera en Francia. La camarera les ofreció pan con tomate, jamón ibérico, zumo de naranja y la elección entre café con leche o café solo. James sabía suficiente español para entender lo que les estaban ofreciendo.

El fin de semana estaba libre, ya que en los países latinos las oficinas municipales solo abren entre semana.

El sábado pasaron el día en la Basílica de la Sagrada Familia de Antoni Gaudí.

—En mi Fodor's pone que se empezó en 1882 —dijo Louise—. Como pueden ver, es claramente una obra en curso. Como muchas catedrales católicas, no hay una fecha fijada para su finalización. James, estoy segura de que disfrutarás de este ejemplo tan singular de arquitectura modernista catalana.

El domingo tomaron el teleférico hasta Montserrat.

—Este funicular se inauguró hace siete años y, por primera vez, ha hecho que este monasterio y santuario en la cima de la montaña sea fácilmente accesible para el público —explicó Louise.

Aquella noche Louise reservó localidades para un concierto en el Palau de la Música Catalana, donde escucharon a Pablo Casals interpretar El cant dels ocells, una composición que celebra la libertad y la paz. A todos les pareció un recinto encantador y una música muy apropiada para su misión en España.

El lunes por la mañana, tras terminar el desayuno, se encaminaron hacia el centro de la ciudad. Pocos minutos después, entraban en la casa consistorial del siglo XIV situada en la Plaza de San Jaime. En el mostrador de entrada, el recepcionista confirmó su cita del mediodía con el alcalde.

Louise dijo en voz baja a James y Bea:

—Alcalde se traduce como "mayor".

Antes de que se les permitiera acceder al interior del edificio, dos guardias uniformados inspeccionaron sus pasaportes y credenciales de prensa. Otro los acompañó hasta la sala de espera del segundo piso. Diez minutos más tarde se les acercó un caballero bien vestido que se identificó como el asistente personal del alcalde. Pidió ver sus pasaportes y credenciales antes de conducirlos al despacho del Alcalde. Era una estancia enorme, con cuadros al óleo de oficiales militares decimonónicos enmarcados en oro y amueblada en lo que Louise identificó como estilo barroco español del siglo XVII. El alcalde se levantó de su mesa para recibir a sus visitantes.

Sorprendentemente, habló en un inglés solo moderadamente acentuado:

—Mi nombre es Carles Pi i Sunyer. Pueden llamarme Charles, que es el equivalente inglés de mi nombre catalán de nacimiento.

Se estrecharon las manos y se presentaron uno por uno.

Carles continuó:

—Es un gran placer para mí tener la oportunidad de hablar inglés otra vez. Pasé mis primeros años en Venezuela. Mis padres, catalanes, tenían grandes planes para mí, así que cuando tenía seis años me enviaron interno a un colegio en Inglaterra. Mientras yo estaba allí, decidieron que ya era lo bastante seguro como para volver a España. Tras obtener mi certificado de estudios, me reuní con ellos y me matriculé en la Universidad de Barcelona, una de nuestras universidades más antiguas.

—Dígame —preguntó James—, ¿en qué colegio estudió en Inglaterra?

—En Dulwich College. ¿Lo conoce?

—¿Que si lo conozco? Yo también soy Old Alleynian. ¿Cuándo se marchó?

—Soy bastante mayor que usted, así que dudo mucho que coincidiéramos. Llegué en 1894 y me fui en 1904. Pero estoy seguro de que no han viajado hasta España solo para hablar de nuestros tiempos de colegio. ¿En qué puedo ayudarles?

Donald tomó la palabra:

—Como periodistas, se nos ha encargado cubrir la Guerra Civil española. Esperamos ofrecer al público británico una valoración precisa de las causas de la guerra y de las posibles consecuencias de cualquiera de sus desenlaces, tanto para España como para el Reino Unido. Existe la posibilidad de que nuestra célebre diplomacia británica pueda contribuir a encontrar una solución pacífica. Soy consciente de que se nos ha encomendado una tarea ambiciosa. La propaganda y la desinformación de derechas están muy extendidas en la prensa conservadora, lo que dificulta que el público británico se forme una opinión fundamentada. Dicho esto, España es un país que siempre ha ejercido una gran atracción sobre los británicos, mucho más que Francia o Alemania. No solo por el turismo y su maravilloso clima, sino también porque nuestra comunidad de navegantes prefiere las cálidas aguas del Mediterráneo como lugar donde navegar, disfrutar de sus puertos y playas y pasar el invierno lejos de nuestros lúgubres inviernos británicos.

—El turismo es una de nuestras principales fuentes de divisas —dijo Carles— y, por desgracia, esta guerra lo está interrumpiendo. Ha sido especialmente dañino para nuestra economía catalana, ya que Barcelona es un destino cultural muy popular entre los turistas británicos.

Hizo una breve pausa y añadió:

—Para ayudar a sus lectores, permítanme hacerles algunos comentarios sobre los antecedentes de la guerra. En julio de 1936, los generales Emilio Mola y Francisco Franco lanzaron un golpe de Estado contra nuestro gobierno. La mayoría de nuestra clase trabajadora, así como una coalición formada por socialistas y comunistas, prestó su apoyo a nuestro gobierno republicano democráticamente elegido. Los nacionalistas también formaron una coalición, integrada por monárquicos, conservadores religiosos y el partido fascista que se hace llamar Falange Española de las JONS. Mola y Franco recabaron el apoyo de guarniciones militares en Marruecos, Pamplona, Burgos, Cádiz, Córdoba, Málaga, Zaragoza y Sevilla. También obtuvieron respaldo en muchas de las grandes ciudades del sur del país. No lograron asegurarse la colaboración del Ejército y la policía en las ciudades más importantes del resto de España:

entre ellas Madrid, València, Bilbao y, aquí en Cataluña, Barcelona. Estamos orgullosos de seguir siendo leales a nuestra Constitución.

—Pero sin duda tuvo que haber indicios previos que condujeran al golpe —dijo Louise.

—Desde luego que los hubo —respondió Carles.

Sacó entonces su reloj de bolsillo dorado del bolsillo del chaleco y dijo:

—Pero ahora veo que es la hora de comer. ¿Querrían ser mis invitados en el restaurante del Palacio Municipal? Me gustaría presentarles a varios de mis colegas que quizá puedan responder a sus preguntas con más detalle, aunque dudo que hablen inglés.

Ya sentados en el restaurante, Carles les presentó a dos hombres. El primero dijo en castellano:

—Me llamo Gregorio Serrano. Mi nombre de pila suele acortarse a Goyo cuando hablo con amigos. Me agradaría que ustedes lo usaran. Me temo que mi conocimiento del inglés es limitado, pero me alegro de que ustedes dominen el castellano.

Louise respondió en español:

—¿Puede decirnos cuáles son sus funciones aquí en el Ayuntamiento?

—Como teniente de alcalde de Barcelona, soy responsable de supervisar tanto a la Guardia Civil regional como a los Mossos d'Esquadra. Esa es la fuerza policial de nuestra comunidad autónoma de Cataluña.

El otro caballero iba vestido de manera informal y sin corbata. Les tendió la mano y se presentó como Francisco Nadal.

—Como Goyo, mis amigos usan mi apodo, Paco. Les ruego que hagan lo mismo, ya que Carles me ha hablado un poco de su periódico. Me ha dicho que el Manchester Guardian es conocido por la precisión de sus crónicas y por no sufrir los habituales sesgos editoriales derechistas impuestos por sus poderosos magnates de prensa.

—Nos encantará utilizar los diminutivos hipocorísticos de sus nombres —dijo Louise.

Carles presentó a Louise utilizando el nombre que figuraba en sus credenciales de prensa:

—Paco, has estado hablando con Martha Gellhorn. Lleva más de seis años cubriendo asuntos europeos para el Manchester Guardian.

Louise se puso en pie y estrechó su mano. Señalando con la cabeza a James, dijo:

—Este es mi colega, David Duckworth. Es el fotoperiodista que nos acompaña cuando cubrimos acontecimientos políticos.

Luego presentó a Donald:

—Este es Nigel Duckworth, redactor jefe de política del Guardian, y junto a él está Evelyn Wright. Escribe para la sección femenina de la revista Observer.

Bea se inclinó hacia Donald y susurró:

—¿Qué quiso decir Louise con "hipocorístico"?

—Está siendo innecesariamente pretenciosa y pedante. Simplemente significa el apodo que usa entre amigos.

Louise prosiguió:

—Paco, si se me permite utilizar su apodo, ¿cuál es su función dentro de la administración del gobierno catalán?

—Digamos simplemente que soy asesor oficioso del alcalde. Tengo despacho en el Ayuntamiento, pero ningún poder estatutario. Dicho esto, represento a varias organizaciones obreras catalanas. Igual que sus sindicatos británicos, los nuestros se centran en mejorar la vida de los trabajadores, especialmente los que trabajan la tierra. Antes de la adopción de nuestra Constitución de 1931, los jornaleros eran esclavos de hecho, propiedad de los grandes terratenientes. Me enorgullece decir que Barcelona es la ciudad con mayor implantación sindical de España y Cataluña la provincia más sindicalizada de todo el país.

En ese momento llegó un camarero para tomar nota de los pedidos. Los hombres decidieron empezar con una caña de cerveza Mahou. Carles comentó que en España era habitual comenzar la comida con una copa de cerveza. Tras consultar con Bea, Louise pidió dos copas de cava local. Había leído que esta región era famosa por su vino blanco espumoso de estilo champán.

Cuando el camarero se marchó, Goyo continuó:

—En este edificio represento a la CNT-FAI, que es el Comité Central de Milicias Antifascistas de Cataluña. Hemos implantado el socialismo y el colectivismo para garantizar que nuestra gente no pase hambre durante las inevitables perturbaciones causadas por nuestra lucha contra las fuerzas nacionalistas. Represento no solo a los trabajadores del campo, sino también a los de las empresas industriales y comerciales. Me enorgullece decir que el 70 % de las empresas catalanas están colectivizadas. Asesoro cuando los patronos intentan dar órdenes ilegales que afectan al salario y a las condiciones de trabajo de mis afiliados.

—Charles, su guerra civil lleva en marcha casi nueve meses —preguntó Louise—. ¿Puede darnos alguna idea sobre los antecedentes?

—Por supuesto, aunque verán que mucho de lo que voy a decirles choca con la línea oficial del partido nacionalista —respondió Carles—. Tampoco encaja con la pura propaganda que difunde actualmente la mayoría de su prensa británica. El 12 de abril de 1931, España se convirtió en una democracia constitucional multipartidista. Nuestra nueva Constitución garantizó la libertad de expresión, de reunión, de religión, de prensa y el derecho a protestar pacíficamente y a presentar peticiones a nuestro gobierno si se discrepaba de sus políticas. Ese artículo añade la exigencia legal de que la detención de una persona sea justificada por un tribunal. Es lo que ustedes, los ingleses, llaman un writ de habeas corpus. Formaba parte de su Magna Carta, firmada en Runnymede en 1215. Bajo este principio, nadie puede ser detenido en la calle y mantenido bajo custodia sin el debido proceso. Esto resulta especialmente relevante hoy en día, ya que guardias díscolos y militares están deteniendo manifestantes sin supervisión judicial.

—Las primeras elecciones municipales supusieron una victoria aplastante para nosotros, los republicanos. Dos días después se proclamó nuestra Segunda República y el rey Alfonso XIII fue depuesto. Se vio obligado a exiliarse y ahora vive en el lujo del Hotel Le Meurice de París. Aquellas elecciones ofrecieron al pueblo español una disyuntiva clara: mantener la monarquía o transformar nuestro país en una república constitucional.

—En España somos unos novatos en comparación con otros países que tienen décadas e incluso siglos de experiencia con las normas y procedimientos democráticos. Para que quede claro, tanto nuestra democracia como nuestra

Constitución se basan en el Estado de derecho. Nuestro gobierno recién elegido puso en marcha reformas impensables bajo los antiguos regímenes monárquicos. Por ejemplo, se introdujo el sufragio femenino y se reformaron las leyes sobre el matrimonio civil y el divorcio. Ambos pasos otorgaron a las mujeres más derechos de los que habían tenido jamás. Además, la Constitución estableció una educación gratuita, obligatoria y laica para todos. Al mismo tiempo, disolvió a los jesuitas. Antes de eso, la Iglesia controlaba todos los aspectos de la vida en los pueblos: se aseguraba de que los pobres siguieran ignorantes, sin educación y sumisos a sus amos. La mínima instrucción basada en el catecismo que ofrecían monjas y sacerdotes terminaba en cuanto los niños eran lo bastante fuertes como para ser enviados a trabajar en el campo. En 1933, por primera vez en nuestra historia, las mujeres mayores de veintitrés años pudieron votar tanto en las elecciones locales como en las nacionales.

En ese momento regresó el camarero con las bebidas y repartió los menús y la carta de vinos.

Para sorpresa de los españoles, Louise se apoderó de la carta:

—Espero que no les importe; me gustaría probar algunos vinos catalanes que han aparecido en reseñas británicas —dijo—. Me encantaría catar el Penedés local. No estoy segura de qué uva utiliza, pero he leído que tiene un aroma extraordinario y una textura muy suave.

Carles sonrió.

—Mi familia posee un viñedo en la Serralada Prelitoral. Es allí donde se producen los vinos del Penedés. Permítame escogerlos yo.

Louise sonrió y, algo a regañadientes, cedió la carta de vinos.

En un catalán rápido, Carles dijo al camarero:

—Queremos dos botellas de Finca Batllori y luego dos botellas de Priorat L'Ermita de 1928.

Y explicó para los demás:

—El primero es un vino blanco y el segundo un tinto.

Louise restó importancia a haber sido apartada de la elección de los vinos y preguntó:

—Goyo, desde la perspectiva de sus trabajadores y sus sindicatos, ¿puede darnos su visión de las causas de la guerra civil?

—Quizá les ayude si les explico los antecedentes de cómo comenzó —respondió él—. El general Francisco Franco siempre ha sido considerado un jefe militar disciplinado. Tras ser nombrado comandante de las tropas españolas destinadas en Marruecos, las animó a pasarse a la traición, aceptando órdenes de él en lugar de seguir siendo leales al juramento que habían prestado a nuestra Constitución. Como resultado de las elecciones celebradas en febrero del año pasado, una coalición integrada en el partido de izquierdas Frente Popular llegó al poder. Antes de eso, Alejandro Lerroux fue nuestro primer ministro. Aunque su gobierno de coalición apoyaba nominalmente los derechos de los trabajadores, Lerroux quedó desacreditado después de sofocar una huelga en 1934. También se vio implicado en varios escándalos financieros, tras lo cual su gobierno se vino abajo.

—Esas elecciones supusieron una victoria para el Frente Popular, que era una coalición de nuestros principales partidos de izquierdas. Inmediatamente después de la certificación de los resultados, Franco se unió al general de brigada Emilio Mola y empezó a negar el resultado electoral. Franco afirmó que el resultado se debía a un fraude y que las elecciones habían sido amañadas. Exigió que se volviera a convocar al parlamento anterior para declarar que los nacionalistas tenían mayoría y, por tanto, estaban legalmente facultados para formar el nuevo gobierno. Siguiendo esa línea de argumentación, él y Mola intentaron convencer a Manuel Portela, el responsable del Ministerio del Interior, para que suspendiera la Constitución. Al mismo tiempo, ejerció presión política sobre el general Pozas, director de la Guardia Civil. También trató de persuadir a ambos de que declararan la ley marcial. Fracasó en este primer intento de fomentar una insurrección traidora, ya que ni Portela ni Pozas accedieron a las exigencias del general.

Louise dijo:

—Sin duda fue una empresa insensata. Nunca habría funcionado.

Goyo asintió.

—Y no funcionó.

Cuando sirvieron el vino del Penedés, otro camarero llegó con sus entrantes de pescado.

Carles dijo:

—En España existe una regla no escrita según la cual nunca se habla de negocios ni de política durante la comida, porque interrumpiría el disfrute de la misma.

Louise alzó su copa de cava.

—Esa es también la convención en Francia e Italia, pero por desgracia no en Gran Bretaña ni en Alemania.

Tras probar el Penedés, Louise dijo:

—Es fantástico. ¿Con qué uva se elabora?

Goyo respondió:

—Los propietarios de esta finca son vecinos del viñedo de mi familia. Ambos estamos especializados en la producción de vino blanco seco. Este se basa en la uva Macabeo, que también se llama Viura.

Cuando trajeron los platos principales, se sirvió la primera botella de Priorat L'Ermita de 1928. A Louise le pareció una elección excelente, que maridaba a la perfección con su lechal de cordero. Cogió la botella y empezó a leer la etiqueta. Descubrió que se trataba de una garnacha pura. La conversación se centró en la comida y el tiempo, aunque todos daban por hecho que las cuestiones de fondo se retomarían una vez servidos el postre y el café.

Los camareros retiraron los platos y trajeron dos botellas de licores junto con siete pequeños vasos de chupito. Carles dijo:

—En España es habitual servir digestivos después de la comida principal. Aquí tenemos Ruavieja, de color verde amarillento, que es un licor de hierbas muy parecido a la grappa italiana. En la otra botella hay un licor de café llamado Martín Códax. Puede beberse solo o añadirse al café para darle un poco de fuerza. Los digestivos suelen tomarse en estos vasitos pequeños que llamamos chupitos. Creo que ustedes, los ingleses, los llaman jiggers.

Louise decidió que ya era apropiado reanudar la entrevista. Preguntó a Goyo:

—¿Puede seguir con su descripción de cómo Mola y Franco intentaron hacerse con el poder? Terminó diciendo que ese fue el primer intento de Franco de fomentar una insurrección.

—Así fue. Cuando se reveló el papel de Franco y Mola en el intento de golpe, se produjo una indignación pública que desembocó en una reorganización del Ejército. Tras las elecciones generales de febrero, Franco y varios otros oficiales implicados en el golpe fueron, digamos, reasignados. Franco fue enviado a las Islas Canarias para ejercer de comandante militar del archipiélago. Se le concedió el título puramente nominal de Comandante General en las Islas Canarias.

—Mola permaneció en la península y empezó a planear un segundo golpe. Una vez más difundió la idea de que las elecciones habían sido robadas. Impulsó campañas para investigar los colegios electorales de todo el país. Las Cortes Generales, que es nuestro parlamento, accedieron de mala gana a que podría haber habido irregularidades tales que hiciera falta repetir las elecciones en dos provincias, Cuenca y Granada. Estaban convencidos de que las posibles irregularidades no habrían afectado al resultado global, ya que solo podían influir en un número reducido de escaños. No obstante, el parlamento recién elegido consideró que la transparencia era importante y que, como mínimo, debía aceptar la posibilidad de que tuviera algún fundamento la acusación de fraude electoral o manipulación de votos. Franco regresó de inmediato a la península para presentarse a un escaño por la provincia de Cuenca. Sabía que Cuenca era históricamente conservadora y partidaria de los terratenientes, de los monárquicos y de la Iglesia. Se aceptó en general que lo hacía para evitar la cárcel. Era de dominio público que se estaban preparando cargos penales contra él por su anterior intento de golpe. Debo explicar que los miembros en ejercicio del parlamento gozan de inmunidad frente a la persecución judicial.

Louise le interrumpió:

—He leído que la prensa de izquierdas publicó imágenes que mostraban a José María Gil-Robles, el líder de la derecha católica, recibiendo vítores como "¡Jefe!", lo cual se consideró una imitación evidente de las multitudes italianas que gritan "¡Duce!" y de los mítines nazis en los que miles levantan el brazo derecho gritando "¡Führer!".

Goyo asintió.

—Eso y más ocurrió en nuestro país, políticamente fracturado. Más tarde salió a la luz que algunos oficiales de la Guardia Civil, destinados a mantener el orden durante las elecciones, impidieron físicamente que los pobres entrasen en los colegios electorales. En varias zonas se inventaron la norma de que nadie sin cuello de camisa podía votar. Esa misma regla se aplicó a las mujeres que, por primera vez, podían votar gracias a las reformas legales de 1933. En algunas áreas rurales, a los jornaleros y a sus esposas no se les concedió el día libre para ir a pie hasta el colegio electoral del pueblo o ciudad más cercana.

Goyo prosiguió:

—La Iglesia católica había sido comprometida y politizada. En numerosos casos, sacerdotes e incluso obispos amenazaron a sus feligreses con la excomunión si votaban a un candidato de izquierdas. Como las elecciones eran algo nuevo en nuestro país, muchos trabajadores del campo no estaban seguros de que el voto fuera realmente secreto y temían que los terratenientes averiguasen a quién habían votado. Millones de panfletos fueron impresos por la Falange prometiendo que, bajo su liderazgo, España volvería a ser grande gracias a directrices autoritarias para mejorar la eficiencia y reducir el despilfarro gubernamental. Advertían de que comunistas y marxistas iban a introducir leyes radicales destinadas a controlar la vida de las personas.

Louise siguió con sus preguntas:

—¿Cómo se permitió a Franco regresar, una vez apartado de la política por su papel en el intento de golpe de Estado?

—Simplemente tomó un avión y volvió a la España peninsular. A través de Mola, se le asignó un puesto en la lista electoral de Cuenca, lo que prácticamente garantizaba que resultaría elegido. Sin embargo, ese intento de conseguir un espacio en el parlamento fracasó. José Antonio Primo de Rivera, abogado y fundador del partido derechista Falange Española, vetó la inclusión del nombre de Franco en la lista electoral de Cuenca.

—Franco debía de estar loco si pensaba que podría anular el resultado electoral —dijo Louise.

—Sí, pero casi lo consigue —respondió Goyo—. Tras este segundo intento fallido de acceder al poder, Franco no tuvo más opción que regresar a su exilio en Canarias. Luego, el pasado julio, Franco y Mola iniciaron su tercer intento de derrocar a nuestro gobierno elegido, esta vez recurriendo a la fuerza y no al engaño. Franco volvió a la península y consiguió el apoyo de mandos militares y de sus unidades en varias de nuestras ciudades regionales. Las grandes ciudades que mencioné antes siguieron leales a nuestro gobierno republicano y a nuestra Constitución. Incluso entonces sabíamos que las fuerzas nacionalistas de Franco y Mola recibían municiones, soldados y apoyo aéreo de Italia, Alemania y Portugal. Por cierto, Portugal también tiene una dictadura fascista bajo el partido União Nacional de António Salazar.

Carles se sirvió otro chupito de Ruavieja y retomó la conversación:

—Todo lo que les ha dicho Goyo es exacto. El asedio de Madrid comenzó el pasado octubre. Si les interesa la etimología en lengua inglesa, quizá encuentren esto curioso. En noviembre, las tropas del general Mola atacaban Madrid desde el suroeste. Cuando lo entrevistó un periodista de radio inglés, afirmó que tenía una quinta columna de partidarios dentro de la ciudad. Con eso quería decir que los madrileños adinerados y los católicos más intransigentes se armarían y atacarían a los guardias civiles, a las tropas republicanas y a sus partidarios de izquierdas en nuestra capital.

Donald preguntó:

—¿Significa eso que sería arriesgado viajar a Madrid?

—Si están decididos a ir, quizá pueda ayudarles. Llamaré a mi buen amigo Cayetano Redondo Aceña, el alcalde de Madrid. Representa al Partido Socialista Obrero Español. Si lo desean, también podría ponerme en contacto con la Oficina de Prensa de los nacionalistas en Cuenca. Publican partes diarios para la prensa española e internacional. En su mayor parte son pura propaganda y la mayoría de las agencias de prensa locales, nacionales e internacionales los tiran a la papelera de inmediato. Cuando terminemos aquí, podemos regresar a mi despacho y haré algunas llamadas en su nombre.

De vuelta ya en su despacho, Carles preguntó:

—Nigel, ¿cuándo piensan salir hacia Madrid?

—El miércoles por la mañana.

Louise dijo:

—Parece un viaje de dos días, dadas las condiciones de las carreteras secundarias y el hecho de que pueda haber combates en algunos tramos. Había pensado que podríamos pasar la noche en Zaragoza.

—No es una elección acertada. Las autoridades de esa ciudad apoyan a los nacionalistas. Les sugiero que bajen por la costa y pasen la noche en Valencia. Pediré a Goyo que les proporcione una escolta policial de dos coches con seis guardias civiles y dos motoristas. Les expediré los permisos necesarios para acercarse a las afueras de Madrid. Cuando lleguen al control nacionalista, mis hombres y sus credenciales de prensa les permitirán proseguir hasta su destino. Díganme, ¿dónde piensan alojarse en Madrid?

—Había pensado que podríamos intentar alojarnos en Alcorcón —dijo Louise—. Tengo entendido que está cerca de la embajada alemana.

—En ese caso, les sugiero que reserven habitaciones en el Palacio Vallier de Valencia y en el Palacio de los Duques de Madrid —dijo Carles—. Ambos son hoteles de primera categoría. Como periodistas internacionales con reservas confirmadas en un hotel madrileño, estoy seguro de que se les permitirá entrar en la ciudad. La escolta policial les acompañará hasta Valencia y algo más allá, pero tendrá que abandonarles cuando se acerquen a nuestra capital. No tienen jurisdicción allí y gran parte de la Comunidad de Madrid está controlada por tropas leales a los generales o sufre combates esporádicos, pero a veces muy intensos. También les recomendaría que eviten entrar en Madrid desde el sur. Aranjuez está en manos republicanas, pero ha habido combates encarnizados allí y se encuentra en un semiasedio desde hace dos meses.

Carles se sentó a su escritorio e hizo las llamadas prometidas. Concertó una cita con el alcalde de Madrid para el martes 13 de abril a las diez en punto. Luego llamó a la Oficina de Prensa de los nacionalistas en Cuenca y habló con el señor Gonzalo Aguilera y Munro, vicejefe de prensa. Tras informarle de que unos periodistas británicos del diario Manchester Guardian deseaban realizar una entrevista, se fijó un encuentro para el mediodía del lunes 19 de abril. Carles anotó la dirección y luego pasó el teléfono a Donald.

En castellano, Donald dio sus nombres completos y dijo que llegarían a las afueras de Cuenca en un Mercedes negro con matrícula británica CKN 523.

Agradecieron a Carles el almuerzo y su ayuda y regresaron a su hotel. Mientras los demás subían a sus habitaciones, Louise utilizó el teléfono público del vestíbulo para hacer sus llamadas. Aseguró dos habitaciones dobles para la noche siguiente en el Palacio Vallier de Valencia y luego dos habitaciones en el hotel Palacio de los Duques de Madrid a partir del jueves 15 por la noche. Cuando subió a su habitación, encontró a Donald y Bea sentados en el sofá de su suite.

—Acabo de reservar habitaciones para mañana por la noche en Valencia y, a partir del jueves por la noche, en Madrid —dijo Louise.

—Ha llegado el momento de hacer un poco de planificación estratégica para preparar nuestras entrevistas —dijo Donald—. Yo dirigiré las entrevistas, ya que en teoría soy el redactor jefe de política del Guardian. James presumiblemente tomará fotos de las personas a las que conozcamos. Bea, quizá podrías plantear preguntas relacionadas con los asuntos de las mujeres, haciendo referencia a su reciente acceso al voto. Lo sugiero porque estás haciéndote pasar por Evelyn Wright, que escribe artículos para la sección femenina del Observer. Louise, como en teoría eres Martha Gellhorn, redactora especializada en asuntos políticos europeos, deberías pensar en las preguntas que puedas plantear al alcalde republicano de Madrid y al vicesecretario de prensa nacionalista en Cuenca.

—Mira, Donald, deja de dar órdenes. ¿No crees que hemos pensado ya en nuestras entrevistas? Si crees que tú, como hombre, debes llevar la voz cantante, siéntete libre de intentarlo. Solo insisto en que, igual que hoy en el almuerzo, se me permita hacer preguntas sin que me interrumpas.

Donald se levantó y se disculpó, diciendo que él y Bea preferían retirarse a su habitación para una tranquila siesta. Sugirió que volvieran a verse a las ocho en el comedor para cenar.

James agradeció tener la oportunidad de descansar después de aquella larga y bastante regada comida. También quería hablar con Louise sobre Donald.

—Louise, querida, ¿vas a seguir teniendo problemas con Donald? Creía que habíais resuelto eso hace años.

—Está volviendo a ponerse mandón. No puedo ni quiero tolerar su comportamiento matón.

—Dale un respiro. Esta es una operación del MI6 y él es el oficial de rango superior. Es perfectamente natural que se le considere al mando. Además, estamos en España, donde se da por hecho que son los hombres quienes dirigen el país. Al fin y al cabo, todas las personas con las que hemos tratado hasta ahora han sido hombres.

—Mira, soy perfectamente consciente de que estamos en un país latino donde el machismo es la norma, pero eso no significa que tenga que aceptarlo en esta misión, y menos aún de su parte.

—Querida mía, somos agentes que representan al gobierno británico. Nuestro objetivo es intentar mitigar las consecuencias e incluso, si es posible, evitar la expansión de esta guerra. Intenta tenerlo presente.

—Eso es lo único en lo que pienso. Con nuestras credenciales de observadores independientes que representan a la prensa británica, sería perfectamente natural que Bea y yo tuviéramos la oportunidad de hablar con los dirigentes de ambos bandos. Si insistes, acataré el liderazgo de Donald, pero me reservo el derecho de hacer preguntas a los dos lados.

Se reunieron a las ocho para una cena ligera. Donald y Louise se comportaron de manera cordial el uno con el otro. James supuso que Bea quizá habría hablado con Donald sobre la necesidad de colaborar con Louise, aunque solo fuera por el éxito de la misión.

Durante el postre, Louise dijo:

—Me gustaría pasar otro día en Barcelona. Antoni Gaudí ha diseñado un edificio de apartamentos fantástico llamado Casa Batlló.

Capítulo 33

Miércoles, 14 de abril – Valencia

El miércoles por la mañana salieron tarde. Tal como se había acordado, su escolta policial los estaba esperando delante del hotel.

Pasadas las seis, Donald aparcó frente al Palacio Vallier, en el centro de Valencia. Presumiblemente impresionados por el Mercedes, el portero y dos jóvenes botones los ayudaron con el equipaje. Sus suites estaban decoradas con mobiliario del siglo XIX y óleos enmarcados en dorado. Tras cambiarse de ropa, se reunieron abajo para la cena. Louise comentó que su guía Fodor's indicaba que el restaurante La Perfumería había recibido una calificación de dos estrellas Michelin.

El comedor estaba a rebosar. El maître d'hôtel los condujo a una mesa con vistas a los jardines del hotel. A pesar de saber que, en los países latinos, la comida fuerte suele hacerse al mediodía, Louise había reservado la mesa el día anterior. Demostrando buenas maneras, Donald dio las gracias a Louise por haber conseguido la reserva. La comida fue fabulosa. Louise seleccionó vinos locales que acompañaron a la perfección tanto el plato de pescado como los segundos. El camarero recomendó chuletillas de cordero lechal. Louise explicó que se trataba de chuletas de cordero lechal que normalmente se servían con ajos tiernos.

Añadió:

—También se conocen en Italia como Abbacchio y suelen encontrarse en los países latinos durante las fiestas de Pascua.

Mientras servían el café, se acercó a su mesa un caballero que se presentó formalmente como el señor Domingo Torres Maeso. Con fuerte acento en su inglés, dijo:

—Espero que no les importe que me una a ustedes. Mi buen amigo Carles Sunyer, el alcalde de Barcelona, me ha telefoneado para decirme que quizá los encontrase en este hotel.

Al parecer, el camarero reconoció a aquel caballero tan bien vestido, pues se apresuró a traer un sillón para que pudiera sentarse con ellos a la mesa.

Donald se levantó y le estrechó la mano.

—Encantado de conocerle, señor Maeso. Me llamo Nigel Hepworth. Estos son mis colegas del Manchester Guardian, David Duckworth, Evelyn Wright y Martha Gellhorn.

Todos le estrecharon la mano mientras el camarero traía un café solo y otro chupito para añadirlo a la variedad de licores digestivos que ya habían colocado sobre la mesa.

Donald preguntó:

—¿En qué puedo servirle, señor?

—Por favor, llámenme Mingo. Soy el alcalde de Valencia. Tengo entendido que están en España para informar sobre este intento ilegal de los llamados nacionalistas de derrocar a nuestro gobierno democráticamente elegido.

Donald respondió con cautela:

—Como miembros de la prensa, estamos aquí para observar e informar. Tenemos instrucciones de no tomar partido. Dicho esto, tanto nosotros como nuestros lectores creemos firmemente en los procesos democráticos. Por esa razón debo admitir que nuestra cobertura será contraria a un golpe de mano autoritario.

Mingo sonrió.

—Como partidario de nuestra Constitución, estoy dispuesto a ofrecerles toda la ayuda que esté dentro de mis atribuciones.

Louise dijo:

—Mingo, nuestra intención es reunirnos con representantes de ambos bandos del conflicto, informar a nuestros lectores de sus argumentos y, quizá, ayudar a que los diplomáticos británicos encuentren una manera de negociar un acuerdo de paz que ponga fin al derramamiento de sangre.

—Es una tarea ambiciosa. Ambas partes están sólidamente atrincheradas en sus convicciones. La derecha está formada por gente que quiere volver a las viejas costumbres. Su consigna es "hacer que España vuelva a ser grande". Básicamente, eso significa que desean regresar al siglo XV, cuando España dominaba todo México, buena parte de Centroamérica y la mayor parte del sur y el oeste de los actuales Estados Unidos. En Sudamérica controlábamos Venezuela, Colombia, Ecuador, Perú, Bolivia, Chile y partes de la Argentina. En Asia incluso poseímos partes de Filipinas. Aquellos días coloniales quedaron atrás hace mucho. Hoy, los grandes terratenientes, los empresarios y, por supuesto, la Iglesia se niegan a aceptar que vivimos en un mundo muy distinto. No es así como pensamos los republicanos. Apoyamos el derecho de los trabajadores a organizarse y a participar en la negociación colectiva. También respaldamos los objetivos de los sindicatos de mejorar las condiciones laborales, los salarios y las prestaciones, y de reducir la jornada. Parte integrante de nuestro programa es mejorar la educación. Más de la mitad de nuestra población es funcionalmente analfabeta. Es interés de la Iglesia y de los terratenientes que eso no cambie. Antes de 1931 no existían leyes de escolarización obligatoria y simplemente no había regulaciones que limitasen la explotación del trabajo infantil.

»El primer ministro Caballero camina por la cuerda floja. Intenta mantener a raya al sindicato anarquista CNT, nuestra Confederación Nacional del Trabajo, dentro de una alianza conocida como el Frente Popular. Está formada por una coalición del PSOE, el Partido Socialista Obrero Español, Izquierda Republicana y Unión Republicana. A esta alianza, poco estable, se han sumado algunos nacionalistas vascos, gallegos y catalanes, junto con el Partido Obrero de Unificación Marxista. Como ven, Caballero se enfrenta a desafíos diarios para presentar un mensaje coherente que contrarreste la propaganda nacionalista.

Donald dijo:

—Mañana tenemos previsto reunirnos con el alcalde de Madrid y el próximo lunes con el vicesecretario de prensa de los nacionalistas en Cuenca. Intentaremos obtener la versión de ambos bandos para ver si existe alguna posibilidad de compromiso.

—Les deseo suerte. Los ánimos están muy exaltados y las posturas son muy rígidas. Aquí tienen mi tarjeta. Háganmelo saber si puedo ayudarles en sus esfuerzos por lograr la paz en nuestro país dividido.

Antes de que pudiera marcharse, Louise dijo:

—Si no le importa, me gustaría hacerle otra pregunta. ¿Puede decirme cuál es la postura de los republicanos respecto a Gibraltar?

—Verán, es probablemente el único asunto en el que coincidimos con los nacionalistas. Hace más de doscientos años, Gran Bretaña derrotó a España en la Guerra de Sucesión. En virtud del Tratado de Utrecht, la monarquía española, corrupta, cedió imprudentemente ese territorio a Gran Bretaña a perpetuidad. Sigue siendo cierto que ustedes se hicieron con ese codiciado puerto de entrada al Mediterráneo por la fuerza bruta. Todo español considera que aquello fue un robo y que las Columnas de Hércules nos pertenecen.

Dicho esto, el señor Maeso se levantó y regresó a su mesa.

Louise dijo:

—Bueno, hemos aprendido algo sobre los republicanos, pero nada que pueda ayudar a poner fin al conflicto. Con lo que piensa sobre Gibraltar, es poco probable que Gran Bretaña pueda servir de mediador neutral si alguna vez se inicien conversaciones de paz.

Subieron a sus habitaciones, conscientes de que el día siguiente sería largo.

Capítulo 34

Fin de semana, del 15 al 17 de abril – Madrid

A las diez ya estaban en camino. Tal como se había acordado, iban acompañados por una escolta de la Guardia Civil en el trayecto hacia Madrid.

—Para las dos deberíamos llegar al pueblo de Motilla de Palancar —dijo Louise—. Parece que el único restaurante que hay se llama Mesón la Plaza. Como es entre semana, dudo que tengamos que reservar mesa.

Al acercarse al pueblo, sus escoltas en motocicleta les hicieron señales para que se detuvieran. El oficial al mando saludó y dijo:

—Tenemos que dejarles, porque están a punto de entrar en territorio controlado por los Nacionalistas. Además, Motilla de Palancar es la ubicación de un campo de concentración y habrá allí tropas adicionales. Los generales Mola y Franco han creado esas prisiones para retener a combatientes republicanos que han sido capturados o se han rendido. También se está deteniendo a delincuentes comunes, homosexuales, pobres indigentes y, por supuesto, musulmanes y gitanos, que son arrestados sumariamente y enviados a esos campos.

Un kilómetro más adelante se toparon con una barricada. Seis soldados de uniforme custodiaban la barrera de brazo abatible. Uno apuntó el cañón de un arma automática por la ventanilla abierta del lado izquierdo. Cuando pareció sorprenderse al ver que tenía encañonada a una pasajera, desvió el arma para apuntar al conductor. Un oficial de uniforme se presentó como el capitán José García y exigió sus documentos.

Tras examinar cuidadosamente su pasaporte, dijo:

—Mi capitán me ha informado de que podrían viajar por territorio controlado por los Nacionalistas. He recibido instrucciones de permitirles continuar hasta su hotel en Madrid. En este momento se encuentran en la provincia de Cuenca, pero Madrid está fuera de mi jurisdicción. Se toparán con un control del enemigo antes de poder entrar en la capital. Tengo entendido que regresarán a territorio nacionalista el próximo lunes, cuando se reúnan con nuestros oficiales de prensa en Cuenca.

Donald estaba a la vez impresionado y preocupado por la aparente eficacia del ejército nacionalista en la obtención de información y en la planificación por adelantado.

Pensando con rapidez, dijo:

—La semana que viene esperamos con interés reunirnos con sus representantes en Cuenca. Gracias por su cortesía profesional.

Continuaron hasta su destino para el almuerzo. Disfrutaron de una comida bien preparada y a las tres y media ya estaban de nuevo en la carretera.

—Todavía nos quedan por lo menos ciento cincuenta millas —dijo Louise—, pero parece que las carreteras son bastante mejores. Deberíamos llegar a nuestro hotel de Madrid hacia las siete, salvo que suframos más demoras en el control republicano a las afueras de la ciudad.

Tras una demora de unos diez minutos en ese control, continuaron hasta su destino, el Palacio de los Duques, en el centro de Madrid.

Una vez asignadas sus habitaciones, se arreglaron para la cena y bajaron al comedor. Después de que el camarero tomara sus pedidos de comida y vino, hablaron de la reunión concertada para las diez con el señor Cayetano Redondo Aceña, alcalde de Madrid.

—Ahora que sabemos de los campos de concentración nacionalistas —dijo Louise—, pienso preguntarle qué están haciendo los Republicanos con los combatientes enemigos que se han rendido. También le preguntaré su opinión sobre Gibraltar.

—Preferiría que no lo hicieras —dijo Donald—. Los campos de prisioneros probablemente sean un tema delicado. Además, el alcalde de Valéncia dejó claro que el consenso es que España tiene derecho de dominio eminente sobre Gib, y que ambos bandos sostienen que se adquirió ilegalmente como botín de guerra.

—Donald, para los objetivos de nuestra misión y para futuras negociaciones diplomáticas es importante que conozcamos la opinión de todos los actores principales.

—Como quieras, pero no vayamos a estropearlo todo. No queremos poner en peligro las buenas relaciones que hemos establecido hasta ahora. Recuerda que el lunes tendremos que tratar con los representantes de Mola y Franco.

—También tengo preguntas serias para ellos, ahora que sabemos de los campos de concentración que albergan no solo a combatientes enemigos, sino también a vagabundos, musulmanes, gitanos y homosexuales. Si recuerdas, fue exactamente así como Hitler justificó la creación de Dachau, el primer campo de concentración nazi.

—Solo ten cuidado. No queremos provocar un incidente internacional ni que nos retiren las credenciales de prensa.

—Maldita sea, Donald, tienes que dejar de darme órdenes. Puede que seas un alto jefe de sección del MI6, pero James y yo somos agentes del MI5. Recibimos órdenes de Sir Vernon Kell y no de ese pretencioso y maldito Sir Hugh Sinclair, ni de ti, ya que estamos.

Durante la cena se dijo poco más y las dos parejas se retiraron a sus habitaciones.

El viernes por la mañana, después del desayuno, pararon un taxi para que los llevara a la calle de Montalbán, donde se encuentra el Ayuntamiento de Madrid. Informaron al recepcionista de que eran periodistas del Manchester Guardian y tenían una cita con el señor Cayetano Redondo Aceña. Tras comprobarlo en su agenda, examinó sus pasaportes y credenciales de prensa. Una vez satisfecho, se levantó para acompañarlos hasta el despacho del alcalde.

El señor Aceña se levantó y los saludó utilizando sus alias del Guardian.

—Veo que les sorprende que conozca sus nombres. Mis buenos amigos, los alcaldes de Valéncia y de Barcelona, me informaron de su próxima visita y me describieron su aspecto. Pueden estar tranquilos: están entre amigos. Somos conscientes de la excelente labor que realiza su periódico para promover soluciones democráticas en el Reino Unido y en otros lugares. Díganme, ¿en qué puedo ayudarles?

Donald respondió:

—Estamos intentando comprender las causas profundas de su guerra civil para mantener informados a nuestros lectores. Hay mucha desinformación y propaganda descarada por parte de la prensa británica de derechas, que está siendo repetida por el Partido Conservador. Nos gustaría ayudar a nuestros lectores y a nuestro gobierno a entender que quizá existan soluciones diplomáticas que puedan poner fin a los combates.

—Aquí en Madrid estamos amenazados por los ejércitos de Franco y de Mola, todos ellos traidores al juramento que ellos y sus mandos prestaron cuando prometieron apoyar y defender nuestra Constitución de 1931 —dijo Aceña—. Quizá no sepan que se elaboró como una recuperación de un proyecto de 1873 que proponía la creación de una nación basada en el Estado de derecho. Eso tomó la forma de una república democrática, laica y no confesional. Al igual que en los Estados Unidos, exigía explícitamente la separación de Iglesia y Estado. Ello habría impedido de manera absoluta y definitiva que la Iglesia católica participara en la elaboración de las leyes o siquiera intentara influir o intimidar a nuestros legisladores. Creo que incluso en Gran Bretaña la Iglesia de Inglaterra y su monarquía siguen teniendo cierto poder e influencia sobre partes de su sistema legal y legislativo.

Se detuvo y sacó del bolsillo interior de la chaqueta un sobre.

—Cuando mi equipo supo de su inminente visita, me entregaron esta monografía escrita por un tal inglés nefasto que aboga por una toma del poder fascista en su país. No está firmada, pero creo que su nombre es algo así como John Hardcourt-Hearth. Ese panfleto escandaloso ha sido traducido al castellano y circula ampliamente entre los dirigentes tanto republicanos como nacionalistas. Afortunadamente para nuestro bando, ofrece un ejemplo de en qué podría convertirse España bajo un régimen fascista autoritario. Lamentablemente, proporciona al mismo tiempo una hoja de ruta para los Nacionalistas, que han difundido públicamente sus planes siguiendo las líneas marcadas en esa monografía. ¿Han conocido a esa persona o se han topado con ese ensayo?

James jugueteó con su equipo fotográfico, horrorizado al saber que su ingenuo ensayo para los Apóstoles se estaba utilizando ahora para justificar el fascismo. Pensó que, al menos, estaba sirviendo de advertencia para los republicanos y no solo de plano maestro.

Donald asintió.

—Lo he leído y es, en efecto, un ensayo peligroso. No le he conocido, aunque mi periódico ha intentado entrevistarlo en varias ocasiones. Creo que está huido y es un fugitivo de la justicia, tras haberse asociado formalmente con Oswald Mosley y la Unión Británica de Fascistas. La BUF está perdiendo influencia después del desastroso mitin del pasado octubre en el East End de Londres. Desde principios de este año, el Parlamento ha aprobado una ley que les prohíbe celebrar actos públicos vistiendo sus pseudo uniformes de camisas negras.

Con la libreta en la mano, Louise dijo:

—Ha dicho que usted y su partido se sienten amenazados. ¿Se debe a los combates en lo que se está llamando el asedio de Madrid?

—Solo en parte. El ataque contra nuestra capital comenzó el pasado octubre, pero el bloqueo dista mucho de ser total. Tenemos acceso a alimentos y gasolina y hemos mantenido un suministro eléctrico estable. También disponemos de comunicaciones telefónicas y por radio de onda corta con otras partes del país. Las tropas del Ejército republicano que han permanecido leales a nuestra Constitución protegen los barrios de la ciudad que están siendo atacados por los traidores nacionalistas.

—Si la situación militar es estable, ¿cuáles son sus otras preocupaciones? —preguntó Louise.

—Tengo varias. En primer lugar, Madrid está lleno de partidarios armados de Franco y de sus Nacionalistas. Se trata sobre todo de grandes propietarios y de la derecha religiosa. Algunos miembros de nuestra Guardia Civil han desertado a las filas de Franco cuando se han visto frente a sus tropas en las calles o en sus propios domicilios.

Louise prosiguió con la entrevista:

—Señor Aceña, ha dado a entender que también tiene preocupaciones aparte de los traidores dentro del término municipal de Madrid. ¿Podría concretar?

—España tiene una democracia incipiente. Desde diciembre de 1931, nuestro gobierno representativo no ha tenido un camino fácil. El año pasado fue solo la segunda vez en la historia de España en que tanto el jefe del Estado como el Parlamento han sido elegidos. En las elecciones generales de 1933 todos los escaños estaban en juego. La derecha se organizó bajo la bandera de la recién creada coalición conservadora de base católica llamada Confederación Española de Derechas Autónomas, o CEDA. Pese a contar con numerosas facciones escindidas, coincidían en un programa destinado a revertir las reformas sociales y religiosas que habíamos convertido en ley. Los bienes de la Iglesia habían sido incautados y el poder global de la Iglesia católica se había reducido. Los Nacionalistas han anunciado que, en cuanto recuperen el poder, tales medidas serán revisadas judicialmente y luego anuladas. Además, se cancelarán las reformas agrarias instauradas bajo el gobierno anterior. Han anunciado que a los condenados por fomentar ataques contra nuestro gobierno republicano se les concederán indultos generales, se les pagarán indemnizaciones por detenciones ilegales y se les ofrecerán puestos en la recién creada Guardia Civil nacionalista.

»Mientras tanto, nuestro bando era un caos. Nuestra coalición, tan diversa como inestable, era incapaz de ponerse de acuerdo en nada, ni siquiera en la hora que debía marcar el reloj. Si les parece un comentario extraño, lo menciono porque las facciones nacionalistas bajo el mando de los generales Franco y Mola han solicitado cambiar la hora oficial de España para que coincida con la de la Alemania nazi.

»Además de eso hemos tenido problemas con los anarquistas. Forman parte de la coalición CNT-FAI, que en tiempos normales se alinearía con nosotros. Ahora están instruyendo a sus afiliados para que se abstengan, alegando que el caos resultante de derrocar al gobierno actual sería preferible a un parlamento dominado por los Nacionalistas o por los Republicanos. Esto y otros factores hicieron que el centro-derecha se hiciera temporalmente con el control electoral. Formaron una alianza incómoda que solo duró hasta febrero de este año. Terminó cuando Málaga fue atacada por tropas leales al general Mola. Con la ayuda de tropas italianas y el apoyo de aviones alemanes, la ciudad fue sometida a un bombardeo. Los civiles que intentaban huir hacia las montañas camino de Almería fueron masacrados en las carreteras a las afueras de Málaga. Aquellos que lograron llegar a Almería fueron posteriormente atacados por el ejército nacionalista. Contaron con la ayuda de vecinos que temían que ofrecer protección o refugio a los fugitivos pusiera en peligro sus propias vidas y su ciudad. No hubo supervivientes. Los refugiados civiles fueron detenidos, las mujeres y las niñas violadas, y todos asesinados y arrojados a fosas comunes. Fue un capítulo oscuro de la historia de España.

Tras una pausa, Bea se presentó:

—Soy Evelyn Wright. Escribo para el Observer, la revista semanal del Manchester Guardian. Confieso ser lo que los políticos empiezan a llamar una feminista. Defiendo la igualdad de derechos para las mujeres y la igualdad y universalidad de las oportunidades educativas para niñas y mujeres. Trato estos temas con regularidad en mi columna semanal. Mi pregunta para usted es la siguiente: ¿qué están haciendo los republicanos para apoyar los derechos de la mujer en España?

—Me complace decir que estamos avanzando. Durante la Segunda República y como resultado de nuestra nueva Constitución, las mujeres han obtenido el derecho al voto y ahora pueden presentarse a cargos electivos. De hecho, por primera vez contamos con cinco diputadas en el Parlamento. Reconozco que vamos muy por detrás de Alemania, Austria, los Países Bajos, Gran Bretaña y Estados Unidos, pero en Francia e Italia el sufragio femenino sigue sin existir.

»Nuestra Constitución de 1931 abordó muchas de sus preocupaciones. Las mujeres tienen acceso igualitario a la educación y a la formación. Ahora tienen la oportunidad de ser contratadas para desempeñar los mismos trabajos que tradicionalmente han estado reservados a los hombres. Por desgracia, las mujeres que encuentran dificultades para conseguir empleo acaban recurriendo inevitablemente a la prostitución. Hemos creado centros que ayudan a esas mujeres que se han visto con escasas opciones en la vida. Esas misiones les proporcionan apoyo y ayuda económica para que puedan abandonar ese medio de supervivencia y formarse para trabajar en otras profesiones. También les ofrecemos asesoramiento médico para evitar la propagación de enfermedades venéreas. En contra de la doctrina de la Iglesia, hemos fundado varias editoriales destinadas a promover cuestiones relacionadas con la libertad sexual de la mujer. A esto lo llamamos ahora conciencia de maternidad. El programa tiene como objetivo difundir conocimientos sobre concepción, anticoncepción y aborto. También hemos modificado las leyes de divorcio para otorgar a las mujeres más derechos y protección, incluidas aquellas que se han encontrado en situaciones familiares abusivas.

—Debo confesar que España nos lleva mucha ventaja a los británicos en muchos de esos aspectos —dijo Bea—. Le felicito a usted y a su gobierno por haber dado pasos tan progresistas.

James rompió el silencio que siguió pidiendo permiso para hacer una fotografía del señor Aceña en su escritorio.

Tardó varios minutos en montar el trípode y la cámara. Cuando quedó satisfecho, consiguió una buena toma del alcalde.

Mientras James trasteaba con su equipo, Louise preguntó al alcalde:

—¿Cree que su gobierno constitucional puede sobrevivir a esta guerra civil?

—Desde luego, eso espero. Apoyaré a nuestro gobierno democrático hasta mi último aliento. Sin embargo, es una lucha cuesta arriba. El general Franco habla por radio todas las noches para enardecer a sus partidarios, prometiendo castigo y represalias para quienes se opongan a su programa nacionalista y autoritario. Repite una y otra vez que le han robado las elecciones y que se ha manipulado las urnas. Afirma que los partidarios de los candidatos republicanos añadieron votos fraudulentos y sostiene que tiene pruebas de que las papeletas a favor de los candidatos nacionalistas fueron destruidas. Nunca ha aportado evidencia alguna de fraude electoral y, pese a las pruebas en contra, insiste en que los Nacionalistas ganaron por mayoría aplastante. Dice que unos funcionarios corruptos han impedido que su partido ocupe el lugar que le corresponde como cabeza del gobierno de España. Promete que él y el general Mola conducirán a España hacia una nueva era de paz y prosperidad que beneficiará a todos los ciudadanos españoles.

—¿Puedo hacerle una última pregunta? —dijo Louise—. ¿Podría hablarnos del impacto de los combatientes de las Brigadas Internacionales?

—Señorita Gellhorn, la política de la República nos prohíbe hacer comentarios sobre los voluntarios extranjeros. Y ahora, si me permiten, tengo varias reuniones más previstas para esta mañana. Estaré pendiente de sus artículos en el Manchester Guardian, que llega a mi mesa todas las mañanas, aunque con unos días de retraso.

Al salir del Ayuntamiento de Madrid, Donald sugirió que buscaran algo de comer en un bar de tapas local.

Louise no estuvo de acuerdo.

—Ya que estamos en el centro de Madrid, usemos nuestras identidades de reserva para visitar la embajada alemana. Mi Fodor's dice que está a la vuelta de la esquina de nuestro hotel.

Volvieron a sus habitaciones, se cambiaron de ropa y las señoras se desmaquillaron. Louise les recordó que se prendieran en la solapa las insignias rojas del Partido Nazi. El MI6 se las había proporcionado en agosto de 1935 para su primera estancia en la Alemania nazi. Recogieron sus pasaportes alemanes y sus carnés de afiliación al Partido y salieron del hotel.

Donald dijo:

—Señoras, recuerden que ahora son las obedientes esposas de dos ricos hombres de negocios alemanes. Deberían permanecer calladas durante nuestra reunión con el embajador, a menos que él les dirija una pregunta directa.

Louise le lanzó una mirada fulminante.

—Gunther, Bea y yo somos perfectamente conscientes de que estaremos interpretando un papel. Te sugiero que te concentres en tus propias dotes de actor en lugar de en las nuestras.

Al salir del hotel, Louise sacó su Fodor's del bolso y les indicó el camino hasta la embajada. Dijo que estaba justo al lado del Paseo de la Castellana, la calle principal que atraviesa el centro de Madrid.

La entrada de la embajada alemana estaba protegida por cuatro guardias armados con uniformes gris campo de la Reichswehr. Una enorme bandera nazi colgaba en horizontal sobre las puertas principales. Subieron los escalones y un Oberleutnant de las Schutzstaffel uniformado les cortó el paso. Tal como habían ensayado, alzaron el brazo derecho y dijeron al unísono:

—¡Heil Hitler!

El teniente de las SS chasqueó los talones y devolvió el saludo. Luego exigió ver sus documentos de identidad. Después de examinar cada documento con atención, los condujo hasta el mostrador de recepción. Allí, un hombre que lucía un brazalete de la Gestapo les pidió la documentación.

Cuando se la entregaron para su inspección, el funcionario preguntó en alemán con acento bávaro:

—¿En qué puedo ayudarles?

Donald tomó la iniciativa.

—Estamos en España para ampliar nuestros contratos comerciales con proveedores de materias primas vitales para la Wehrmacht. Nuestro plan es visitar varias fábricas en el norte, pero hemos pensado pasar unas noches en Madrid para disfrutar de la vida nocturna.

—Supongo que saben que Madrid está actualmente en manos de los republicanos. Aun así, hay mucho que disfrutar en su capital. ¿Puedo sugerirles la ópera o una sinfonía?

—¿No habrá posibilidad de que el embajador tenga unos minutos libres?

—Wilhelm von Faupel es nuestro chargé d'affaires. Es el diplomático alemán de más alto rango en España. Veré si puede dedicarles un momento de su apretada agenda.

Cuando colgó el teléfono, dijo:

—Han tenido mucha suerte. Cuando le di al señor Faupel sus nombres, dijo que estaría encantado de invitarles a almorzar en el comedor de la embajada. Bajará en seguida y me ha ordenado que los acompañe al restaurante.

Entraron en un lujoso comedor y los condujeron a una mesa. Se acercó un camarero y Donald pidió una botella de cava local.

Cuando llegó el señor Faupel, Donald se levantó y se presentó, junto con Bea.

—Señor Faupel, soy Gunther Lange y esta es mi esposa Emma.

James también se levantó.

—Yo soy Max Krupp y esta es mi esposa Frieda.

Donald dijo:

—Max y yo somos copropietarios y directores de nuestras respectivas empresas. Yo soy director gerente de Rheinmetall Waffe Munition GmbH. Nuestra sede está en Düsseldorf, pero tenemos fábricas en Ulm y alrededores, donde vivimos mi esposa y yo. La familia de Max es propietaria de Krupp-Gussstahlfabrik. Él dirige la fábrica en Buckau, en el distrito de Biberach, Baden-Württemberg. Obviando, desde luego, las absurdas, inaplicables y redundantes condiciones del Tratado de Versalles, mi empresa fabrica armas y Panzers. Krupp también produce tanques y vehículos blindados.

Añadió con una sonrisa irónica:

—En realidad, mi empresa fabrica tractores, todos ellos disponibles con torretas opcionales armadas con cañón.

Tras estrecharles la mano, Faupel dijo:

—Estoy familiarizado con la valiosa labor que realizan sus empresas en favor de la Patria.

El camarero se acercó y tomó nota de sus pedidos para el almuerzo. James miró a Louise, al ver que las opciones parecían limitarse a platos alemanes. Los hombres eligieron para acompañar la comida cerveza Paulaner, de Múnich. Louise pidió al camarero una botella de Spätburgunder de Schloss Halbturn. Sabía que se trataba de un monovarietal elaborado con uva Pinot noir. Los hombres eligieron Sauerbraten mit Kartoffelsalat y las señoras pidieron Wienerschnitzel mit grüner Salat. De postre, todos tomaron Apfelkuchen mit Vanille-Eiscreme.

Mientras servían el café, Wilhelm preguntó:

—Entonces, ¿en qué podría ayudarles mi oficina?

James pensó para sus adentros: «Por fin. Hemos tenido que soportar esta agresión a nuestra digestión como castigo por intentar conseguir algunos contactos comerciales en el norte de España».

Lo que dijo en voz alta fue:

—Ambas empresas utilizamos enormes cantidades de hierro, acero y otros metales en la producción de nuestros carros de combate. Ahora mismo, otros países se están rearmando y también necesitan estos metales estratégicos. Como consecuencia, hay escasez y los precios se han disparado. Por si fuera poco, nuestros vecinos más cercanos, Francia, Polonia y los países escandinavos, han prohibido la exportación a Alemania de ciertas materias primas esenciales. Gunther y yo estamos aquí para asegurarnos contratos de suministro de esos insumos vitales. Debería añadir que la familia Krupp y los propietarios de Rheinmetall ya tienen vínculos contractuales con varias empresas del norte de España, entre ellas en Cantabria y Asturias. Lo que buscamos ahora son empresas del País Vasco dispuestas a firmar contratos a largo plazo. Hemos sabido que nuestro competidor Daimler-Benz tiene un contrato con Otto Saalmann, director de Instalaciones Industriales.

—Ese nombre me suena. Es un destacado miembro de nuestra organización laboral alemana, la Deutsche Arbeitsfront. La DAF está asociada oficialmente al Partido Nazi desde 1935. Si les sirve de ayuda, puedo facilitarles los nombres de otros industriales en el País Vasco que también son miembros del Partido. Quizá sepan que, en general, los vascos se han alineado con los republicanos. Han aportado soldados y material al bando del presidente Azaña y del primer ministro Caballero. En realidad, las lealtades políticas vascas son bastante más complicadas. Son fieramente independientes y se niegan a ser controlados por ninguno de los dos bandos. Si vienen a mi despacho, pediré a mi secretaria que les dé un par de nombres que, sospecho, estarían interesados en hacer negocios con sus empresas.

En el despacho del señor Faupel, su secretaria mecanografió una breve lista de hombres de negocios alemanes afincados en Bilbao. Donald dio las gracias al chargé d'affaires y bajaron de nuevo. En el mostrador de recepción, un caballero rubio vestido con traje negro llamó su atención. Louise aceptó el sobre que les tendía y descubrió que les habían dado entradas para la representación de esa noche de La flauta mágica en alemán. La obra se representaría en el Teatro Real. Louise conocía bien esa ópera y insistió en que fueran.

De vuelta en el hotel, se cambiaron para la ocasión, los hombres con esmoquin y las señoras con vestidos de noche. Sabiendo que la ópera duraba menos de dos horas, Louise sugirió cenar después de la función. La representación tuvo muy buena asistencia y compartieron una botella de cava durante los quince minutos de entreacto.

Al regresar al hotel, fueron directamente al comedor. Como era tarde, estaba solo medio lleno. Donald pidió una mesa en un rincón tranquilo, que les permitiera hablar de sus próximos pasos con cierta intimidad.

Tras su comida del mediodía, totalmente insatisfactoria, cada uno pidió dos platos. Durante el café y el coñac, Louise empezó a hablar de los planes para el fin de semana.

—Como las oficinas administrativas estarán cerradas durante el fin de semana, tenemos la oportunidad de disfrutar de Madrid. Mañana podemos pasear por el centro y luego visitar el Parque de El Retiro. Es un parque del siglo XIX de más de trescientas acres, justo en el centro de Madrid. Tiene un estanque con barcas, numerosas fuentes y un invernadero de cristal de estilo victoriano muy parecido al de Kew Gardens.

Esa tarde tomaron un taxi hasta el Retiro. En la entrada se toparon con un gran grupo de madrileños que aparentemente protestaban contra los Nacionalistas. Muchos ondeaban la bandera española bicolor roja y dorada. Otros gritaban: «¡No pasarán!».

James dijo:

—Me encontré con esa frase el pasado octubre, cuando participé en la Batalla de Cable Street. Fue cuando el mitin de la BUF de Mosley fue frustrado por decenas de miles de judíos y peones irlandeses que vivían en el East End. Significa: "no pasarán".

Aquella noche cenaron en su hotel. Durante los digestivos, Louise dijo:

—Propongo que salgamos mañana hacia Cuenca. Está a unos ciento cincuenta millas y, como es domingo, las carreteras deberían estar bastante despejadas. Nuestra cita con el vicesecretario de prensa nacionalista está fijada para el lunes a las once. El domingo por la noche podemos alojarnos en el casco antiguo. De hecho, ya he reservado dos habitaciones en la Posada de San José. Está a poca distancia de la Oficina de Prensa nacionalista, que se encuentra en un edificio administrativo de la Plaza Mayor.

Donald asintió.

—Como hasta ahora, yo llevaré la batuta mientras James hace que trastea con su cámara. Ustedes, señoras, deberían mantenerse calladas y limitarse quizá a hacer preguntas secundarias. A pesar de las reformas que los republicanos aprobaron con su Constitución de 1931, Cuenca sigue siendo extremadamente conservadora y está en manos de los generales. Y no olviden que la Iglesia católica es todopoderosa aquí, y tanto tú como Bea sabéis perfectamente cómo consideran a las mujeres; o debería decir, cómo las desprecian. No creen que una mujer tenga derecho alguno a controlar su propia vida ni su propio cuerpo. A excepción de las monjas, la Iglesia ve a las mujeres únicamente como útiles para traer hijos al mundo y mantener dóciles a sus maridos.

Louise le lanzó una mirada.

—Bea y yo somos perfectamente conscientes de nuestros papeles. Sabemos cómo comportarnos como mujeres sumisas. Sin embargo, dado que nuestras tapaderas son las de periodistas británicas, resultaría de lo más natural hacer preguntas y dialogar con el vicesecretario de prensa.

Donald interrumpió bruscamente.

—Tienes que ir con mucho cuidado.

—Donald, otra vez me has interrumpido. Por favor, déjame terminar.

Tomó un sorbo de coñac.

—He estado pensando en nuestra misión. Nuestros objetivos nominales quedaron claros en las instrucciones de Sir Hugh Sinclair antes de que partiéramos. No debemos interferir, solo observar y relatar.

Hizo otra pausa.

—Creo que estamos en posición de lograr algo más. Ha llegado el momento de intentar un poco de espionaje. Como agentes del SIS, nuestro objetivo legítimo debería incluir obstaculizar los planes expansionistas de los nazis en Europa.

Donald frunció el ceño.

—Louise, estás soñando. No estamos en condiciones de influir en los acontecimientos aquí en España.

—Donald, sigues con la mentalidad de un funcionario gris de rango medio. Tu ascenso a un puesto de despacho te ha llevado a pensar que estás aquí como observador pasivo, enviado a presenciar una partida de ajedrez. Nosotros somos tropas de primera línea, no peones impotentes como aparentemente supones, sino caballos de ataque potencialmente formidables. Estamos en una zona de guerra y deberíamos intentar marcar la diferencia para mitigar las consecuencias futuras de la agresión auspiciada por el Eje. Lo digo porque el señor Aceña, el alcalde de Madrid, nos dijo que tanto las tropas italianas como la Luftwaffe están apoyando activamente a los Nacionalistas.

Donald empezó a objetar, pero Bea le puso una mano en el brazo.

—Deja que Louise nos cuente lo que tiene en mente.

—Creo que serviría a los intereses de Gran Bretaña si consiguiéramos sembrar cizaña entre Alemania y España. Supongamos por un momento que los Nacionalistas acaban siendo los vencedores. Sabemos que controlan la mayor parte de la riqueza de España y también somos conscientes de que reciben ayuda militar tanto de Alemania como de Italia. Incluso tú, Donald, debiste de ver la pistola ametralladora Mauser C96 en aquel control de carretera a las afueras de Motilla de Palancar. Al fin y al cabo, estaba apuntando directamente a tu pecho.

Tomó otro sorbo de coñac y continuó:

—Si los Nacionalistas son derrotados, una España democrática casi con toda seguridad se alinearía con el Reino Unido y con nuestros otros aliados occidentales. Sin embargo, si los Nacionalistas acaban imponiéndose y se hacen con el control dictatorial, es probable que se les invite a unirse al Eje Roma-Berlín. Sabes perfectamente, por tus conversaciones con el Kriminalsekretär Gephardt Fleischer durante nuestro viaje a Múnich, que

Hitler tiene planes para invadir Francia. Cuando eso suceda, el siguiente paso lógico sería continuar hacia el oeste para seguir ampliando su imperio europeo y, aún más importante, garantizar el suministro de alimentos y de recursos metálicos y minerales de la península ibérica para la Wehrmacht. Eso tendría mucho más sentido que una arriesgada ofensiva hacia el este.

Donald reflexionó un momento.

—Tienes razón, desde luego. Hitler estaría en su momento de mayor peligro y de mayor poder si decidiera ampliar la hegemonía nazi hacia el oeste. Es evidente que sabe que Rusia sería un adversario formidable, y no cabe duda de que sus generales le aconsejarían que sería una locura intentar combatir en dos frentes. Pero sigo sin ver cómo cuatro personas como nosotros podríamos influir en la posibilidad de que Alemania y España formen una alianza.

En lugar de responder a la pregunta de Donald, ella planteó otra:

—¿Trajisteis vuestras antiguas documentaciones de identidad alemanas?

Ambos asintieron. James dijo:

—Pero no veo adónde quieres llegar.

—Ten paciencia y te lo explicaré. Todos tenemos fotos y documentos de identidad impecables que nos muestran como altos oficiales nazis. Tú, Donald, eres el Kriminalinspektor de la Geheime Staatspolizei Helmut Ahrens, y tú, James, eres el SS-Hauptmann Johann Seligmann. Vuestras credenciales superaron ya el escrutinio en la jefatura de la Gestapo en Múnich y en el Konzentrationslager de Dachau. Esto es lo que tengo en mente: cuando estemos en la Oficina de Prensa nacionalista en Cuenca, quiero que reveles que hemos sido enviados desde Berlín para afianzar una relación más estrecha entre el Partido Nazi y la Falange nacionalista.

Donald preguntó:

—¿Y cómo ayudaría eso a crear un distanciamiento entre Alemania y España? El efecto sería justo el contrario.

—Presta atención. En la Oficina de Prensa quiero que convenzas a los Nacionalistas de que Hitler tiene planes muy bien desarrollados para apropiarse de la riqueza de España. Es de lo más evidente que se dispone a saquear a los vecinos de Alemania en Europa oriental y que, tarde o temprano, acabará por adueñarse de las riquezas de Francia como botín de guerra.

Donald se mostró claramente escéptico, pero dijo:

—Sigue.

—Cuando nos reunamos con el vicesecretario de prensa nacionalista en Cuenca, propongo que os presentéis como emisarios de Heinrich Himmler, Reichsführer de las Schutzstaffel. Estoy segura de que puedes improvisar una historia que explique nuestra doble identidad como periodistas británicos. De hecho, si nos interrogan más, podremos mostrar nuestras identidades alternativas como industriales alemanes y sus esposas, que tú podrías decir que fueron proporcionadas por Himmler para facilitar nuestra entrada en España. También podrías sugerir que planeamos reunirnos con industriales del País Vasco para informarles de que deben prepararse para que sus empresas sean nacionalizadas por el Tercer Reich. Eso incluiría sus fábricas y los materiales que actualmente extraen, producen y venden a la Wehrmacht.

Donald volvió a mirarla con recelo.

—Louise, es tan completamente descabellado que ninguna persona en su sano juicio lo creería.

—¿Y por qué no? Estamos aquí con credenciales evidentemente falsas, tanto inglesas como alemanas, y todos hablamos alemán con fluidez. Además, a nadie en España le sorprenderá que el empuje de Hitler hacia el oeste para apoderarse de Francia no vaya a detenerse allí.

—Sí, pero ¿para qué?

—Te lo explicaré despacio para que puedas seguir mi razonamiento. Como sabes, la mayor preocupación de Whitehall es que España se alinee con Alemania y se una al Eje Roma-Berlín. Si logramos esto, podríamos sembrar la semilla de la duda, de modo que, si los generales nacionalistas acaban ganando, recelen de los motivos y las intenciones de Hitler.

Donald meditó un rato.

—De acuerdo, es disparatado, pero podemos intentarlo. Solo accedo porque apenas arriesgamos nada al difundir esta historia inverosímil. De hecho, esta farsa podría ayudarnos a conocer mejor la forma de pensar de los Nacionalistas.

Louise se levantó.

—Ahora que todos estamos de acuerdo, creo que hemos terminado. Mañana haremos el *check-out* del hotel y pondremos rumbo a Cuenca.

Capítulo 35

Lunes, 19 de abril – Cuenca

El domingo, apenas encontraron tráfico en la carretera durante el trayecto a Cuenca. Salieron a las diez y acabaron pasando por Carrascosa del Campo. Cuando llegaron a Tarancón, encontraron un pequeño restaurante para almorzar. Después de eso, se toparon con varios puestos de control, primero atendidos por fuerzas republicanas y luego por fuerzas nacionalistas.

Tras estos retrasos, Louise le dio indicaciones a Donald para llegar a Cuenca. A las dos y media atravesaron la parte baja de la ciudad. Louise lo guió hacia la carretera sinuosa que subía al casco antiguo. Donald aparcó en la estrecha calle empedrada frente a su hotel. Eso les permitió registrarse y pedir ayuda al personal del hotel con sus maletas. Luego condujo hasta la Plaza Mayor y dejó el coche allí.

Decidieron almorzar en el hotel y, después, explorar la ciudad medieval. Louise aprovechó la ocasión para contarles la historia de Cuenca. Bea y Donald intercambiaron miradas mientras se preparaban para una de sus disertaciones didácticas.

—Cuenca aparece documentada por primera vez en el siglo XII como una comunidad judía sefardí. Por aquella época fue conquistada por los castellanos y luego declarada villa real. Después pasó a estar controlada por un obispo católico, que ocupó lo que se convirtió en la primera catedral gótica de España. Como ciudad fortaleza, está protegida por abruptos acantilados naturales de piedra caliza, con ríos que discurren a ambos lados de esta zona urbana elevada. Se construyeron casas de cinco e incluso seis pisos colgando sobre las hoces, a las que solo se puede acceder desde el nivel de la calle. Estas casas se llaman Casas

Colgadas; es una traducción literal del término "hanging houses". Toledo está fortificada de manera muy similar.

Acordaron acostarse temprano, convencidos de que el día siguiente sería probablemente uno de los más trascendentales de toda su misión.

Después del desayuno bajaron por la calle empedrada hasta el Ayuntamiento de Cuenca. Tras mostrar sus pasaportes británicos y sus credenciales de prensa, los condujeron a un despacho donde un caballero bien vestido estaba sentado detrás de un enorme escritorio de nogal.

Se levantó.

—Buenos días. Me llamo Gonzalo Aguilera y Munro. Mi familia es propietaria de una finca de cinco mil hectáreas en la que cultivamos cebada y trigo de invierno. He asumido generosamente la responsabilidad del bienestar de mis trabajadores y sus familias. Como mi personal de dirección me es leal y me informa directamente, dispongo de tiempo para ayudar a mi país ejerciendo como vicesecretario de prensa de la Falange.

Donald preguntó:

—¿Podría contarnos algo acerca de la Falange?

—Falange Española somos un grupo de personas comprometidas a oponernos al comunismo y a la Unión Soviética. Junto con otras facciones apoyamos a los Nacionalistas frente a la ilegítima Segunda República Española.

Donald preguntó:

—¿Qué puede decirnos sobre el pueblo español?

—Empleo a unos doscientos hombres. Como acto de caridad, me ocupo de sus esposas y de su creciente número de hijos. Generosamente les proporciono vivienda y comida pero, por supuesto, eso basta para ellos. No necesitan dinero. Mi familia y la Iglesia les proporcionan todo lo que requieren. A cambio, solo exijo su trabajo y su lealtad. Solo cuando se les trata como esclavos son verdaderamente felices.

Donald no comentó nada. En lugar de eso, empezó a hilar el relato que Louise había ideado la noche anterior. Primero mostraron al señor Munro sus documentos alemanes, en los que se identificaba a Donald como miembro de la Geheime Staatspolizei y a James como un oficial de rango medio de las Schutzstaffel.

—Estos documentos oficiales demuestran que somos altos cargos de la Gestapo y de las SS. Somos únicos en Alemania por nuestra fluidez trilingüe en inglés y español. Por esa razón y por nuestra lealtad incuestionable a la Patria, Heinrich Himmler nos eligió para esta misión. El Führer y el Oberkommando der Wehrmacht han dado su total autorización a lo que estoy a punto de proponer.

—Adolf Hitler está convencido de que el destino último de Alemania es unir a las naciones civilizadas de Europa bajo la esvástica nazi. Cree que una Europa unida puede poner fin a las guerras intestinas que han desestabilizado este continente durante milenios. La unidad también aportará poder y prosperidad a nuestros amigos y aliados del Eje. Obviamente, una coalición así requiere un liderazgo visionario e inspirador. Hitler se ha rodeado solo de los colaboradores más talentosos y cualificados, que ejecutan sus deseos al pie de la letra. Hermann Göring, Heinrich Himmler, Reinhard Heydrich, Martin Bormann, Wilhelm Keitel, Wilhelm Canaris, Erwin Rommel y los cientos de generales y altos mandos leales de la Wehrmacht están en una posición inmejorable para tomar el mando de Europa.

Donald se inclinó hacia delante en su silla.

—Nuestra oferta es la siguiente. Únanse a nosotros para crear una Europa unida y convertiremos a España en uno de los países más ricos y poderosos del mundo. Sin nosotros, España seguirá estancada, quedándose en un aislado remanso económico, gobernando una sociedad medieval primitiva.

James quedó impresionado con la exposición de Donald. De hecho, varios años antes había esgrimido algunos de los mismos argumentos ante Richard en defensa de una Europa unida.

Louise pensó que Donald se estaba excediendo. Con aquella presentación tan exagerada, había abierto la posibilidad de que los detuvieran de inmediato. Llevaba su Walther en el bolso de mano, pero como el Ayuntamiento estaba lleno de policías armados, consideró poco probable que pudieran escapar si todo se torcía.

El vicesecretario nacionalista de Prensa escuchó con atención la propuesta de Donald. Luego levantó la mano derecha y pidió silencio.

—Yo no soy la persona con la que deberían hablar. Debo informar a mi colega de su propuesta.

Los cuatro permanecieron sentados mientras el señor Munro salía de su despacho. Veinte minutos después volvió acompañado por un caballero bajo y rechoncho que se presentó como el señor Luis Carrero Blanco.

Dijo en castellano:

—Soy almirante retirado y segundo al mando del general Franco. Gonzalo me ha puesto al corriente de su fantástica historia. Soy escéptico y tendrán que convencerme antes de que pueda dar crédito a una sola palabra.

Donald repitió su propuesta. Les enseñaron sus documentos nazis, que habían utilizado en su primera incursión en Alemania. Louise y Bea también presentaron sus documentos con fotografía, en los que constaba que Louise era un alto cargo de la SS-Frauenschaft y Bea trabajaba para esa misma organización en Múnich. Toda aquella documentación había sido firmada, expedida y fechada en agosto de 1935, lo que le confería un grado añadido de autenticidad.

Donald dijo:

—Como le he dicho al señor Munro, hemos sido enviados por el Reichsführer de las Schutzstaffel, Heinrich Himmler. Somos emisarios con poder para negociar la inmediata anexión del País Vasco, Asturias y Galicia al Tercer Reich. Entendemos que se alegrarían de librarse de esa chusma ingobernable. A cambio de esa concesión, Alemania se ofrece a emplear nuestras fuerzas armadas para poner fin con rapidez a su molesta pequeña revuelta campesina. También pondremos a disposición los servicios de la Wehrmacht y de la Kriegsmarine para permitirles recuperar el control de Gibraltar, devolviéndola al dominio español y, en última instancia, al control del Eje. De hecho, cuando la Wehrmacht bombardeó Albacete hace apenas dos meses, demostramos lo útiles que podemos llegar a ser. Hitler ordenó ese ataque para darles una muestra del tipo de ayuda que pueden esperar en el futuro. Como ulterior muestra de buena voluntad, el mariscal de campo von Blomberg, ministro de la Guerra del Reich y comandante en jefe de la Wehrmacht, ha autorizado el estacionamiento permanente de un escuadrón de nuestra Legión Cóndor en su aeródromo de Tablada, en Sevilla. A cambio de su colaboración, Alemania está dispuesta a ofrecerles algo tangible que, sin duda, interesará a los dirigentes nacionalistas.

El señor Blanco guardó silencio durante unos minutos, acariciándose la barba. Luego dijo:

—Continúe.

Donald dijo:

—Esta delegación tiene plenos poderes para negociar todos los aspectos de este acuerdo. Esto incluye la apertura de veinte cuentas numeradas en bancos suizos para sus principales dirigentes políticos y militares. Garantizaremos la transferencia de un millón de dólares estadounidenses en lingotes de oro a cada una de esas cuentas. Como sabrán, la titularidad de las cuentas numeradas suizas nunca se revela al exterior.

El señor Blanco alzó la mano y luego llamó por teléfono. Lo oyeron pedir a un ayudante que se presentara en su despacho. Luego indicó al joven que formulara a cada uno de ellos una pregunta distinta en alemán. Tras escuchar sus respuestas, el asistente informó al señor Blanco de que se trataba de alemanes de nacimiento con acento bávaro.

Blanco se levantó y tomó una decisión.

—He oído suficiente. Me resulta evidente que su oferta es a la vez auténtica y tentadora. Sin embargo, he decidido rechazar este intento descarado de extorsión por parte de Alemania. Ahora les ordeno que abandonen Cuenca inmediatamente. Han demostrado ser una amenaza directa para la independencia de mi país. Aunque no deseo disgustar a nuestros amigos alemanes, si dependiera de mí, haría que los cuatro fueran acusados de espionaje, arrestados y abandonados a pudrirse en prisión. En vez de eso, he decidido que se les escolte hasta las afueras de Cuenca.

—Cuando puedan regresar a Alemania, díganle a Hitler, a Himmler y al resto de sus supuestos *Übermenschen* arios que España no tiene la menor intención de hincar la rodilla ni de besar el anillo nazi. No estamos en venta y nuestro país jamás saldrá al mercado. Lo que ahora me queda claro es que ustedes, los autodenominados dirigentes arios, creen que los españoles no solo somos estúpidos, sino también serviles, codiciosos y primitivos, gente a la que pueden manejar a su antojo.

—Verán, conozco algo de su cultura, si es que se puede recurrir a la hipérbole para llamarla así. Están en contra de la Iglesia católica, que nosotros consideramos sagrada e integral a nuestra sociedad. Sabemos que Hitler solo tolera nuestra religión cuando le conviene políticamente. También sabemos que ha enviado a monjas y sacerdotes a sus campos de concentración por el mero delito de seguir su fe. Puesto que somos leales al obispo de Roma y tendemos a ser gente de corta estatura y piel oscura, es muy probable que pronto nos catalogaran como no arios y nos trataran como subhumanos *Untermenschen*, igual que hacen con los judíos, los gitanos y los eslavos. Sabemos que, cuando Hitler se reunió con Mussolini en junio de 1934, le dijo que todos los pueblos mediterráneos estaban mancillados por sangre negra.

Blanco se acercó a Donald y dijo:

—He decidido que los cuatro sean declarados inmediatamente *personae non gratae*. En virtud de las facultades que poseo, los expulso de Cuenca con efecto inmediato.

Louise sonrió para sus adentros. En el mejor de sus escenarios previstos para este experimento, el resultado era el destierro.

—Señor Blanco, abandonaremos Cuenca y pondremos rumbo al norte, hacia Teruel y Zaragoza —dijo.

—Como me interesa que regresen a Alemania para informar de nuestra decisión, permítanme darles un consejo. No les recomendaría que se quedaran allí mucho tiempo. Nuestros generales tienen planes para defender la ciudad de Zaragoza. Hemos sabido que, a finales de este mes, los republicanos planean atacar la ciudad.

Donald se levantó.

—Debe entenderlo: nos limitábamos a cumplir órdenes. Tengo que agradecerle que nos haya librado de la cárcel. Cuando volvamos a Múnich, informaremos de que nuestra misión no ha tenido éxito. Espero plenamente que haya consecuencias nefastas para todos nosotros. Hitler y el Oberkommando nunca toleran el fracaso.

Abandonaron el Ayuntamiento, recorrieron la corta distancia hasta su hotel, pagaron la cuenta y se marcharon. Con la ayuda de los mozos del hotel, colocaron las maletas y el equipo fotográfico de James en el maletero del Mercedes. Justo entonces llegaron cuatro motoristas de la Guardia Civil, con las armas desenfundadas. Un capitán les ordenó que los siguieran fuera de la ciudad.

Durante el trayecto comentaron la variante de fascismo del señor Munro, a la que él llamaba falangismo.

Louise guardó silencio durante unos veinte minutos.

—¿Saben? Creo que he detectado un paralelismo directo entre la España actual y los estados del sur de Estados Unidos a mediados del siglo pasado. A pesar de la riqueza, la potencia industrial y la tecnología de los estados del norte, el Sur inició una guerra civil principalmente para mantener su control sobre la población esclava. Los plantadores utilizaban a los africanos para sostener su estilo de vida ocioso y privilegiado. Como gran parte de España, los estados del sur eran esencialmente agrarios. Lo que contribuyó a su ruina fue que su cultivo de exportación era el algodón, la mayor parte del cual se enviaba a las hilanderías del norte de Inglaterra. La sobreexplotación acabó con la fertilidad del suelo. Al parecer, eso no preocupaba a esos amos de esclavos. La secesión y luego una guerra civil de cuatro años se saldaron con la pérdida de más de seiscientas veinte mil vidas estadounidenses. Yo, por mi parte, espero que los españoles reconozcan ese paralelismo histórico y decidan poner fin a esta locura.

Sus escoltas los dejaron a las afueras de Teruel, explicando que la ciudad seguía en manos de los republicanos. Louise dijo:

—Como es media tarde, busquemos un hotel, tomemos una comida y planifiquemos el resto de nuestra misión.

Capítulo 36

Miércoles, 21 de abril – Teruel

Encontraron habitaciones en el Hotel Palacio La Marquesa. Era tarde, pero el personal del hotel dijo que estaban acostumbrados a servir comidas hasta las cinco. Como el comedor estaba prácticamente vacío, hablaron en inglés sobre sus próximos pasos. Cuando llegó el camarero, Louise miró las sugerencias escritas en una pizarra en la pared. Sugirió empezar con morteruelo y continuar con sepia a la plancha. James le preguntó qué había pedido.

—El morteruelo también se llama *pâté de foie gras* manchego. La sepia es *cuttlefish*, que suele cocinarse en aceite de oliva y ajo.

Mirando la carta de vinos añadió:

—Como tendremos muchas oportunidades de probar distintos Riojas cuando estemos en el País Vasco, me gustaría probar algo del río Duero.

Pidió al camarero que trajera una botella de 1928 Bodegas Emilio Moro y añadió:

—Debe de ser un Tempranillo con mucho cuerpo.

El paté caliente llegó acompañado de rebanadas de pan de barra recién cortadas. La sepia era una novedad para todos, salvo para Louise.

—Ahora que hemos conseguido escapar, creo que podemos convenir en que nuestra misión ha sido un éxito —dijo—. Como mínimo, hemos sembrado serias dudas entre los Nacionalistas. Curiosamente, para ellos ya era evidente que su versión del fascismo no tiene nada que ver con la de Hitler.

James preguntó:

—¿Por qué lo dices?

—El señor Blanco se dio cuenta de que Hitler solo utiliza a la Iglesia católica cuando necesita un favor o intenta cerrar un trato. También sabía que en

Alemania se había encarcelado a monjas y sacerdotes. Franco y sus generales son aparentemente creyentes de verdad, pero, sobre todo, dependen de la Iglesia para buena parte de su apoyo popular, político y financiero. Dudo mucho que acepten el tipo de dictadura de Hitler, pero ¿quién sabe? Los autoritarios actúan casi siempre guiados por sus propios intereses. Históricamente, que se les acuse de hipocresía o de incoherencia lógica nunca ha sido un problema para los dictadores. Y además, les importa muy poco el bienestar o las creencias de los seguidores de su culto.

Donald preguntó:

—Entonces, ¿ahora qué?

—Mañana pondremos rumbo al norte. Nuestra intención será reunirnos con algunos empresarios vascos e intentar evaluar el alcance de sus vínculos con la Wehrmacht. A partir de este momento, volveremos a los parámetros originales de la misión, es decir, observar y reportar. El País Vasco está a dos días de viaje en coche. Me gustaría que llegáramos el viernes o el sábado. Pero recuerden que en España no se mueve nada los fines de semana. Lo más pronto que podrías concertar reuniones sería el lunes por la mañana.

James preguntó:

—¿Cuál es nuestra próxima parada?

—He estado mirando el mapa Michelin y he visto una localidad llamada Belchite. Está un poco al sur de Zaragoza y, lo que es más importante, muy fuera del territorio nacionalista. Discúlpenme mientras pido usar el teléfono del restaurante para reservar un hotel en ese pueblo. Donald, te sugiero que, en cuanto lleguemos a nuestro hotel, concertes citas para el lunes por la mañana con un par de esos empresarios alemanes de Bilbao cuyos nombres nos facilitó el encargado de negocios alemán.

Capítulo 37

Jueves, 22 de abril – Belchite

A mediodía llegaron a la ciudad medieval de Belchite. Una vez que se registraron en sus habitaciones del hotel, Donald bajó a la cabina telefónica del establecimiento. Usando la guía, llamó primero al contacto que Sir Hugh les había proporcionado antes de salir de Inglaterra, es decir, Otto Saalmann, director de Instalaciones Industriales.

Cuando por fin le pasaron con el director, Donald dijo en alemán:

—Guten Tag, Herr Saalmann. Mi nombre es Gunther Lange. Soy *Geschäftsführer* de Rheinmetall Waffe Munition GmbH. Actualmente estoy en España con mi buen amigo, Max Krupp, director gerente de Krupp-Gussstahlfabrik. Estamos de vacaciones con nuestras esposas y he decidido combinar algo de negocios con placer. Nos alojaremos cerca de Bilbao y Max y yo querríamos reunirnos con usted y su consejo de administración en la sede de su empresa. ¿Le vendría bien el lunes por la mañana?

El señor Saalmann dijo:

—¿Puede decirme el propósito de esta reunión, organizada con tanta prisa e inesperadamente?

—Ambas empresas buscamos asegurar contratos a largo plazo con Instalaciones Industriales. Estoy seguro de que comprenderá que, en la actual situación internacional, nuestras compañías se están preparando para ampliar la producción.

—Me interesa, por supuesto. Ya tenemos acuerdos contractuales con varias empresas alemanas para suministrar cobre, cinc y vainas de proyectiles de 50 mm. En preparación para su visita, haré que mi departamento jurídico redacte dos borradores de contrato. Solo habrá que añadir los detalles del volumen y la naturaleza de sus necesidades y, por supuesto, sus firmas. ¿Les vendría bien a las once?

—Nos viene bien. ¿Puedo confirmar que la dirección de su fábrica es Uzalo, 5, en Bilbao?

—Es correcto. Mi consejo de administración espera con interés conocerles a ambos y la oportunidad de hacer negocios con sus empresas. Guten Tag, Herr Lange.

Mientras seguía en la cabina telefónica, Donald llamó a la Orconera Iron Ore Company. Era uno de los contactos que les había facilitado Wilhelm von Faupel, el encargado de negocios de la embajada alemana en Madrid. Finalmente le pasaron con el señor Friedrich Wagner, que se identificó como propietario y gerente de la empresa.

Esta vez Donald habló en español:

—Mi nombre es Gunther Lange. Soy director gerente de Rheinmetall Waffe Munition GmbH. Viajo con Max Krupp, copropietario de Krupp-Gussstahlfabrik. Nos gustaría concertar una reunión con usted y sus consejeros.

El señor Wagner dijo:

—Mi consejo estará encantado de reunirse con ustedes cuando les convenga. Debido a nuestros lazos comerciales con Alemania, verá que todos hablamos alemán.

Donald cambió al alemán bávaro:

—Estaremos en Bilbao el lunes por la mañana. Ya hemos quedado con Otto Saalmann, de Instalaciones Industriales, a las once.

—Otto y yo somos amigos íntimos. Ambos formamos parte del Deutsche Arbeitsfront. ¿Les vendría bien a las nueve? Estamos en Muskiz, un barrio al oeste del centro de Bilbao.

Acordados los detalles, Donald colgó y volvió al bar del hotel, donde encontró a los demás.

Louise dijo:

—Justo a tiempo. Están sirviendo el almuerzo. ¿Qué tal te han ido las llamadas?

—He concertado dos reuniones para el lunes por la mañana en Bilbao. Dependiendo de cómo vayan, podremos intentar organizar más encuentros más adelante durante la semana.

Bea preguntó:

—¿Qué esperas conseguir?

—James y yo intentaremos averiguar más sobre la estrechez de los vínculos alemanes con las industrias extractivas vascas. Por lo visto, ambas empresas ya tienen contratos en vigor con compañías alemanas.

Louise dijo:

—Bea y yo os acompañaremos a Bilbao y podréis dejarnos en el centro. Me gustaría tomar el funicular hasta la cima del monte Artxanda. Domina la ciudad. El estuario del Nervión atraviesa el centro. En realidad, se parece mucho al Gran Canal de Venecia.

Al decir esto, sonrió a James. Ese cruce de miradas fue un recordatorio romántico de que, dos años antes, habían pasado parte de su luna de miel en el Hotel Gritti Palace de Venecia. Mientras estuvieron allí, habían subido a lo alto del *Campanile di San Marco*. Antes de que el guardia de seguridad los echara con prisas, se habían abrazado mientras contemplaban la elegante curva del Gran Canal a lo largo y ancho de toda la ciudad.

Después de la comida del mediodía, las dos parejas pasearon por el pueblo. Louise leía en voz alta su *Fodor's*:

—Belchite es una villa con solo unos mil habitantes. James, por tu interés por la arquitectura, estoy segura de que disfrutarás de la iglesia de San Martín de Tours y del Arco de San Roque, que guarda la entrada oriental del pueblo. La iglesia original se construyó en el siglo XV, pero ha tenido importantes añadidos durante el último siglo. El arco es del XVIII.

Tras visitar ambos lugares, regresaron al hotel con la intención de cenar temprano.

—Mañana pondremos rumbo al norte, al País Vasco —dijo Louise—. He consultado el mapa Michelin y propongo que reservemos en la villa de mercado de Guernika-Lumo. Está a unos veinticinco millas al este de Bilbao. Desde allí, tú y James podréis ir en coche a Bilbao para reuniros con esos industriales, dejándonos a nosotras para que Bea y yo podamos recorrer la ciudad.

James dijo:

—Donald, ahora que nuestros papeles son los de empresarios alemanes, deberíamos cambiar las matrículas británicas por las alemanas que muestran que el Mercedes está registrado en Dortmund. Creo que están guardadas en el maletero, debajo de la rueda de repuesto.

—Bien, hagámoslo antes de cenar.

El viernes hicieron el largo viaje hasta el País Vasco. Pararon a comer a mediodía por el camino y se turnaron al volante. James estaba deseando probar el Mercedes y ahora pudo disfrutar del rendimiento y la aceleración de su potente motor. Encontraron mucho tráfico por la tarde y no llegaron a Guernika hasta después de las cinco.

La noche anterior, Louise había comentado que había reservado dos habitaciones en el centro de Guernika, en el Hotel Marqués de Gentza. Cuando llegaron, el personal del hotel les ayudó a descargar las maletas y el equipo fotográfico de James. Cuando se lo pidieron, James entregó las llaves de contacto al personal del hotel. Dijeron que lo lavarían y lo guardarían a buen recaudo en su garaje subterráneo.

Capítulo 38

Fin de semana, 24 y 25 de abril – Guernika-Lumo

Fodor's describía Guernika como una comunidad compacta de unos cinco mil habitantes. Pasaron el sábado y el domingo paseando por el pueblo, disfrutando tranquilamente del buen tiempo, del ambiente vasco y de la gastronomía. La comida principal del sábado la hicieron en el Restaurante Bolina el Viejo, donde pidieron el plato más famoso de la cocina vasca, bacalao a la vizcaína.

Louise sacó de su bolso su diccionario inglés/euskera.

—Es bacalao seco y salado con una salsa de cebolla roja, ajo y pimiento choricero dulce.

El domingo por la mañana, durante un desayuno ligero, Louise insistió en que visitaran la iglesia gótica del siglo XV de Santa María. Al llegar, fue evidente que la iglesia se estaba preparando para una boda. Unas señoras estaban ocupadas decorando los bancos del pasillo con ramos de lirios de la paz blancos. James se fijó en que la iglesia tenía unas enormes columnas de piedra tallada que sostenían una bóveda de crucería. Media hora más tarde, la iglesia empezó a llenarse de lugareños vestidos con sus mejores galas. Caminaron hasta el Restaurante Zallo Barri para almorzar. Allí, Bea decidió charlar con el camarero mientras servía el postre.

Preguntó en castellano:

—¿Cuándo es su día de mercado?

El camarero respondió en castellano:

—Empieza mañana por la mañana a las ocho. Normalmente dura todo el día, o al menos hasta que los vendedores se quedan sin género o el tiempo les anima a volver a sus casas y granjas. Es famoso en todo el País Vasco, ya que suele atraer a miles de compradores de Bermeo, Mungia, Durango e incluso de lugares tan lejanos como Bilbao.

Cuando regresaron al hotel, Louise siguió organizando el resto de su misión.

—Mañana por la mañana saldremos temprano. Donald, confío en que ya tengas pensado cómo vas a llevar tus reuniones.

—Después de tu ingeniosa estratagema en Cuenca, se me ha ocurrido una idea para meter una cuña en las relaciones hispano-alemanas.

—Cuenta.

—Todavía no. Sigo intentando dar con un plan viable. Es arriesgado y puede que al final no lo lleve a cabo.

Louise se encogió de hombros.

—Donald, tú y James podéis dejarnos en Funikularreko Plaza, que es donde empieza el funicular. Calculo que vuestra segunda reunión habrá terminado hacia la una. Si os invitan a comer, tenéis que declinar. Para entonces nosotras tendremos hambre y estaremos listas para encontrarnos con vosotros para una buena comida en el centro de la ciudad. Esta noche reservaré mesa en un restaurante para mañana a mediodía.

Tanto James como Donald estuvieron de acuerdo, aunque era evidente que a Donald le disgustaba profundamente el comportamiento mandón de Louise cuando, en realidad y por protocolo, él era el agente superior en aquella misión. Por el bien de la paz y de su relación con Bea, guardó silencio.

Capítulo 39

Lunes, 26 de abril – Bilbao

Salieron a la carretera a eso de las siete y media. Antes de partir, Louise recordó a James y a Donald que se pusieran sus insignias de solapa del NSDAP.

Donald dejó a las señoras en la estación del funicular. Antes de que bajaran del Mercedes, Louise le recordó que se verían para almorzar en el Restaurante Bikandi Etxea a las dos. Louise lo señaló en su mapa Michelin y dijo que era famoso por ofrecer cocina tradicional vasca.

Donald condujo hasta su primera cita con el consejo de administración de Instalaciones Industriales. Antes de que se les permitiera entrar por la verja de la fábrica, dos guardias de seguridad armados les exigieron ver sus documentos. En respuesta, presentaron sus pasaportes alemanes, permisos de conducir y carnés de afiliación al Partido Nazi. Satisfecho, uno de los guardias los escoltó hasta la sala de juntas de la empresa. Seis hombres estaban sentados alrededor de una mesa de roble pulido. Un caballero alto y bien vestido se presentó como Otto Saalmann. A continuación presentó a cada uno de los demás miembros del consejo. James observó que todos llevaban insignias del NSDAP en la solapa. Además, toda la reunión se desarrolló en alemán.

Donald se presentó como Gunther Lange y a James como Max Krupp.

—El propósito de nuestra reunión es iniciar relaciones comerciales con su empresa. Como copropietarios de nuestras respectivas compañías, Rheinmetall Waffe Munition GmbH y Krupp-Gussstahlfabrik, nuestros consejos de administración nos han autorizado a firmar contratos a largo plazo vinculantes que garantizarán un suministro constante de su arrabio de mayor calidad a nuestras fábricas, donde producimos Panzers.

Otto dijo:

—En previsión de su visita, me tomé la libertad de redactar estos borradores de contrato. Ahora solo necesitamos la cantidad anual prevista de arrabio y sus firmas. Eso nos permitirá empezar a ajustar nuestros calendarios de producción para cumplir su pedido.

Donald y James firmaron los contratos y anotaron las direcciones de la sede de Krupp en Buckau, en el distrito de Biberach, Baden-Württemberg, y de la oficina central de Rheinmetall en Düsseldorf, a donde se enviarían las entregas. Gunther Lange y otro director firmaron el contrato, que fue certificado por otros dos miembros del consejo, uno de los cuales dijo ser abogado y el otro notario. Todos los presentes se estrecharon la mano para sellar el acuerdo.

Otto dijo:

—Sé que tienen otra reunión prevista para más tarde esta mañana, así que no les entretendré. ¿Tienen alguna pregunta?

James respondió:

—En nuestras empresas nos preocupa la actual guerra civil. Si los generales no logran unificar España, estos contratos no valdrán ni dos pfennig, por así decirlo.

Otto dijo:

—Obviamente, somos conscientes de ello. Estamos en estrecho contacto con los nacionales y nos han asegurado que la marea seguirá volviéndose en contra de los advenedizos republicanos. Tengo que admitir que aquí, en el norte, ha habido cierta resistencia. Básicamente se debe a que los vascos son históricamente difíciles de controlar. Sin embargo, sus dirigentes saben de qué lado está la mantequilla en el pan. Las numerosas empresas alemanas que suministran a la Wehrmacht son creadoras de empleo. Comprenden y aceptan que estamos utilizando marcos del Reich y nuestra influencia política para apoyar la causa nacionalista.

Donald dijo:

—Es bueno saberlo. Y ahora le agradecemos su tiempo. Esperamos mantener una larga y fructífera relación comercial con su empresa.

Otto dijo:

—Den recuerdos de mi parte a mi buen amigo, el señor Friedrich Weber.

Todos los miembros del consejo se pusieron en pie, levantaron el brazo en saludo y dijeron al unísono:

—Heil Hitler.

James y Donald vacilaron por un momento, pero luego correspondieron, diciendo a la vez:

—Sieg Heil.

Otto los acompañó hasta el Mercedes y les elogió su magnífico coche alemán.

Donald condujo hasta su siguiente destino, Orconera Iron Ore.

Mientras tanto, Louise y Bea compraron billetes para el funicular. Tras subir a la cabina, tardaron apenas tres minutos en llegar a la cima del monte Artxanda. Desde allí tenían una vista extensa de la ciudad, del campo circundante y de la ría del Nervión, que desembocaba en el golfo de Vizcaya y serpenteaba con elegancia por la ciudad.

Louise no pudo evitar fijarse en la calidad del aire. Incluso a esa altitud estaba contaminado por el humo de las fábricas y el polvo de las distintas actividades mineras.

Bea dijo:

—Mira el río. El agua es negra como la noche. Debe de estar lleno de residuos industriales bombeados desde las explotaciones mineras, las fundiciones y las fábricas que bordean la ría. A veces me pregunto el daño que nuestra supuesta sociedad industrial avanzada está causando a la Madre Tierra. Si esto no se remedia, Bilbao se convertirá en una ciudad fantasma y su gente acabará envenenada por la contaminación.

Louise estuvo de acuerdo.

—Tenía muchas ganas de disfrutar de este panorama, pero ahora desearía que no hubiéramos venido. Volvamos al pueblo y busquemos el mercado diario. Cualquier cosa sería mejor que esto.

Mientras tanto, Donald y James llegaron a su segundo destino. De camino, James sugirió que mencionaran algunos nombres para subrayar su credibilidad.

Fueron recibidos a la puerta de la fábrica de Orconera por el señor Friedrich Weber. Al ver sus insignias del NSDAP, sonrió y señaló orgulloso la suya en la solapa de su chaqueta.

James y Donald se presentaron como Max Krupp, de Krupp-Gussstahlfabrik, y Gunther Lange, representante de Rheinmetall Waffe Munition GmbH.

Tras admirar el Mercedes, el señor Weber les pidió ver sus documentos de identidad.

—Es solo una formalidad, entiéndanlo. Siempre me gusta estar seguro de con quién hablo. Hoy en día no se puede ser demasiado cuidadoso.

Donald y James presentaron sus pasaportes, permisos de conducir, libretas rojas de afiliación al Partido Nazi y tarjetas de exención del servicio militar.

El señor Weber los condujo a la sala de juntas de la empresa. Les presentaron a los otros seis directores, todos luciendo insignias rojas con la esvástica en la solapa.

El señor Weber preguntó en Hochdeutsch:

—¿Pueden decirme el motivo de esta visita tan inesperada?

Donald respondió:

—Como le dije por teléfono, Max y yo estamos de vacaciones en España con nuestras esposas. Esperábamos evitar parte del triste clima primaveral de Alemania central, donde, a pesar del calendario, sigue haciéndonos sentir en pleno invierno. Pensamos que sería ventajoso visitar a uno de los proveedores de materias primas más importantes de la Wehrmacht. El señor Wilhelm Faupel, encargado de negocios de nuestro consulado en Madrid, nos dio su nombre. Tanto Max como yo formamos parte del Deutsche Arbeitsfront. Nuestro buen amigo, el doctor Robert Ley, dirige el DAF y ostenta el título de Gauleiter de Renania. Como saben, ha abolido los sindicatos y las mejoras resultantes en nuestra productividad laboral son poco menos que asombrosas. Confío en que ustedes tengan pocos problemas con sus trabajadores locales.

—En efecto. Seguimos las directrices del DAF y hemos eliminado sumariamente de nuestras nóminas a los líderes sindicales.

James añadió:

—Mi empresa, Krupp-Gussstahlfabrik, desea firmar contratos con Orconera para suministrar metales que faciliten la producción de vehículos blindados para la Wehrmacht. Desde que el doctor Fritz Todt fue nombrado jefe del Ministerio de Armamento, ha coordinado la adquisición y producción de material de guerra. Siguiendo sus instrucciones, ahora centramos nuestras compras en España en esa útil materia prima que es el arrabio. Mi empresa produce Panzers y la de Gunther también fabrica vehículos blindados. En su caso, se han clasificado como tractores agrícolas y actualmente se ofrecen con torretas montadas opcionales y blindaje de acero de ocho centímetros.

Los miembros del consejo sonrieron y asintieron al conocer el plan de Rheinmetall para eludir las condiciones del Tratado de Versalles.

Un joven se levantó sosteniendo una carpeta de cartón.

—Soy Jesús Messer. A principios de siglo, mi padre emigró desde Ebersberg, en Baviera, a España. Se instaló en Bilbao, se casó, compró unas tierras y creó una empresa minera. Esa empresa fue absorbida por Orconera en 1922. Actualmente soy el director jurídico de Orconera. Aquí tengo borradores de contratos que pueden firmarse, ser certificados y notarizados tan pronto como se hayan acordado los volúmenes de pedido y los precios.

Donald dijo:

—Rheinmetall desea concertar compras mensuales y la exportación de quinientas toneladas métricas de arrabio, entregadas a nuestra fábrica en el centro de Alemania.

James añadió:

—Krupp-Gussstahlfabrik desea igualar ese pedido.

El señor Messer rellenó rápidamente los contratos en blanco y los pasó al otro lado de la mesa para que Donald y James los firmaran. Ambos lo hicieron, anotando el precio FOB por tonelada.

James y Donald escribieron las direcciones de las sedes corporativas de sus empresas, donde se facturarían y enviarían las entregas.

Los miembros del consejo se levantaron y aplaudieron. Al mismo tiempo, el señor Weber hizo sonar una campanilla de latón para el té. Un camarero entró en la sala con un jeroboam de cava Cordoníu. James sabía que equivalía a cuatro botellas estándar de vino.

El señor Weber dijo:

—Ahora debemos celebrar las nuevas alianzas de nuestra empresa con dos importantes compañías alemanas.

El camarero descorchó la botella con un gesto teatral, acompañado del habitual estallido del corcho. Sirvió nueve copas de la bebida espumosa. Durante la media hora siguiente, se pronunciaron múltiples brindis por el futuro de sus respectivas empresas, por la causa nacionalista en España y por el Tercer Reich.

James se sorprendió cuando el presidente y los miembros del consejo se pusieron en pie y comenzaron a cantar el «Deutschlandlied». Louise le había dicho una vez que esta canción del siglo XIX había sido adoptada en 1922 como símbolo de la identidad nacional alemana bajo la República de Weimar. James y Donald, ya algo achispados, se unieron a la letra que ya habían oído antes: «Deutschland, Deutschland, über alles, über alles in der Welt».

Tras el brindis final, Weber dijo:

—Me sorprende un poco que hayan decidido visitar España precisamente ahora. Saben que este país está sumido en una guerra civil.

—Natürlich. Tenemos pensado mantenernos bien alejados de los combates. Entramos en el País Vasco desde Francia y, dentro de un par de días, saldremos por la misma ruta. Berlín nos aseguró que el norte de España es seguro, ya que es poco probable que el País Vasco sea invadido, y menos aún conquistado. Hemos oído hablar mucho del impresionante paisaje, de la comida y, por supuesto, de su vino Rioja.

—Señor Lange, ¿dónde se alojan usted y sus esposas en Bilbao?

—Hemos encontrado un excelente hotel en Guernika llamado Marqués de Gentza.

Friedrich lanzó una rápida mirada de soslayo a los miembros del consejo, el canto cesó y la sala quedó en silencio.

Friedrich preguntó:

—Debo preguntarles, ¿sus esposas se han quedado en Guernika?

James dijo:

—Ahora mismo están explorando el centro de Bilbao. Tenemos pensado encontrarnos para comer en el Restaurante Bikandi Etxea.

Friedrich sonrió.

—Una elección excelente. ¿Por qué no se quedan esta noche en Bilbao para disfrutar de la vida nocturna de nuestra ciudad?

—Estamos muy satisfechos con nuestro hotel en Guernika. ¿Por qué deberíamos quedarnos aquí?

—Realmente no debería decirlo, pero créanme cuando les digo: Sie werden glücklicher und sicherer sein. Les diré algo: Orconera está dispuesta a reservar suites en el Hotel Tayko Bilbao para usted y sus esposas. Está en el casco antiguo, a un corto paseo del Teatro Arriaga y de la Catedral de Santiago. Haré las reservas e indicaré al hotel que me envíe la factura.

James dijo:

—Es tentador. A mi esposa le gustan tanto el teatro como las catedrales.

Después de terminar el cava, James y Donald fueron acompañados hasta el Mercedes por el señor Weber y varios miembros del consejo. Al despedirse, dijeron «Heil Hitler» levantando el brazo en saludo nazi.

Condujeron directamente al restaurante, donde llegaron poco después de las dos. Bea y Louise ya estaban sentadas a una mesa, cada una disfrutando de una copa de vino blanco.

Cuando tomaron asiento, Louise dijo:

—De verdad, tenéis que quitaros esas insignias nazis. Estamos en público, ya sabéis. ¿Cómo fueron vuestras reuniones?

James dijo:

—Todo viento en popa. Nuestras identidades superaron el examen y acordamos importantes pedidos contractuales con ambas compañías. Me pregunto cuánto tiempo tardarán en darse cuenta de que han sido engañados por un par de timadores. Cada uno de nosotros se comprometió a la compra mensual de quinientas toneladas métricas de arrabio, con la factura, incluidos los costes de transporte, pagadera a la entrega en las fábricas de Rheinmetall y Krupp en Alemania.

Bea preguntó:

—¿Qué demonios es el arrabio?

Donald sonrió.

—Básicamente es chatarra. Tiene una utilidad limitada porque es quebradizo. Puede transformarse en acero, pero ese proceso es caro. Es duro y tiene una temperatura de fusión más baja que el acero. También es extremadamente pesado y, por tanto, será caro transportarlo a Alemania. Ambas empresas estaban encantadas con el precio absolutamente exorbitante que aceptamos pagar.

Louise soltó una risita.

—Parece que les habéis vendido gato por liebre. Ahora disfrutemos del almuerzo.

Cuando llegó el camarero, ella pidió un entrante para compartir de angulas a la bilbaína. También pidió una segunda botella de Viña Tondonia Blanco Reserva.

Cuando trajeron el plato, James preguntó:

—Oye, ¿qué son estas cositas que parecen gusanitos?

—Son angulas, o crías de anguila. Es una especialidad vasca. Las angulas se cocinan con ajo, guindilla y aceite de oliva.

Como su elección para el primer plato había sido todo un éxito y Donald estaba celebrando su golpe con los empresarios vascos, se sintió capaz de lidiar con las manías de Louise. Sonrió y la animó a escoger el plato principal.

Louise dijo:

—Veo que en el menú hay pipérade vasca con lomos de atún a la plancha. ¿Qué os parece si también compartimos el plato principal?

Pidieron otro postre típico vasco, pantxineta. Louise explicó que se trataba de una tarta de crema de almendras.

Cuando se sirvió el café, Louise volvió a preguntar por sus visitas a las fábricas, al parecer no del todo satisfecha con su optimista informe.

—¿Estáis seguros de que no se dieron cuenta de vuestro objetivo final?

Donald, ya con las palabras un poco arrastradas, respondió:

—Sin duda. Revisaron nuestros documentos y pasamos por hombres de negocios alemanes. Estoy seguro de que nuestras insignias del NSDAP ayudaron. Te interesará saber que todos los miembros de ambos consejos llevaban las mismas o similares insignias. Además, los directivos quedaron prendados de nuestro Mercedes.

—A Sir Hugh Sinclair le interesará saber que habéis podido comprobar que existe una presencia nazi importante aquí en Bilbao. ¿No pasó nada fuera de lo normal que les hiciera sospechar que erais unos impostores?

James dijo:

—Ni una jota ni una tilde. De hecho, nos invitaron a pasar la noche en Bilbao a su costa. Hizo reservas y nos reservó suites en un hotel del casco antiguo. ¿Os apetece aprovechar esta invitación gratuita?

Tomó otra cucharada de pantxineta y, mirando su Rolex, añadió:

—Sabéis, ya pasan de las tres y media. No creo que pueda probar otro bocado hasta el desayuno.

Louise no iba a soltar el hueso. Sonrió dulcemente y preguntó:

—James, querido, no seas enigmático. ¿Por qué crees que intentaron convencerte de que os quedaseis en Bilbao?

Donald respondió:

—Cuando les dijimos que nuestras esposas estaban con nosotros, el presidente de la última empresa que visitamos sugirió que deberíamos considerar pasar la noche en Bilbao para disfrutar de la vida nocturna, visitar el casco antiguo y la cercana Catedral de Santiago.

Louise cambió de tono.

—Donald, ¿qué dijo exactamente?

Donald respondió:

—Estábamos hablando en alemán. Dijo que estaríamos más felices y más seguros si todos nos quedábamos en Bilbao esta noche. No estoy seguro de lo que quería decir. Estábamos todos medio piripi. Brindamos varias veces con cava para celebrar el trato.

Louise dijo con rabia:

—Donald, puedes ser un perfecto zoquete. Os habían aceptado como camaradas nazis. Se sintieron obligados a intentar protegeros.

—¿Protegernos de qué, querrás decir?

—Ni idea.

—Mira, supongo que podría estar advirtiéndonos del tráfico intenso al salir de la ciudad después del mercado de los lunes. ¿No me dijiste que miles de personas acuden habitualmente a este importante evento vasco? O también podría estar previniéndonos sobre el empeoramiento de las condiciones meteorológicas, como una tormenta procedente del golfo de Vizcaya. ¿Qué más da? Pagaré la cuenta y podremos quedarnos en Bilbao o volver a nuestro hotel de Guernika para echarnos una cabezada. Tú decides.

—Maldita sea, Donald, importa porque dijo que podría no ser seguro. Es evidente que estáis los dos borrachos como cubas. Dame las llaves. Yo voy a conducir. Tendremos que acercarnos a Guernika con extrema precaución.

Eran las cuatro y media cuando llegaron a las afueras de Guernika. Donald y James descansaban en los asientos traseros con los ojos cerrados. Louise había conducido despacio al acercarse al pueblo, pendiente de cualquier problema por el camino.

De repente, pisó a fondo el freno y se metió en un camino de entrada.

Donald se incorporó y preguntó:

—¿Qué pasa?

—¿Es que no lo oyes?

Louise apagó el contacto y todos oyeron el sonido de explosiones lejanas. Asomó la cabeza por la ventanilla y vio formaciones de aviones que volaban por encima de ellos.

Dijo:

—Son Messerschmitt Bf 109 y Heinkel He 70 Blitz.

En ese momento, una bomba incendiaria cayó sobre una casa a su derecha y la destruyó por completo. Dos adultos salieron corriendo, con la ropa en llamas. Les siguieron dos adolescentes, el chico llevando un cachorro en brazos. La pareja lanzó un grito, se desplomó boca abajo en el suelo y ya no volvió a moverse. Al mismo tiempo, Louise se dejó caer en el asiento del conductor y perdió el conocimiento. Algunos restos de la explosión habían alcanzado el Mercedes en la aleta delantera del lado cercano. El coche tembló y el lado del conductor se hundió con un neumático pinchado y posiblemente con daños en la suspensión derecha.

Bea salió del coche y mantuvo abierta la puerta trasera para permitir que James llevara a Louise al asiento de atrás. Luego corrió hacia los adultos caídos. No respiraban. Se volvió hacia los dos niños y les preguntó en español:

—¿Estáis bien?

El chico miró a la pareja tendida y preguntó en alemán:

—¿Cómo están Mamme y Tatti? Rachael y yo estamos muy asustados. ¿Qué está pasando?

Bea respondió en alemán:

—Me temo que ya no están. Han sufrido un gran dolor. Ahora son libres y eso es un consuelo. Me llamo Beatrice. ¿Tenéis familia o parientes que vivan cerca?

El chico dijo:

—Me llamo Caleb Blumann, esta es mi hermana mayor, Rachael, y nuestro cachorro se llama Velvel. No tenemos más familia. La semana pasada llegamos aquí desde Ebersberg, en Baviera. Mi padre se llama Isaac y mi madre, Matya. Vivíamos en una finca cerca de Múnich donde Tatti entrenaba caballos. Le despidieron y dijo que teníamos que dejar nuestra casa porque éramos judíos. Nos dijo que debíamos abandonar Alemania porque aquello era solo el principio. Nunca nos explicó qué quería decir. Vendió nuestras pertenencias y pidió dinero prestado a amigos de nuestro shul. Con una maleta cada uno, caminamos, tomamos algunos trenes y recibimos ayuda de unas personas francesas maravillosas que conocimos en una sinagoga de Ruan. Tardamos dos meses, pero la semana pasada llegamos a Guernika. Tatti encontró esta casa de verano vacía y nos instalamos en ella.

Caleb hizo una pausa y volvió a mirar por encima del hombro las ruinas de la casa y los cuerpos de sus padres, y rompió a llorar. Cuando recuperó la voz, añadió:

—Ahora no tenemos dónde vivir.

Bea dijo:

—Os ayudaremos, pero tenéis que confiar en nosotros. Vamos de camino a Francia.

De nuevo, mirando de reojo los cuerpos de sus padres, Rachael preguntó:

—¿Podemos despedirnos de Mamme y Tatte?

Bea asintió. Los dos niños se arrodillaron junto a los cuerpos de su madre y de su padre y pasaron unos minutos hablándoles y cogiéndoles de la mano.

Cuando regresaron, Rachael dijo, mirando a su hermano menor:

—Ahora solo nos tenemos el uno al otro. ¿Podemos ir con vosotros?

Bea no vaciló.

—Por supuesto que sí. Venid a conocer a mis amigos.

Mientras Bea se ocupaba de los niños, Donald le preguntó a James:

—¿Qué le pasa a Louise?

—Ya la he visto así antes. Cuando éramos novios, en noviembre de 1934, fuimos a una fiesta de hogueras por Guy Fawkes. Hubo una explosión y se desmayó. Por lo visto, desde que era adolescente los ruidos fuertes le hacen perder el sentido. Pensé que lo había superado, ya que evidentemente no se altera al disparar su arma, ni siquiera en espacios cerrados como el granero de grano de Woburn. Estará bien y debería recuperarse en unos minutos.

Donald dijo:

—Vamos, ayúdame a cambiar la rueda. Esperemos que sea el único daño en el coche.

Donald abrió el maletero. James fue a buscar el gato mientras Donald levantaba la rueda de repuesto hasta el asfalto y la hacía rodar hasta la parte delantera del coche. Mientras estaban cambiando la rueda, Bea se acercó con los dos niños.

—Donald, estos son Rachael y Caleb, y su cachorro, Velvel.

Volviéndose hacia los dos niños, dijo en alemán:

—Este es mi marido, Donald, y mi hermano, James. Su esposa, Louise, está descansando en el asiento de atrás.

Donald miró a los niños con gesto contrariado. Se quitó el abrigo, se aflojó la corbata y se dispuso a quitar el neumático dañado y montar la rueda de repuesto.

Bea abrió la puerta trasera del lado izquierdo y ayudó a los niños y a su cachorro a subir atrás. Como Louise estaba tumbada a lo largo del asiento, Bea abatió los asientos auxiliares y dijo a los niños que se sentaran allí y esperaran hasta que el coche estuviera listo para salir.

Cuando la rueda nueva estuvo montada, Donald y James ocuparon sus sitios en los asientos delanteros.

Antes de arrancar el motor, Donald miró hacia la parte trasera.

—¿Qué hacen esos niños aquí?

Bea dijo:

—Vienen con nosotros. Sus padres han muerto en el bombardeo y ahora no tienen hogar. Necesitan nuestra ayuda.

—Eso no puede ser. Louise está catatónica, el coche está dañado y ni siquiera sabemos si se puede conducir. Ahora mismo tenemos que llegar a la frontera. Sencillamente no podemos llevar pasajeros. Para empezar, pondría en riesgo el éxito de nuestra misión.

—Maldita sea, Donald, deja de comportarte como un imbécil. Que le den a tu condenada misión. Estos niños necesitan nuestra ayuda y no voy a ignorar su situación por tu obediencia ciega al protocolo.

—Querida, nuestro trabajo en España era observar e informar al MI6. Si no regresamos, habremos fracasado.

—No me importan tus preciosas instrucciones del MI6. Mi deber como cristiana es ayudar a quienes lo necesitan. Sé que te costó entenderlo, pero al final aceptaste que esa era nuestra razón para ayudar a Élisabeth y Catherine.

Donald decidió que aquel no era el momento ni el lugar para discutir con Bea.

—Pueden venir con nosotros. Pero, para que lo sepas, estamos en un buen aprieto. Como oyes, Guernika sigue siendo bombardeada. Obviamente no podemos volver a nuestro hotel. Solo tenemos la ropa que llevamos puesta, nuestros pasaportes alemanes y británicos, un poco de moneda local y un fajo de francos franceses en la guantera, junto con nuestros pasaportes británicos.

Echando un vistazo al salpicadero, añadió:

—Y tres cuartos de depósito de gasolina. Voy directo a la frontera. Como ahora estamos por nuestra cuenta, Bea, trae nuestras Walther y sus Beretta de los compartimentos que hay detrás de los asientos auxiliares. James, mira la Guía Michelin de Louise y dime por dónde tenemos que ir. No podemos seguir adelante hacia Guernika.

James se sentó en el asiento delantero izquierdo. Cogió la Guía Michelin, que seguía sobre el banco de cuero.

—Por lo que puedo ver, tendremos que volver en dirección a Bilbao. Desde allí tenemos dos opciones. Podemos conducir hacia el norte, hacia Mundaka y el golfo de Vizcaya, o hacia el sur, en dirección a Durango. Si vamos al norte, tendremos que sortear carreteras secundarias que atraviesan algunos pueblos pequeños. Probablemente avanzaremos despacio. Si vamos al sur, podemos tomar la N634 y, a partir de ahí, es un recorrido directo por Zarautz hasta la frontera en San Sebastián. La ruta del norte debería llevarnos unas tres horas y la más larga del sur, calculo que más o menos lo mismo.

Donald tomó una decisión.

—Bien, indícame el camino hacia el norte desde aquí. Tendré que mantener baja la velocidad por si se ha dañado la suspensión delantera derecha.

Cuando Donald giró con cautela la llave de contacto y pulsó el botón de arranque, el motor cobró vida. El sol ya se había puesto y encendió los faros. Soltó el embrague y el coche avanzó lentamente. Cuando alcanzaron unas cuarenta millas por hora, el coche empezó a cimbrear.

Donald dijo:

—Parece como si la suspensión del lado cercano hubiera sufrido algún daño. Si mantengo baja la velocidad, deberíamos ir bien, aunque habrá un desgaste extra de los neumáticos. Supongo que los ingenieros de Mercedes reforzaron esta versión de batalla larga con una suspensión y unos amortiguadores capaces de soportar el peso extra del chasis.

El tráfico era escaso y llegaron al paso fronterizo hacia las ocho. Se detuvieron a unos metros de la barrera abatible, iluminada por potentes focos cenitales. Donald y James bajaron del coche y enseguida se les acercaron dos guardias civiles. Les enseñaron sus credenciales de hombres de negocios alemanes que viajaban con sus esposas, ya que seguían en los bolsillos de sus abrigos.

Tras inspeccionar sus documentos, el capitán preguntó:

—¿Y sus esposas y esos dos niños? Entrégueme su documentación.

—Los niños son mi sobrina y mi sobrino, que nos visitan desde Alemania. Estábamos alojados en Guernika. Puede oír que siguen bombardeándola en este mismo momento. Nuestro hotel ha sido destruido junto con todas nuestras pertenencias, incluidos sus pasaportes y los de nuestras esposas.

Donald se volvió hacia los niños y les dijo en alemán:

—Haced como si fuerais mi sobrina y mi sobrino. Si os hacen preguntas, hablad solo en alemán.

Rachael respondió:

—Solo hablamos alemán y yidis, así que difícilmente podríamos hacer otra cosa.

A pesar de que el guardia había oído esta conversación, primero le hizo a Rachael y luego a Caleb una pregunta en español. Ambos lo miraron desconcertados y Rachael dijo en alemán:

—¿De qué está hablando?

Donald sonrió.

—Lo habéis hecho muy bien.

Estaban a punto de regresar al coche cuando se acercaron otros dos hombres de uniforme. El más alto dijo:

—Soy el coronel José Martínez, del Ejército Nacional franquista. Mis guardias fronterizos falangistas llevan buscándoles desde que fueron expulsados de Cuenca. El Generalísimo Franco ha determinado que la orden de expulsión del señor Blanco fue un error.

Sacando dos hojas de papel del bolsillo de su chaqueta, añadió:

—Tengo aquí órdenes para su detención. Pongan las manos a la espalda.

En español, Donald exigió que le explicaran el motivo de la orden de detención.

El coronel dijo:

—Están en posesión de documentos de identidad falsificados. Se hicieron pasar por oficiales alemanes de las SS y de la Gestapo. Hitler es nuestro amigo y Alemania es una aliada cercana. Hemos comprobado que, en realidad, son periodistas británicos. El general Franco cree que entraron en España para difundir entre sus lectores mentiras y desinformación sobre nuestra heroica lucha por recuperar el control de nuestro país. Les acuso ahora formalmente de espionaje destinado a promover la insurrección por su intento de comprometer al liderazgo nacionalista. Para tales delitos cabe la pena de muerte.

Mientras Donald y James eran interrogados, Bea se deslizó hasta colocarse detrás del volante. El coronel lo vio, pero no le hizo caso, pues supuso que ahora estaba sentada en el lado del pasajero del asiento delantero. Lo que no advirtió fue que el Mercedes era un automóvil con volante a la derecha.

Donald intentó razonar con el coronel. Dijo en español:

—Mire, ya he enseñado a la Guardia nuestros pasaportes alemanes y otros documentos de identidad. Somos turistas que viajamos con nuestras esposas y con mi sobrina y mi sobrino. Vamos a hacer una breve excursión a Francia y pensamos regresar mañana por la tarde.

El coronel vaciló. Esto dio a Donald la oportunidad de asestarle un rápido gancho de izquierda en la barbilla que lo dejó tendido en el asfalto. James, que era unas nueve pulgadas más alto que el otro guardia, le arrebató el arma y la utilizó para golpearle en la cara. Desde el asiento delantero, Bea hizo doble disparo contra los dos agentes de la Guardia, al pecho y a la cabeza. Ambos cayeron al suelo con heridas claramente mortales. Inmediatamente aceleró el motor y James y Donald se lanzaron al asiento trasero. Bea dirigió la limusina hacia la puerta de la frontera y, en el proceso, pasó por encima de los dos oficiales franquistas que yacían en el suelo. Atravesó la barrera a la fuerza y entró en Francia. Se hicieron algunos disparos contra el coche en fuga, pero ninguno logró penetrar la sólida carrocería de acero alemán.

Durante todo aquello, Louise permaneció tendida en el asiento trasero, con los ojos cerrados y la respiración superficial. Bea detuvo el coche en un apartadero. Donald se pasó al asiento del conductor, James se sentó a su izquierda y Bea volvió atrás para estar con Louise y los niños.

Tras consultar la Guía Michelin, James indicó a Donald que tomara la carretera hacia el norte, en dirección a San-Jean-de-Luz.

—Pasadas las nueve, pero deberíamos llegar allí en bastante menos de una hora. Cuando alcancemos las afueras, fíjate en la Rue Gambetta. El Grand Hotel de la Poste parece una buena opción. Como estamos a comienzos de la primavera, esperemos que tengan habitaciones libres.

James no estaba en absoluto acostumbrado a esas tareas, pues siempre era Louise quien se encargaba tanto de leer los mapas como de reservar los alojamientos. Ya era de noche y las calles estaban casi desiertas cuando por fin encontraron el hotel.

Bea entró en el vestíbulo y se acercó al mostrador de recepción.

—Avez-vous trois chambres doubles pour ce soir?

La recepcionista sonrió y respondió:

—Bien sûr, madame.

Bea regresó al Mercedes y les dijo que podían quedarse allí aquella noche. Louise estaba ya despierta, pero aparentemente ajena a lo que ocurría a su alrededor. James la ayudó a bajar del asiento trasero, la sostuvo por la cintura y la acompañó despacio hasta la recepción del hotel. Rachael, que ahora llevaba en brazos al cachorro, siguió a su hermano y a los adultos hasta el vestíbulo.

Donald dijo a la recepcionista:

—No hemos comido desde el mediodía. ¿Sería posible que su cocina preparara una cena para los seis?

—Attends un moment.

Se fue hacia la parte de atrás y, cuando regresó, dijo:

—Pasen directamente a nuestro comedor. El chef ha accedido a preparar y servir personalmente sus comidas.

El chef entró con su delantal blanco y su gorro de cocinero.

—Yo seré su camarero esta noche, ya que mi personal ha regresado a sus casas. Aquí tienen nuestra carta, elijan lo que deseen.

Bea consideró aquello una sorpresa inesperada. No podía imaginar que algo así ocurriera en Inglaterra. Para no causar más molestias al chef, pidió cassoulet para todos. James encargó una botella de Chateau d'Yquem, sidra dulce sin alcohol para Caleb y Rachael y dos litros de agua mineral Evian para la mesa. Al mismo tiempo, pidió al chef que trajera un cuenco con carne y leche para el cachorro.

—En Francia, todos los restaurantes admiten animales. No es ninguna molestia traer algo para este miembro tan bien educado de su familia.

Esto dio a Bea la oportunidad de preguntarle a Rachael por Velvel.

—¿Es un mestizo?

Rachael dijo:

—Mein Tatte nos dijo que es un Small Münsterländer de raza pura.

Cuando retiraron los platos, los adultos tomaron café y Bea pidió seis crème brûlée.

Louise apenas probó la comida y no había pronunciado una sola palabra durante la cena.

James advirtió que los niños se estaban quedando dormidos. Dijo, en beneficio de ellos:

—Und Jetzt ins Bett.

Pidió a Caleb la correa de Velvel y sacó al cachorro a la calle para que hiciera sus necesidades. Cuando regresó, devolvió la correa a Rachael.

Bea había recogido todas las llaves de las habitaciones, las repartió, los condujo escaleras arriba y se despidió de ellos tras aquel día tan largo y estresante.

Ya en su habitación, James ayudó a Louise a desvestirse y bañarse y luego la arropó en la cama.

Cuando le preguntó cómo se sentía, ella esbozó una débil sonrisa.

—Estaré bien. Gracias por cuidar de mí. Tendré que pensar en lo que me ha pasado hoy. Debes saber que esto no cambia en absoluto lo que siento por ti ni disminuye mi amor ni mi compromiso contigo. Abrázame, solo quiero dormirme sintiéndome segura y querida.

Capítulo 40

Lunes, 26 de abril – Saint-Jean-de-Luz

A las nueve, se reunieron abajo para desayunar. Louise se había recuperado casi por completo y hasta Donald sonrió cuando ella insistió en planificar el resto de su viaje.

—Ahora nos dirigimos a Morey-Saint-Denis. Habíamos acordado que visitaríamos a Michel y Louisa después de nuestras vacaciones en el sur de Francia. Pero antes tenemos que hablar de los niños.

Donald dijo:

—Sabes que nunca quise llevarlos con nosotros, pero por lo visto mis preocupaciones resultan completamente irrelevantes.

Bea dijo:

—Mira, Donald, ya te he explicado que ayudarles era nuestro imperativo moral. Insisto en que no digas nada más sobre este asunto y que colabores con nosotros para decidir cómo podemos ayudarles.

Louise añadió:

—Los niños están a salvo, aunque carecen de cualquier tipo de documentación de identidad. Por ahora tendrán que quedarse en Francia. Evidentemente no se les permitirá entrar en Inglaterra sin visados ni pasaportes. Propongo que pidamos a Michel y Louisa que se ocupen de ellos hasta que podamos hacer otros arreglos.

Donald dijo:

—Conseguir que entren en Inglaterra será casi imposible. El Home Office está aplicando la 1905 Aliens Act al pie de la letra. Esto se debe al enorme número de refugiados judíos que en estos momentos intentan entrar en Gran Bretaña. Este año, la aplicación se ha reforzado aún más debido a la afluencia de españoles que huyen de su guerra civil.

—Donald, dame al menos un poco de crédito. Llevo pensando en esto desde el bombardeo. ¿Te acuerdas de Jacob Mandelbaum, el gerente de Tiffany's? Su organización, The Central British Fund for German Jewry, está intentando organizar la entrada de niños judíos en el Reino Unido. Creo que llamó al plan propuesto Kindertransport. Si los niños se quedan en Morey-Saint-Denis, podremos utilizar nuestros contactos en el Secret Service y en el Home Office para conseguir visados de entrada.

James preguntó:

—Querida, ¿cómo se te ha ocurrido este plan? Has estado ausente las últimas dieciocho horas.

—Este tiempo de calma me ha dado la oportunidad de pensar sin distracciones. ¿Puedo dar por hecho que estamos de acuerdo?

Todos asintieron. Esta conversación se desarrolló en inglés y habían evitado usar los nombres de los niños. Rachael y Caleb no tenían la menor idea de lo que los adultos planeaban para su futuro.

Louise tenía ahora su Guía Michelin abierta sobre la mesa del desayuno.

—Parece que tardaremos dos días en llegar a Morey-Saint-Denis. De hecho, sí caí en la cuenta de que la suspensión delantera derecha está algo dañada, lo que significa que quizá tengamos que mantener baja la velocidad. Limoges está aproximadamente a medio camino. Desde allí podremos llamar a Michel y Louisa y avisarles de nuestra inminente llegada.

Capítulo 41

Miércoles, 28 de abril – Morey-Saint-Denis

La noche del martes, tuvieron una velada tranquila en el Hôtel Saint-Martial, en el centro de Limoges. Los niños estaban inquietos, después de haber estado encerrados en el coche las últimas seis horas. Antes de cenar, los cuatro y el cachorro dieron un paseo por la ciudad. Siguiendo las indicaciones de Louise, terminaron en la Cathédrale Saint-Étienne. Por sus expresiones de asombro, era evidente que ninguno de los niños había visto, ni había estado nunca dentro de una iglesia católica. Rachael llevaba a Velvel en brazos mientras Louise explicaba los nombres y la función de las distintas partes de la catedral. Mientras Donald y Bea paseaban en silencio con los niños, James y Louise se abrazaron a la luz de la vidriera occidental de la capilla del crucero.

De vuelta en el hotel, Louise llamó por teléfono a Michel. Él dijo que los esperaría a los seis para cenar al día siguiente a las siete.

A la mañana siguiente, salieron temprano. Louise les hizo pasar por Montluçon. A las dos, se detuvieron a almorzar en Moulins.

Cuando Louise se volvió para mirar a Bea y a James en el asiento trasero, ellos se prepararon para una de sus lecciones de geografía e historia.

—He elegido esta ruta para que tengamos la oportunidad de contemplar esta ciudad gloriosa. Moulins está a orillas del río Allier. Fue originalmente la capital de la provincia de Borbonés y sede de los duques de Borbón. No tendremos tiempo de visitar Notre-Dame de Moulins, pero al menos podremos pasar en coche junto a la catedral de camino a nuestro restaurante.

Donald preguntó:

—¿Y cuál es?

—Le Clos de Bourgogne. No está a la orilla del río, pero tiene una estrella Michelin.

Después de comer, volvieron a la carretera. Louise dijo:

—Nos quedan unas cien millas, así que deberíamos llegar a tiempo para una cena temprana. Ya he avisado a Louisa de que traemos a dos niños con nosotros. Ha dicho que pondrá la mesa para ocho.

Pasadas las cinco, entraron por las verjas de Clos des Chênes. Las obras de la nueva cave habían terminado por ese día. Lo que quedaba era un agujero enorme en medio del patio, con miles de adoquines apilados junto al muro perimetral. Después de bajar de la limusina, Bea presentó a Michel y Louisa a Rachael, Caleb y Velvel.

Michel dijo:

—Qué nombre tan extraño. ¿Qué significa?

Louise se lo preguntó a Rachael.

—Es yidis para lobito. Mein Tatte pensó que sería un nombre gracioso.

Michel dijo:

—La puesta de sol no es hasta las ocho y cuarenta. Estiremos las piernas para que podáis ver cómo van las viñas.

Louise dijo a los niños que todos irían a dar un paseo para darle a Velvel la oportunidad de jugar. Subieron la colina, desde donde se veía todo el vignoble de doce hectáreas. Con evidente orgullo, Michel señaló los brotes que empezaban a salir de la madera retorcida de las vielles vignes. Mientras tanto, Rachael y Caleb corrían tras Velvel, riendo y jugando a lanzarle una piña para que la trajera.

Esto dio a Louise la oportunidad de contar a Michel y Louisa lo poco que sabía de los antecedentes de los niños.

—Son huérfanos judíos. Como no tienen ningún documento de nacionalidad, será imposible que nos acompañen cuando volvamos a Inglaterra. Les agradeceríamos que se hicieran cargo de ellos hasta que podamos arreglar que se reúnan con nosotros. Solo hablan alemán, pero quizá ustedes puedan enseñarles algunas palabras y frases en francés.

Michel dijo:

—Estoy seguro de que se habrán dado cuenta de que a Louisa y a mí nos encanta estar rodeados de niños. ¿Cómo no voy a querer enseñarles el idioma más hermoso del mundo? ¿Cuánto tiempo pasará antes de que vuelvan para recogerlos?

—Podrían ser semanas o incluso meses. Nuestra intención es darles un hogar en Woburn. Tenemos que ayudarles a recuperarse del trauma que han sufrido al ver morir a sus padres ante sus propios ojos.

Capítulo 42

Jueves, 29 de abril – Clos des Chêne

La noche anterior, tomaron una cena temprana, pues todos estaban cansados tras los dos días de viaje. Caleb y Rachael compartieron un dormitorio en la última planta, mientras que los demás ocuparon sus habitaciones habituales, que antes habían pertenecido a los dos hijos de Michel y Louisa.

Por la mañana, Louisa sirvió un desayuno de café crème y pan perdu, tras lo cual animaron a los niños a salir al exterior para jugar con su cachorro.

Louise se encargó de planificar su inminente partida.

—Tenemos información de inteligencia vital que debemos hacer llegar al SIS. Esta mañana llamaré a Sybil. Ella organizará una reunión con tu jefe del MI6, sir Hugh Sinclair, y con sir Vernon Kell, jefe del MI5. James, cuando termine la llamada, telefonea a Townsend Brothers Ferries y reserva pasajes para mañana por la tarde. Además, llama a Humphrey y avísale de nuestra llegada mañana por la noche. Dile que pida a Cook que prepare una cena tardía. ¿Se me olvida algo?

Bea preguntó:

—¿Y los niños?

—Se quedarán aquí. Tengo algunas ideas sobre su futuro, una vez que haya tenido oportunidad de hablar con ciertas personas que conozco.

James preguntó:

—¿Qué estás pensando?

—Preferiría no decir nada hasta haber considerado sus opciones.

Esto no dejó satisfecho a nadie, pero sabían lo terca que podía ser Louise. También comprendían que lo sabrían a su debido tiempo para poder ayudar en lo que hiciera falta.

Durante la comida del mediodía, Louise preguntó a los niños por sus nombres completos y fechas de nacimiento.

—Soy Rachael Alma Blumann. Nací el 18 de mayo de 1923. Mi hermano menor es Caleb David Blumann. Nació el 24 de agosto del año siguiente.

Louise anotó estos datos en su diario.

Luego preguntó a James si aún tenía aquella cámara espía en miniatura.

—Siempre la llevo en el bolsillo del pecho. ¿Por qué lo preguntas?

—¿Podrías hacer fotos de cabeza y hombros de cada niño?

—¿Pero para qué?

—Podrían hacer falta.

Después de comer, James pidió a los niños que se colocaran delante de una pared desnuda. Tomó varias instantáneas de cada uno.

Aquella noche, James y Louise se quedaron abajo para tomar una última copa de Pinot. Cuando sonó el teléfono, Louise descolgó el auricular.

Le indicó a James con los labios que era Sybil quien llamaba. Sybil dijo:

—Todos los organismos gubernamentales pertinentes consideran sus informes de inteligencia de la máxima prioridad. Como resultado, Richard y yo hemos concertado una reunión en la sede del SIS para el sábado a mediodía. Será en la misma sala de juntas y con representantes de prácticamente los mismos departamentos que estuvieron presentes cuando regresaron de Alemania en febrero del año pasado.

Louise dijo:

—Mañana por la mañana salimos de Francia y, si el ferry cumple su horario, estaremos de vuelta en Woburn el viernes por la noche.

CAPÍTULO 43

VIERNES, 30 DE ABRIL – WOBURN HALL

A primera hora del viernes por la mañana dejaron Morey-Saint-Denis y llegaron al puerto de Calais a las cinco. Tomaron el ferry y desembarcaron en Dover a las nueve.

Pasadas las diez, entraron en la grava del camino de entrada de Woburn. James se dio cuenta de que las dañadas verjas georgianas de hierro forjado habían sido reparadas y vueltas a colocar en sus goznes. Las luces del porche estaban encendidas y Humphrey salió a los escalones de la entrada seguido de Jarvis y Peets. Los dos sirvientes hicieron una leve reverencia y se ofrecieron a ir a buscar su equipaje.

James dijo:

—Solo tenemos la ropa que llevamos puesta. Es una larga historia. Tuvimos que hacer una retirada bastante precipitada de España.

Cuando entraron en la biblioteca, Dorothy estaba en el sofá, tejiendo. Se levantó y abrazó a su familia.

—La cena está en la mesa. Hemos retrasado nuestra comida para poder escuchar vuestras noticias.

Cook sirvió sopa de puerro y patata, seguida de solomillos de Woburn. James dijo:

—Hemos disfrutado de comidas fantásticas en Francia y de algunas bastante curiosas en España. Pero, por mi parte, he echado muchísimo de menos nuestra carne de Woburn.

Humphrey sonrió de oreja a oreja.

—James, cuéntanos vuestro viaje.

Por consideración hacia su abuela, se saltó deliberadamente las partes más peliagudas.

—En conjunto, diría que nuestra misión ha sido un éxito. Hemos aprendido mucho sobre las causas y sobre los participantes en la guerra civil española. Mañana subiremos a Londres para informar a nuestros organismos.

Bea contó a sus abuelos lo de Caleb y Rachael y las circunstancias en que habían perdido a sus padres.

—Sufrimos algunos bombardeos en el norte de España, pero estamos sanos y salvos. Lo peor fue que los niños tuvieron que presenciar la dolorosa muerte de sus padres.

Humphrey preguntó:

—¿Qué será de ellos?

—Son apátridas y no tienen papeles. Como refugiados judíos, llegaron a España hace apenas un par de semanas. Junto con sus padres viajaron desde las afueras de Múnich, en un periplo que duró varios meses. Conseguimos llevarlos a Francia. Estarán seguros con Michel y Louisa hasta que podamos regularizar su situación aquí, en el Reino Unido.

—¿Y cómo vais a lograr eso?

James dijo:

—No tengo ni idea, pero, por lo visto, Louise tiene algunas ideas.

Humphrey dijo:

—Desde que me retiré del Ejército, he mantenido estrechos contactos tanto con Whitehall como con el Home Office. Podría hacer algunas llamadas.

Louise dijo:

—Esperaba que dijera eso.

Humphrey continuó:

—Se me ocurre otra cosa. Estoy seguro de que Johann y Christina Sherman ayudarían. Son judíos y vivían en Múnich antes de conseguir entrar en el Reino Unido. Sus hijos son ahora bilingües y podrían ayudar a Rachael y Caleb con el inglés para que puedan matricularse algún día en la middle school de Addlestone.

Louise se animó.

—No se me había ocurrido.

Humphrey añadió:

—Me alegro de que estéis a salvo y hayáis regresado de una pieza. Confío en que rechacéis futuros encargos en zonas de guerra activas.

Antes de que Louise subiera, pidió a James que revelara las fotos de Caleb y Rachael que había tomado ayer. Cuando terminó en el sótano, Jarvis lo esperaba al pie de la escalera. Jarvis le entregó cuatro sobres #10.

—Estas son las notas que tomé cuando su asociado, el señor Philby, llamó con su valoración de la situación en España. Dijo que usted había accedido a transmitir sus opiniones tanto a la Nordic League como al señor Blunt. Teniendo eso en cuenta, he hecho cuatro copias, por si quisiera entregar también una al doctor Chillingworth y conservar otra para sus propios archivos.

James aceptó los sobres y dio las gracias a Jarvis por su diligencia.

Capítulo 44

Sábado, 1 de mayo – Broadway Buildings

Donald condujo el Mercedes hasta Westminster y llegó a la sede del SIS a las once cuarenta y cinco. Al entrar por las verjas, unos guardias de seguridad del ejército revisaron su documentación. En el vestíbulo, sir Hugh Paget Sinclair les dio la bienvenida y los acompañó escaleras arriba hasta la sala de conferencias revestida de paneles de roble. Además de sus antiguos tutores, también estaban sentados el director del MI5, el general de división sir Vernon Kell, dos generales del Ejército de uniforme, cuatro ministros del Gabinete acompañados por sus secretarios privados principales, más un puñado de altos agentes del MI5 y del MI6.

Tras las presentaciones de rigor, sir Hugh se puso en pie y dio comienzo a la reunión.

—Tengo que felicitarles por su regreso sano y salvo a Britania. Esta reunión es particularmente oportuna, ya que nuestro gobierno necesita con urgencia la información de inteligencia vital que confío hayan logrado recabar. Mi principal preocupación es su evaluación del posible desenlace de la guerra civil española. Obviamente, Gib sigue ocupando el primer lugar en nuestras mentes en cuanto a la seguridad británica en caso de que se declare la guerra en Europa.

Donald, como agente sénior del MI6, se levantó y habló en primer lugar.

—Presentaremos nuestros informes escritos antes de que termine la semana que viene. Durante nuestra estancia en España hemos tenido la oportunidad de hablar con representantes de alto nivel de ambos bandos del conflicto. Como saben, su guerra civil dura ya más de nueve meses. Nuestra opinión colectiva es que hay pocos indicios de que vaya a terminar pronto o de que vaya a surgir un vencedor claro. El país está fragmentado de forma irreparable. La guerra no es simplemente un conflicto que pueda interpretarse en términos de nacionalistas de derechas contra republicanos de tendencia izquierdista, o incluso de terratenientes ricos contra campesinos empobrecidos. Hay intereses regionales que se interponen en el camino de un arreglo inmediato. Pasamos cinco días en el norte de España y, aunque los vascos no apoyaban necesariamente a ninguno de los bandos, consideran que su propia independencia es prioritaria. En nuestra opinión, esta guerra podría prolongarse varios años más y acabar provocando un número enorme de víctimas.

Sir Hugh preguntó:

—¿Esa es su conclusión conjunta?

Louise se levantó.

—Lo es. Estoy segura de que Donald tenía intención de señalar que un arreglo rápido o negociado resulta casi imposible debido a las influencias externas en este conflicto fratricida. Sus departamentos y nuestro gobierno deben saber que hay una importante presencia militar alemana e italiana en España.

Donald se mostró un tanto molesto.

—Gracias, Louise, pensaba mencionar eso más adelante. Estando en Bilbao, James y yo supimos que Instalaciones Industriales está suministrando materiales a la Wehrmacht, incluidos cobre, zinc y casquillos de latón.

Donald hizo una pausa al darse cuenta de que los secretarios privados estaban ocupados tomando notas.

Al cabo de un momento, sir Hugh dijo:

—Hutchinson, continúe.

—DAF tiene una fuerte presencia en Bilbao y sin duda en otros lugares de las ricas provincias mineras del norte, Asturias, Galicia y Cantabria.

Sir Hugh frunció el ceño.

—Recuérdeme, ¿qué significa DAF?

—Ya hemos descrito esa organización en nuestros informes y, de hecho, usted la mencionó en nuestra última reunión informativa. Son las siglas de Deutsche Arbeitsfront y es la organización laboral nacional alemana. A principios de mayo de 1933, menos de tres meses después de que Hitler tomara el poder, prohibió los sindicatos. Lo hizo utilizando la Ley Habilitante para sortear el

Reichstag y promulgar leyes por su cuenta. En estos momentos, la DAF tiene un enorme poder e influencia dentro del aparato nazi. Los directores de empresa con los que nos reunimos en Bilbao no solo eran miembros de la DAF, sino también partidarios de Hitler y de la Alemania nazi.

Sir Hugh resopló.

—Conozco perfectamente la DAF. Solo quería que la describiera en beneficio del resto de los presentes.

Louise se levantó de nuevo y desvió la conversación.

—Si me lo permite, creo que puedo añadir algo útil. Cuando regresábamos a nuestro hotel en Guernika el lunes pasado, el pueblo estaba siendo bombardeado. El ataque aéreo duró unas tres horas. Oleada tras oleada de aviones lanzaron munición sobre aquella inocente ciudad de mercado, con una población de cinco mil habitantes. Al ser día de mercado semanal, había otros cinco mil compradores y refugiados, además de la población del pueblo. Como se trataba de una serie de bombardeos a baja altura, pude identificar algunos de los aviones. Distinguí Messerschmitt Bf 109 y Heinkel He 70 Blitz.

Louise se sentó mientras Donald proseguía:

—Nuestros documentos de identidad alemanes fueron cruciales. Nos permitieron ser aceptados como directores de empresa alemanes por los hombres de negocios de Bilbao. Los consejos de administración de ambas compañías eran germanoparlantes y apoyaban al NSDAP. El segundo propietario de la fábrica nos dio una especie de advertencia velada de que quizá nos convenía evitar Guernika aquella noche. Nos aproximamos a la ciudad con cautela y sobrevivimos. Eso me indica dos cosas: el ataque fue premeditado y conocido por los simpatizantes locales del Partido Nazi.

Sir Hugh carraspeó.

—Es bueno saber que han descubierto una clara presencia de influencia alemana en España. En Whitehall desearíamos ahora su valoración sobre la probabilidad de que los generales nacionalistas se sumen al Eje con Alemania e Italia. Francia corre claramente el riesgo de ser invadida. Con la posibilidad de que enemigos armados coordinen ataques en ambas fronteras, Francia apenas podría resistir.

Donald respondió:

—No es necesariamente seguro que España firme el tratado del Eje. Supimos que la variedad falangista de fascismo en España se centra en la monarquía, la riqueza y el catolicismo. Las tres son antitéticas al nacionalsocialismo. La economía española está dominada en gran medida por los latifundios. Son terratenientes semifeudales que tratan a sus trabajadores como racialmente inferiores y casi indistinguibles de la propiedad. El señor Munro, propietario de una finca y jefe de prensa de la Falange, llegó a describir al campesinado español como raza esclava. No tuvo reparo en describirlos así, a pesar de creer que nosotros éramos reporteros del Manchester Guardian.

James se puso en pie.

—Sir Hugh, permítame añadir algo. Esta reunión debe tener presente que el sistema económico español es diametralmente opuesto a la posición nazi en lo que respecta a judíos, gitanos y eslavos. El desempleo en Alemania se sitúa actualmente en el 10 %. Hay dos razones para el descenso desde su máximo del 30 % en 1933: evidentemente está el efecto multiplicador del rearme, pero también el hecho de que judíos, gitanos y eslavos han sido excluidos de las estadísticas de la mano de obra. De un plumazo, la fuerza de trabajo se redujo en un ocho por ciento. Hitler ha afirmado a menudo que esos grupos raciales estaban ocupando empleos destinados a alemanes arios. En cambio, los campesinos españoles forman parte integrante de la economía y del modo de vida de los latifundios.

Sir Hugh dijo:

—Sí, pero Mussolini abraza el catolicismo. Intente explicar eso.

—La situación de los tres países no es idéntica. Hitler solo ha apaciguado tácitamente tanto al papa Pío XI como a los católicos bávaros para establecer y luego consolidar su base de poder. Mussolini se vio obligado a cortejar a la Iglesia para alcanzar y seguir ejerciendo el poder. En España hemos sabido que los latifundios son, al parecer, devotos del catolicismo.

James añadió:

—Louise ha sugerido que esto ha producido un conjunto de circunstancias idéntico al que, hace apenas setenta años, condujo a la guerra civil estadounidense. En aquel entonces, la tecnología moderna había dejado obsoleto el sistema feudal de los estados del sur. La esclavitud se había convertido en un modo de vida en esos estados, aunque la mayoría reconocía que estaba anticuada y era ineficiente. Estudios empíricos han demostrado que el precio de mercado de un esclavo superaba con mucho su producto marginal e incluso su producto medio de ingresos.

Al mirar alrededor de la sala, James se dio cuenta de que su desvío hacia la teoría económica caía en saco roto. Decidió volver a su experiencia española.

—Comprobamos que los terratenientes españoles disfrutaban del vasallaje que les ofrecían sus trabajadores y se habían negado a adaptarse a las cambiantes circunstancias económicas. Además, los nacionalistas tienen tanto el poder como el dinero de su parte. Aunque los trabajadores disfrutaron de un breve sabor de democracia tras las elecciones de 1931, son, en la práctica, impotentes a la hora de hacer frente a los ejércitos de los generales nacionalistas. Así que sí, nuestra opinión colectiva es que los nacionalistas acabarán imponiéndose. No me hace ninguna gracia, pero así están las cosas.

Sybil le preguntó a Bea:

—¿Tienes algo que añadir?

—Gracias, sí. En primer lugar, tengo que coincidir con mi hermano. A pesar de que los nacionalistas se declaran cristianos y católicos devotos, no cumplen ni siquiera los principios más básicos del cristianismo que yo observo y que la Iglesia de Inglaterra profesa. Los latifundios utilizan y recompensan económicamente a la Iglesia para sus propios fines, mientras tratan al pueblo español como si fuera menos que humano. En ese sentido, son exactamente como los nazis, que consideran a judíos, eslavos y gitanos como subhumanos o Untermensch.

Sir Hugh aprovechó la pausa de Bea para plantear otra preocupación.

—Hutchinson, confío en que no haya olvidado sacar a colación el tema de Gibraltar. Es un elemento estratégicamente vital para nuestra defensa de Europa. Por esta razón mantenemos una flota permanente en el Peñón, para controlar la entrada al mar Mediterráneo. Esto no solo protege a nuestros aliados en Europa y África, sino que también garantiza la libre circulación del tráfico marítimo a través de Suez. Me gustaría que cada uno de ustedes respondiera a la siguiente pregunta. ¿Creen que el desenlace de esta guerra hará que uno u otro bando deje de refunfuñar y acepte por fin la soberanía británica sobre Gib?

Donald habló primero.

—Planteamos exactamente esa misma cuestión a funcionarios republicanos y nacionalistas. Ambos bandos fueron tajantes al afirmar que, histórica y geográficamente, Gibraltar pertenece a España. Así que la respuesta a su pregunta es un rotundo no.

Sir Hugh miró a los demás, que asintieron.

—Por último, díganme qué han podido saber sobre las Brigadas Internacionales. ¿Han podido valorar la magnitud y la importancia de su impacto y contribución a la causa republicana? No tenemos estimaciones firmes sobre su número, pero creemos que supera ya los cuarenta mil. Al parecer, incluso hay mujeres que se han unido a los combates. Empezaron a reclutar en cuanto comenzó la guerra civil y, según me dicen, obreros de izquierdas de casi cincuenta países se han ofrecido como voluntarios.

Donald dijo:

—La única mención de las Brigadas Internacionales fue la del sargento de la Guardia Civil en la frontera española. No tenía conocimiento directo de sus efectivos, pero dijo que nunca intentaban cruzar por su paso fronterizo. Sabía que llegaban a España simplemente atravesando campos y montañas desde Francia. El alcalde republicano de Madrid se negó a comentar lo que él llamaba voluntarios extranjeros.

Sir Hugh se levantó.

—Creo que eso da por concluido nuestro trabajo. Debo darles las gracias por sus servicios a nuestro país. Acompáñenme a nuestro comedor para almorzar.

Donald se levantó y dijo:

—Hay algo más que quisiera comunicar.

Sir Hugh frunció el gesto y volvió a sentarse.

—Cuando hablábamos con los consejos de administración de dos compañías en Bilbao, James y yo intentamos sabotear sus tratos comerciales con la Wehrmacht. Tomamos la iniciativa de firmar contratos notariales para exportar arrabio relativamente inútil a las fábricas de Krupp y Rheinmetall en Alemania.

Sir Hugh dijo:

—A ver, Hutchinson, eso no figuraba en sus instrucciones y está claro que ha excedido su autoridad. Dígame, ¿qué esperaba conseguir con esa travesura tan infantil?

—Pensé que era obvio. Queríamos interrumpir la cadena de suministro de material bélico vital que fluye desde el norte de España hacia Alemania. Sospecho que les llevará meses restablecer sus calendarios de producción mientras intentan recuperar los envíos que nunca habrían sido pagados.

Sir Hugh se levantó y dijo:

—Bueno, espero que su pequeña y necia jugarreta no se vuelva en contra de alguna manera y perturbe la frágil relación diplomática que nuestro gobierno mantiene actualmente con España. No necesito más reproches por parte del primer ministro de los que ya estoy recibiendo. Y ahora, levantemos la sesión para ir a almorzar.

Cuando los demás se pusieron en pie, Louise permaneció sentada.

—Sir Hugh, con su permiso, me gustaría decir algo más.

Sir Hugh soltó un suspiro y todos volvieron a sentarse. Louise se levantó.

—Sus instrucciones fueron que debíamos entrar en España, evaluar la situación e informarles a nuestro regreso. Hoy estamos haciendo precisamente eso. Sin embargo, cuando habló de nuestra misión con James y Donald, ellos me dijeron que usted quería que evaluaran la probabilidad de que España se sumara al Eje germano-italiano. Seguro que todos en esta sala son conscientes de que Francia está bajo una amenaza inminente de invasión. De hecho, hace unos minutos usted mismo ha aceptado que, si España se alinea con Alemania, Francia apenas podría resistir.

—Sé perfectamente lo que dije. ¿A dónde pretende llegar?

—Sir Hugh, con el mayor respeto, somos agentes experimentados que hemos logrado infiltrarnos en las ramas más internas de las SS, la Gestapo, el Abwehr y los Konzentrationslager, proporcionando así tanto al MI5 como al MI6 información de inteligencia vital. Ya al principio de nuestra misión decidimos que, si nos encontrábamos en posición de influir en el desenlace a favor de la democracia, era nuestro deber actuar. Permanecer como observadores pasivos, sencillamente, no habría sido aceptable.

Al ver que sir Hugh seguía sin parecer convencido, Louise añadió:

—Permítame explicarlo. El pasado mes de julio compartí con Sybil y con mis colegas una cita de Edmund Burke. Escribió: «Lo único que se necesita para que triunfe el mal es que los hombres buenos no hagan nada». Desde luego, cuando entramos en España, no teníamos ni idea de que alguna vez estaríamos en posición de influir en la probabilidad de una posible alianza internacional entre Alemania y España. La injerencia de Donald y James en los calendarios de producción de las fábricas vascas fue una acción audaz que probablemente provocará retrasos de varios meses en el suministro de material bélico a la Wehrmacht.

Sir Hugh interrumpió la exposición de Louise.

—¿Ese tal Burke es uno de mis agentes?

—Fue un diputado angloirlandés del siglo XVIII que representó al Partido Whig.

—Ahora escúcheme, jovencita, no he convocado esta reunión para que intente confundirme citando a políticos muertos de partidos ya desaparecidos. Antes de que diga nada más, como jefe del MI6, esta era mi misión y aquí doy yo las órdenes. Su deber, como mis agentes, es seguirlas al pie de la letra. No le concedí a usted ni a los demás absolutamente ninguna discrecionalidad ni margen de maniobra en este asunto. Además, no quiero oír hablar de insubordinaciones que hayan cometido. Como jefe del MI6, asesoro a Thomas Inskip, ministro de Coordinación de la Defensa, y estoy bajo su autoridad y la de nuestro gobierno electo. Si han comprometido la posición británica de algún modo, la someteré a un consejo de guerra por traición.

Donald se negó a tolerar sus bravuconadas.

—Sir Hugh, permítame que hable con claridad. James y Louise son agentes del MI5 y no están bajo su mando ni bajo su control. Si no está plenamente satisfecho con su actuación, puede hablar de ello con sir Vernon Kell, que está sentado precisamente a su derecha. Dudo mucho que logre convencerle de que despida a dos de sus agentes más brillantes, pero puede intentarlo. En cualquier caso, todas las decisiones que tomamos en España las adoptamos colectivamente. Hemos decidido que presentaremos nuestra dimisión del SIS si siquiera contempla censurar nuestro comportamiento o el de cualquier agente individual. Somos un equipo. En realidad, somos algo más: somos una familia. Nuestras misiones anteriores han tenido éxito porque cuidamos los unos de los otros. Y eso no ha cambiado por sus intentos de amedrentar a Louise.

El rostro de sir Hugh se puso rojo como una amapola, pero permaneció en silencio.

Con tono mesurado, Donald preguntó:

—Ahora bien, sir Hugh, si ha terminado con su conducta intimidatoria, le exijo que deje de amenazar a Louise y le permita continuar.

Sir Hugh volvió a sentarse.

—Muy bien, ¿qué es lo que han hecho?

—Hace unos minutos, usted expresó su preocupación por que España se una al Eje como socio de pleno derecho. Una de las consecuencias sería que la Wehrmacht y el Regio Esercito italiano proporcionarían a los generales nacionalistas tropas y armas adicionales. De hecho, hemos observado que tanto Alemania como Italia están haciendo precisamente eso. Entre todos elaboramos un plan para sembrar la duda sobre las intenciones últimas de Hitler respecto a España. Todas las partes beligerantes y Whitehall son conscientes del papel estratégico que Gibraltar desempeñaría en una futura guerra europea. Si los nacionalistas resultan vencedores, su líder presumible, el general Francisco Franco, es conocido por ser un nacionalista furibundo, además de un fascista. En consecuencia, es obvio que no vería con buenos ojos convertirse en un vasallo de la Alemania nazi. Cuando estuvimos en Cuenca, nos reunimos con el segundo de Franco, el almirante Luis Carrero Blanco. Le enseñamos nuestros antiguos papeles nazis, que nos identificaban como miembros de las SS, la Gestapo y la NS-Frauenschaft. En aquella reunión, Donald le dijo que éramos emisarios enviados por Heinrich Himmler para adquirir la riqueza mineral de las provincias del norte de España para el Tercer Reich. El núcleo de nuestra propuesta era la exigencia de Himmler de la anexión directa del País Vasco, Asturias, Cantabria y Galicia, ricos en recursos. En nuestra opinión, esto refleja las mismas motivaciones de Hitler para una futura invasión y anexión de países al este de Alemania. Aunque Hitler sostiene que tal invasión sería necesaria para unir al pueblo germanoparlante, eso no es más que una cortina de humo propagandística.

—Para agilizar nuestra propuesta, les ofrecimos un incentivo económico con el fin de cerrar el trato. Prometimos abrir cuentas numeradas en Suiza a veinte altos oficiales y miembros del Estado Mayor nacionalistas. Nos comprometimos a depositar un millón de dólares estadounidenses en oro en cada cuenta para asegurar lo que llamamos una amistad duradera y mutuamente beneficiosa entre el Tercer Reich y la España nacionalista.

—Se tragó la propuesta, anzuelo, sedal y plomada, principalmente gracias a nuestros papeles nazis y a nuestra fluidez en alemán. Aunque reconoció la verosimilitud de nuestra oferta, se negó a aceptarla. Amenazó con acusarnos de espionaje por el mero hecho de plantear semejante plan. Fuimos expulsados de inmediato del territorio controlado por los nacionalistas. Incluso dispuso escoltas armados para garantizar que abandonábamos la provincia. Y, de hecho, una semana más tarde, en la frontera francesa, sus militares, bajo órdenes directas del general Francisco Franco, tenían preparada una orden de arresto contra nosotros por lo que él calificó de intento de comprometer al liderazgo nacionalista.

Sir Hugh preguntó:

—¿Y qué pretendía conseguir con ese cuento fantástico?

—Como mínimo, hacer que el liderazgo nacionalista desconfiara de la injerencia alemana en los asuntos españoles. Dado que nuestra opinión colectiva es que los nacionalistas acabarán imponiéndose, creo que hemos dificultado que sus dirigentes lleguen a confiar plenamente en los nazis en futuras negociaciones.

—¿Y si hubiera aceptado sus condiciones? ¿Consideraron siquiera esa posibilidad?

Donald respondió:

—Por supuesto que sí. Habríamos redactado de inmediato el acuerdo, lo habríamos firmado y notariado con todos los protocolos oficiales a nuestro alcance. Pasados unos meses, cuando no se hubieran abierto cuentas suizas a su nombre ni se hubiera acreditado ni un solo millón de dólares en lingotes de oro, sentirían que habían sido víctimas de una estafa nazi. En realidad, era una situación de ganar-ganar.

—Fue una estratagema bastante audaz y arriesgada, ya lo saben.

Donald dijo:

—Como agentes británicos, hemos arriesgado la vida en Inglaterra, Francia, Alemania e Irlanda. Estudiamos varios planes de respaldo para escapar de España en caso de que se descubriera nuestra tapadera. Íbamos armados, teníamos transporte y tres juegos de identidades con los que desconcertar a las autoridades en caso de ser interrogados. En el peor de los casos, habríamos podido dirigirnos al sur, a Gib, y conseguir un pasaje en alguno de los mercantes de la flota que actualmente evacúan a ciudadanos británicos atrapados en los combates. El recién nombrado gobernador de Gibraltar, el general William Ironside, se había ofrecido a ayudarnos en caso necesario. Además, el cuñado de James manda un destructor de la clase Tribal destinado en Gib.

Sir Hugh permaneció sentado, frunciendo el ceño y con los brazos cruzados. Y ello pese a que el resto de los asistentes se puso en pie y los aplaudió por su audacia y su éxito al desconcertar a los nacionalistas.

Finalmente, sir Hugh dijo:

—Bien. Admitiré que, en sus misiones anteriores, tuvieron una suerte extraordinaria y luego fueron felicitados por su capacidad para improvisar planes sobre la marcha. A pesar de su flagrante insubordinación, y con gran reticencia, recomendaré que se consignen sendas menciones oficiales a los cuatro en sus expedientes permanentes. Y ahora, ha llegado la hora de nuestra comida del mediodía.

Los demás se levantaron. Esta vez fue Bea quien se quedó sentada.

—Hay otra cuestión que debe resolverse.

Sir Hugh parecía exasperado.

—¿Y cuál sería esa, jovencita? No eres más que la querida de Hutchinson. No veo por qué tengo que escucharte en absoluto.

Donald se puso en pie, apretó los puños y dio un paso hacia sir Hugh. Cuando Bea puso la mano sobre su brazo, él volvió a su asiento, fulminando con la mirada a su jefe.

Bea no se arredró.

—Cuando entramos en las afueras de Guernika, nos topamos con un intenso bombardeo de la aviación alemana. Una bomba perdida cayó cerca de nuestro coche y la metralla dañó la aleta delantera exterior y el neumático. También destruyó por completo una casa cercana. Estaba habitada, y dos adultos murieron, con la ropa en llamas mientras huían del edificio ardiendo. Iban acompañados de dos niños adolescentes. Vieron morir a sus padres, algo que, estoy segura, les perseguirá mientras vivan.

—¿Por qué nos hace perder el tiempo con este relato por completo irrelevante?

—No podíamos simplemente marcharnos y dejar a los niños allí. Resultó que eran refugiados judíos alemanes que habían pasado meses viajando desde Baviera para encontrar refugio en España. La familia había llegado apenas una semana antes y ahora esos niños eran huérfanos. No tenían familia ni amigos en España y ni siquiera hablaban español. Les ofrecimos protección y nos acompañaron de regreso a Francia. Actualmente están alojados con los tíos de Louise en Borgoña.

Sir Hugh mantuvo su actitud condescendiente.

—Una historia verdaderamente conmovedora, querida mía, pero ¿cuál es su punto?

—El punto, como usted dice, es que, entre todos, nos sentimos responsables de su seguridad y su bienestar. Nos gustaría que se dirigiera al Home Office y les animara a expedir visados de entrada y, posteriormente, pasaportes británicos para que dejen de ser apátridas.

—Cálmese, jovencita. Son ciudadanos alemanes y, por tanto, no pueden considerarse en absoluto apátridas. Simplemente han perdido sus pasaportes. Ahora que están en Francia, el consulado alemán en París puede expedir nuevos pasaportes.

—Sir Hugh, con el máximo respeto, son judíos. Parece que no leyó nuestros informes anteriores o que sencillamente no los entendió. Tras el VII Congreso del Partido de Núremberg, celebrado en septiembre de 1935, Hitler clasificó a los judíos como Staatsangehörige. Eso significaba que se les consideraba súbditos del Estado. Al mismo tiempo introdujo la categoría que llamó Reichsbürger, que pasaron a ser ciudadanos del Estado. Esa designación se reservó para los arios puros, o alemanes con al menos dos progenitores arios. Los demás, aquellos que tenían lo que él llamaba sangre mancillada en su mayoría, fueron denominados Mischlinge. Este término peyorativo incluía a judíos, eslavos y gitanos. De un plumazo, los Mischlinge quedaron reducidos a la apatridia, a pesar de haber nacido en Alemania y tener ascendencia alemana.

—Eso es nuevo para mí. No estoy seguro ni siquiera de creer lo que dice. Debo preguntarle: ¿está dispuesta personalmente a patrocinar sus solicitudes de residencia y eventual ciudadanía? Y, por cierto, ¿tienen medios para pagar la tasa de solicitud de asilo?

—¿Qué tasa? No existen tasas de asilo.

—Hmm. ¿De veras? Pues debería haberlas. ¿Por qué se espera que Gran Bretaña mantenga las caravanas de inmigrantes ilegales que ya están llegando a nuestras costas? Diez libras no incomodarían a esos judíos ricos.

Bea estaba absolutamente horrorizada por su antisemitismo. No obstante, tuvo la presencia de ánimo de regresar a su pregunta anterior.

—En cuanto al patrocinio, estamos los cuatro y contamos con la aprobación de los padres de Donald, lord y lady Hutchinson, así como de mis padres, Humphrey y Dorothy Harcourt-Heath.

—Dicho así, quizá se me ocurran algunas ideas. Actualmente, el Home Office y el Foreign Office están estudiando una propuesta de Florence Nankivell. Forma parte de una organización llamada Central British Fund for German Jewry. Está patrocinada por Nicholas Winton, un corredor de bolsa británico de ascendencia judía austríaca. Es probable que pasen algunos meses antes de que reciba la aprobación parlamentaria. Tal vez pueda convencer al actual ministro del Interior para que agilice el papeleo. Dejen esto en mis manos y me pondré en contacto con ustedes a su debido tiempo.

Bea no estaba dispuesta a aceptarlo.

—Mire, sir Hugh, ese tipo de compromiso vago no significa nada para mí. Esos niños necesitan ayuda y exijo que actúe con la máxima urgencia. ¿Puedo contar con su palabra?

Sir Hugh echó una ojeada a la sala y finalmente dijo:

—Muy bien. Me comprometo a responderles en el plazo de una semana. Ahora, estoy muerto de hambre, así que, ¿podemos levantar la sesión para ir a almorzar?

Cuando Louise se levantó, entregó a sir Hugh un sobre, explicándole que contenía los nombres completos de los niños, sus fechas de nacimiento y dos fotografías de cada uno.

—Creo que esto ayudará a agilizar el proceso.

Tras la clausura de la reunión, entraron en el comedor del Broadway Building. James se sentó junto a Richard y aprovechó la ocasión para ponerse al día de los acontecimientos ocurridos durante su ausencia.

James preguntó:

—Entonces, ¿qué está pasando en Irlanda?

—Todo está tranquilo. Las actividades de Lebensborn nazi se han desmantelado. Ha habido decenas de detenciones de residentes alemanes que trabajaban para apoyar ese programa. Dígame, ¿qué planes tiene ahora que ha regresado sano y salvo a la civilización?

—Hemos echado de menos a nuestros hijos y necesitamos tiempo libre para reencontrarnos con ellos después de este mes de ausencia.

—Tómese todo el tiempo que necesite. Tras los extraordinarios éxitos de su incursión en España, que sir Hugh ha tardado en apreciar, todos ustedes se han ganado una larga licencia. Dicho esto, quizá me permita sugerirle que intente ponerse en contacto con Jock Ramsay y sus conspiradores de la Nordic League.

—Pienso hacer precisamente eso, pero antes quería concertar una reunión con Arnold Deutsch, Leo Long y Anthony Blunt. Si recuerda, me reuní con ellos en Mayfair antes de marcharme a España. En aquella reunión me aceptaron como miembro del Partido Comunista de Gran Bretaña. Querían que les facilitara información interna sobre el desarrollo de la guerra civil española. Esto era especialmente relevante dado que prácticamente todos los voluntarios de las Brigadas Internacionales son socialistas o comunistas.

James le entregó entonces un sobre.

—Por cierto, aquí tiene las notas de Kim Philby sobre sus experiencias en España. Cada semana se las dictaba por teléfono a Jarvis. Creo que le resultarán interesantes.

Richard lo aceptó y añadió:

—Manténgame al corriente de sus reuniones.

Antes de marcharse, Donald entregó las llaves de contacto del Mercedes a sir Hugh.

—Ha tenido un pequeño percance, pero nada que un buen mecánico no pueda arreglar.

Donald era unos quince centímetros más alto que sir Hugh. Mirándolo desde arriba, añadió:

—Permítame darle un consejo. No vuelva jamás a intentar intimidar, avergonzar o humillar a Beatrice. No es mi querida. Es mi esposa y la madre de mi hija. Si vuelve a hacer algo así, tendrá que rendirme cuentas a mí.

—¿Hutchinson, me está amenazando?

—No es una amenaza, es una promesa. Le hago saber que estoy dispuesto a defender la reputación de mi esposa. Buenas tardes, Sinclair.

Donald se dio la vuelta y se marchó con los demás, que habían estado observando la escena desde la puerta del comedor.

Tomaron un taxi negro hasta Waterloo. Mientras esperaban el siguiente tren a Addlestone, James utilizó una cabina telefónica cercana y llamó a Woburn.

—Jarvis, ¿podría pedirle a Peets que venga a recogernos a la estación dentro de una hora aproximadamente?

—Desde luego, señor.

Una vez que subieron al vagón de primera clase, Louise puso la mano sobre el brazo de Donald.

—Creo que te debo una disculpa. Defendiste a Bea y a mí frente a los comentarios toscos de sir Hugh. Sé que he estado comportándome de forma errática desde que el MI6 propuso esta peligrosa incursión en España. No tengo excusa, pero desde que se planteó esta misión, hace ocho meses, he vivido aterrorizada ante la posibilidad de perder todo lo que me es querido.

Se enjugó una lágrima.

—Tenía cuatro meses cuando murieron mis padres. Era una huérfana sin parientes vivos. Solo hace dieciocho meses descubrí que Michel y Louisa eran parientes lejanos míos. Antes de eso, estaba sola y era una solitaria, incapaz de hacer amigos o comprometerme con nadie. Luego encontré a James. Tú y Bea formáis parte de mi familia ahora y lo seréis siempre. Nada podrá cambiarlo.

Donald le estrechó la mano.

—Louise, no tienes absolutamente nada de lo que disculparte. Has sido el eje de nuestro grupo. Solo gracias a ti hemos podido lograr tanto en nuestras misiones. No solo nos guiaste por Francia y España, sino que también organizaste nuestros alojamientos y comidas. Al idear esa estratagema para abrir una brecha entre nazis y nacionalistas, probablemente has salvado decenas de miles de vidas. Yo nunca habría tenido el valor de presentar esa artimaña del arrabio si tú no me hubieras dado la confianza de creer que realmente podíamos influir en el desenlace de la futura guerra europea. Bea me ha repetido muchas veces que puedo ser mandón y que, como resultado, pierdo de vista quiénes son nuestros verdaderos amigos. Quizá se deba a que soy un poco mayor que vosotros. O, más probablemente, a que, como primogénito de nuestra familia, me han permitido salir impune siendo egoísta y ensimismado. Cuando sir Hugh arremetió contra ti en aquella reunión, me di cuenta de que tenía que dejar de escudarme en la prudencia y defender a mis amigos. Louise, tú también eres mi familia y eso nunca cambiará.

A las cuatro y veinte llegaron a la estación de Addlestone y divisaron el Daimler en el aparcamiento. De vuelta en Woburn, Hart les informó de que los niños seguían durmiendo la siesta. Cuando entraron en la biblioteca, Humphrey sacó a relucir la cuestión de los dos niños judíos.

Bea dijo:

—Nos han prometido una decisión rápida del Home Office en cuanto a los visados. Hemos acordado todos actuar como patrocinadores. Espero que no le importe, he incluido a usted y a Dorothy en esa oferta.

—Muy bien hecho. ¿Y cuáles son sus planes inmediatos?

Donald dijo:

—Nos han concedido a todos permiso indefinido para ocuparnos de la familia y de nuestros demás compromisos. Como Genie no nos ha visto en más de un mes, Bea y yo quisiéramos quedarnos aquí una o dos semanas. Es evidente que se ha acostumbrado a estar con sus gemelos y a que el personal de Woburn cuide de ella.

Dorothy dijo:

—Insisto en ello. Y tiene razón, lo mejor para la niña es que no la anden llevando de acá para allá por culpa de sus trabajos. Todavía no tiene diez meses y ahora tendrá que volver a acostumbrarse a sus padres.

James añadió:

—Louise y yo pensamos quedarnos quietos durante los próximos meses. Sin embargo, durante la semana que viene tendré que organizar un par de reuniones en Londres. Tienen que ver con mis funciones dentro del Partido Comunista de Gran Bretaña, la British Union of Fascists y la Nordic League.

Humphrey dijo:

—Cálmate, muchacho. Seguramente no apoyarás a esas organizaciones traidoras.

—Grandpapa, creí que lo sabía. Como parte de mi trabajo para el MI5, he conseguido infiltrarme en las tres. Todos están deseosos de conocer mi opinión sobre el probable vencedor de la guerra civil española, ya que, de cara al futuro, eso afectará a sus respectivas posiciones políticas.

—Ten mucho cuidado. Esa gente puede ser despiadada cuando las cosas no salen como ellos quieren. Y, además, cuentan con poderosas conexiones políticas y financieras.

—No se preocupe. No voy a correr riesgos. De hecho, ¿le importaría que hiciera un par de llamadas telefónicas para concertar las reuniones?

Humphrey señaló su escritorio de la biblioteca.

—Siéntete libre de usar mi teléfono nuevo, a menos que necesites un poco de intimidad.

James se sentó al escritorio de roble de Humphrey y llamó primero a Anthony Blunt.

Cuando el mayordomo de Blunt le avisó de la llamada, James dijo:

—Anthony, anoche regresé de mi incursión en España. Me gustaría reunirme contigo y con los demás para ofreceros mis impresiones sobre el probable desenlace de su guerra civil.

—¿Estaría disponible a media semana para vernos con Arnold, Leo y conmigo? ¿Qué tal el East India Club, el miércoles a la una?

—Perfecto.

James llamó después a Jock Ramsay. Cuando este se puso al teléfono, James dijo:

—He vuelto a Blighty, sano y salvo.

—Excelente noticia. Mi Comité Ejecutivo está deseando conocer sus impresiones sobre el desenlace probable de la guerra civil y, si fuera posible, un horizonte temporal aproximado para su final. Ahora mismo estamos en un limbo político sin saber a qué caballo hay que apostar. Convocaré una reunión para el domingo por la noche. ¿Le viene bien a las siete y media para las ocho?

—Por supuesto. Nos vemos entonces.

Jarvis y Peets empezaron a servir los aperitivos. Veinte minutos después, hizo sonar el gong. Pasaron al comedor, donde de nuevo había carne de Woburn en el menú. Aquella noche, Cook sirvió un asado de costillar, poco hecho a punto medio.

Después de la cena, la familia volvió a la biblioteca, donde Jarvis sirvió café y digestivos.

Humphrey pidió a James que desarrollara su relación con el Partido Comunista.

—Muchos de los antiguos Apostles de Cambridge son marxistas. Están convencidos de que una toma de decisiones centralizada conducirá tanto a la equidad como a la prosperidad para el pueblo ruso.

—Soy bastante escéptico al respecto. ¿Cuál es su opinión?

—Soy algo así como un agnóstico en cuanto a los pretendidos beneficios del comunismo. Sería una idea agradable pensar que todos podrían vivir en armonía con un Comité Central eficiente y benévolo que tomara decisiones sobre cómo asignar los recursos escasos. A mi juicio, intentan construir castillos en el aire.

Louise dijo:

—No debemos permitir que un grupo todopoderoso tome decisiones sobre la vida de la gente. Si un régimen potencialmente corrupto se hiciera con el poder sin ningún control sobre su autoridad, la historia demuestra que llevaría a la tiranía.

James dijo:

—Supongo que ahora se refiere a mi ensayo de los Apostles. Sabe que ha sido refutado de mil maneras. Me resultó verdaderamente desconcertante que lo adoptaran como hoja de ruta política polos tan opuestos como el Partido Comunista de Gran Bretaña y el Alto Mando nazi. La BUF de Mosley y la NL de Ramsay también lo vieron como un plano para crear una futura Gran Bretaña fascista. Por otra parte, sirvió de advertencia para los republicanos españoles. El alcalde de Madrid, que había leído una traducción, reconoció los peligros inherentes a permitir que un grupo todopoderoso controlara la toma de decisiones.

Bea dejó su copa de oporto.

—Creo que todos os estáis centrando en los extremos del espectro político. Seguramente deba de existir un punto intermedio. No es necesario adoptar una solución capitalista de laissez-faire sin regulación ni aceptar ciegamente el Manifiesto Comunista. Pienso que hay compromisos posibles. Todos hemos observado los peligros inherentes al capitalismo de libre mercado. Los empresarios ricos y poderosos se enriquecen aún más a costa de sus obreros. Los sindicatos hacen lo que pueden para mitigar los daños, pero sabemos que, en la Alemania nazi, la DAF ha prohibido los sindicatos. En Gran Bretaña, la afiliación sindical ha aumentado y representa cerca del 40 % de la mano de obra manual.

James dijo:

—Entonces, vamos bien.

—No has entendido nada. La mera necesidad de sindicatos para proteger los derechos de los trabajadores refleja un fallo grave en nuestro sistema de gobierno. Tener el afán de lucro como única fuerza motriz de la sociedad es sencillamente erróneo y raya en lo maligno. La palabra socialismo deriva del latín sociare, que significa compartir. La palabra sociedad tiene la misma raíz. Todos estamos juntos en esto y deberíamos sentirnos impulsados a cuidar de quienes son menos afortunados que nosotros.

Humphrey dijo:

—No podría estar más de acuerdo. Yo no tengo poder para cambiar el sistema, pero con la labor benéfica de la familia hacemos lo que podemos.

Bea dijo:

—Sí, Grandpapa, pero eso no basta. Hace falta mucho más. Deberíamos intentar crear un sistema político basado en el cuidado de nuestro prójimo. Ahora mismo, las fábricas y las minas emplean mano de obra infantil y producen bienes peligrosos para el consumo. Al hacerlo, generan humo y residuos.

Donald dijo:

—Bea, la idea de que más es mejor es un instinto humano básico que se remonta a cuando éramos monos. Poco podemos hacer para cambiar el deseo individual de adquisición y codicia.

—Sí se puede. Permíteme darte un ejemplo. Antes de 1833, la extinción de incendios en Londres estaba a cargo de compañías privadas. Si eras rico, podías comprar un seguro contra incendios. Si tu casa corría peligro, el servicio de bomberos acudía y se ocupaba del problema. Para ello, adquirías una placa de seguro contra incendios que colocabas en la fachada de tu casa. Si la vivienda de tu vecino se incendiaba, el servicio acudía, miraba y no hacía nada, salvo que el fuego amenazara tu residencia. ¿Te parece eficiente o siquiera justo?

—¿Y qué hay de la educación? Todos los presentes hemos recibido enseñanza privada. ¿No sería Gran Bretaña un lugar mejor si todos los niños tuvieran acceso a buenos colegios, con clases reducidas? ¿Por qué la edad de escolarización obligatoria se fija en catorce años? He oído a los ricos preguntar: «Yo no uso las bibliotecas, ¿por qué he de pagarlas?» o «Tengo mi finca privada, ¿por qué he de financiar los parques públicos?» En el siglo pasado, el magnate escocés del acero Andrew Carnegie fue uno de los hombres más ricos del mundo. Regaló el 90 % de su fortuna para crear obras benéficas, fundaciones y universidades. También financió más de dos mil quinientas bibliotecas en Estados Unidos y Europa.

Humphrey dijo:

—Eso mismo sostengo. La buena voluntad y la caridad pueden remediar los fallos de la sociedad.

—Pero, Grandpapa, usted mismo sería el primero en admitir que la caridad es un método incierto para proporcionar servicios sociales universalmente accesibles. Un mal año en la bolsa y los fondos pueden agotarse. O bien el benefactor puede morir y sus hijos codiciosos cambiar de parecer. Entonces, ¿qué? Lo que se necesita es la certeza de que los programas que benefician a todos los miembros de la sociedad están plenamente financiados para poder continuar en el futuro.

Bea hizo una pausa para sorber su oporto.

—Y luego está la sanidad. A mi juicio, debería existir como un derecho universal para todas las personas del planeta. A escala mundial, la esperanza de vida de los pobres es aproximadamente la mitad que la de los ricos. Puede que les sorprenda saber que esa misma estadística se aplica a Gran Bretaña. Deberíamos adoptar un sistema sanitario que atienda a todos, independientemente de su capacidad de pago. En estos momentos no hay garantía alguna de que el agua que sale por nuestros grifos sea limpia y esté libre de plomo. Las «nieblas de guisantes» de Londres se deben a las emisiones de las fábricas y a los fuegos de carbón para calefacción y cocina. Hace no tantos años, el Parlamento quedó inutilizado por la contaminación fecal del Támesis. Aquel episodio se llamó la Gran Pestilencia. Fue necesario que nuestro gobierno aprobara leyes para mejorar el saneamiento de Londres. Además de eso, nuestros compatriotas y sus hijos pasan hambre.

—En Estados Unidos, el presidente Roosevelt está introduciendo lo que llama un New Deal para el pueblo estadounidense. Su objetivo es proporcionar alivio, recuperación y reforma del sistema que condujo a la Gran Depresión. Gran Bretaña debería hacer lo mismo.

Louise dijo:

—Bea, eres socialista. No tenía ni idea.

—Si quieres ponerme una etiqueta, preferiría que me llamaras cristiana o humanista.

—Un momento, Bea, estoy de tu lado. ¿Recuerdas lo que vimos en la ría de Bilbao? El aire era irrespirable por el humo y el río estaba negro por los vertidos de residuos industriales. Ver aquello me hizo comprender que todos compartimos este planeta. Coincido contigo. Es nuestro deber sagrado proteger a Gaia.

Al oír esto, Humphrey dijo:

—Cuando yo era un niño de cinco o seis años, mi querida madre me dijo algo muy parecido. Una vez me dijo que tenía la obligación de dejar este lugar un poquito mejor de como lo había encontrado. Creo que se refería a mi dormitorio, pero esas palabras han permanecido conmigo durante los últimos setenta y cinco años. He intentado ser fiel a ese espíritu apoyando obras benéficas y colaborando con nuestro gobierno para derrotar al fascismo.

Bea apuró su oporto y concluyó:

—Nuestro gobierno tiene un papel activo que desempeñar para mejorar la vida de nuestros ciudadanos. Si desean clasificar eso como comunismo, siéntanse libres de hacerlo. Yo creo que el término correcto es socialismo democrático. Quiero poder elegir un gobierno cuyo programa electoral incluya políticas para proteger a todos los miembros de nuestra sociedad, ricos y pobres, viejos y jóvenes, sanos o con problemas crónicos de salud. Creo que eso sería posible si rechazamos los principios del capitalismo desenfrenado, de sálvese quien pueda, que promueven los fascistas y el Partido Tory.

Bea aún no había terminado.

—Me queda una última reflexión. Louise, querías ponerme una etiqueta. No me importaría que me llamaras marxista. En 1849, Karl Marx fue exiliado a Gran Bretaña. Vivió en Londres y permaneció allí los treinta y cuatro años siguientes, hasta su muerte a los sesenta y cuatro. Basó su filosofía en un principio rector: «De cada cual según su capacidad, a cada cual según sus necesidades». Creo que esa filosofía es perfectamente compatible con las enseñanzas de Jesús.

CAPÍTULO 45

MIÉRCOLES, 5 DE MAYO – EAST INDIA CLUB

Por la mañana, James tomó el tren de las 11:37 a Waterloo y paró un taxi negro para que lo llevara a St James's Square. En la recepción del club, un empleado de uniforme comprobó su tarjeta de socio. Al entrar en el comedor, vio a Blunt, Long y Deutsch sentados a una mesa en el rincón del fondo. Un camarero estaba llenando sus copas de champán. Cuando le vieron, se levantaron y le estrecharon la mano.

Blunt dijo:

—Veo que has regresado entero. ¿Cómo era España?

—Es una zona de guerra, simple y llanamente. Había tropas uniformadas por todas partes. De hecho, cuando intentamos regresar a nuestro hotel a las afueras de Bilbao, nos pilló un bombardeo de tres horas dirigido por aviones alemanes. Salimos huyendo y nos dirigimos directamente a la frontera. Tuvimos que abandonar todas nuestras pertenencias y, dada la magnitud aparente del ataque, las bajas deben de haber sido enormes. Dudo que quede intacta gran parte de la ciudad.

Arnold dijo:

—Es interesante saber que los alemanes están participando activamente del lado de los nacionalistas. ¿Cree que eso significa que acabarán imponiéndose?

—Difícil de decir, pero sí, probablemente. España es un país grande, más del doble del tamaño del Reino Unido. Tiene una gran variedad de relieves y climas. El norte es verde y fértil y bastante distinto del sur, donde parte del territorio es casi desértico. El norte posee una enorme riqueza mineral, mientras que el sur es principalmente agrario. En el norte también existen fuertes lealtades regionales, lo que hace que algunas provincias se comporten casi como países aparte. El sur está dominado por terratenientes feudales y los lugareños son esclavos de hecho. Cuando se aprobó la Constitución, a principios de 1931, el pueblo español probó un poco de democracia. Podría resultar difícil volver a meter al genio en la botella.

James dio un sorbo a su champán.

—Dicho esto, las tropas nacionalistas están bien armadas con armamento alemán e italiano. Supimos que reciben ayuda de la Luftwaffe, la Kriegsmarine y la Aviazione Legionaria de Mussolini.

En ese momento llegó un camarero para tomarles nota del almuerzo.

Después de elegir sus platos, Arnold pidió una segunda botella de champán. Luego preguntó a James:

—Si los generales llevan la ventaja, ¿cuánto tiempo pasará antes de que liquiden a los republicanos?

—Años más que meses. Los combates son encarnizados. Los republicanos con los que hablamos estaban decididos a vencer. En caso de lograrlo, planean modernizar España adoptando instituciones democráticas. También quedó claro, por nuestras conversaciones con el segundo de Franco, que existe mucha desconfianza hacia Hitler y su variedad de fascismo.

Leo se animó:

—Cuéntelo.

—Los dirigentes nacionalistas creen acertadamente que Hitler está empeñado en la dominación de Europa. Los generales españoles quieren esencialmente que España vuelva a ser una sociedad agraria estable pero anclada en el pasado, donde los campesinos están controlados por la aristocracia terrateniente. El plan maestro de Hitler es crear una Europa industrializada y militarizada. Los nacionalistas españoles añoran tiempos más sencillos, cuando su Imperio dominaba gran parte del mundo. Dicho esto, aparte de resolver la disputa con el Reino Unido sobre Gibraltar, los dirigentes nacionalistas aparentemente no tienen ambiciones de expandir sus fronteras. En cambio, la retórica de Hitler y Mussolini es siempre imperialista. Creo que España estaría satisfecha con ser un socio silencioso, mientras las potencias del Eje le permitieran conservar su autonomía, el catolicismo y la garantía de que los generales seguirían en el poder de por vida.

Cuando trajeron la carta de postres, Arnold Deutsch dijo:

—Es una visión interesante de los acontecimientos. La trasladaré a mis contactos en Moscú. ¿Y qué hay de nuestros camaradas de las Brigadas Internacionales?

—En cuanto a los voluntarios de las BI, tengo entendido que unos cincuenta mil hombres y mujeres han llegado a España. No tengo idea de si podrán cambiar el curso de la guerra. Lo siento, no puedo ser más preciso. Mi esposa y yo solo estuvimos allí algo más de dos semanas.

Arnold dijo:

—James, le agradecemos que nos aporte esta información desde dentro. Muy pocas de las crónicas de la prensa británica resultan siquiera verosímiles. Supongo que debemos prepararnos para la posibilidad de que los generales nacionalistas se unan a Hitler y Mussolini. Por desgracia, ambos consideran a la madre Rusia su enemiga.

—Un momento. Mientras estuvimos allí, tratamos de sembrar la semilla del descontento en lo referente a las intenciones de Alemania hacia España. Sugerimos al segundo de Franco que Hitler quería apoderarse de los valiosos recursos minerales de España, ya fuera mediante adquisiciones empresariales o directamente por anexión. De hecho, eso fue lo que hizo con el Sarre en 1935, con Renania en 1936 y, presumiblemente, lo que piensa hacer con Polonia y otros vecinos orientales de Alemania.

—Eso sí que son buenas noticias. Ahora mismo nos aferramos a un clavo ardiendo. Lo que más nos preocupa es que Hitler acabe controlando por completo España y se haga con Gibraltar. Entonces él y Mussolini dominarían el Mediterráneo, Suez y toda el África del Norte.

James asintió.

—Eso también preocupa al Reino Unido. Se da por hecho que las potencias del Eje pretenden atacar tanto a Gran Bretaña como a Rusia para dominar Europa. Debo decir que dudo bastante que los estadounidenses nos ayuden gran cosa. Sigue predominando en el país un fuerte movimiento aislacionista y antibelicista. Lo lideran Henry Ford, el clérigo Gerald L. K. Smith y Charles

Lindbergh. Han creado lo que han denominado el America First Committee. No olvide que los yanquis tardaron casi tres años en decidirse a entrar en la Gran Guerra. Es curioso que sus políticos llamen a la Gran Guerra la guerra del 17-18 y no la del 14-18. Dado su enfoque aislacionista en las relaciones internacionales, haría falta un acontecimiento realmente extraordinario para que volvieran a apoyar al Reino Unido.

James añadió:

—Hay otra cosa. Mi ayuda de cámara ha tomado notas de las llamadas semanales de Kim Philby con su visión de la guerra civil.

Le entregó a Blunt el sobre que contenía los folios. Tras pagar la cuenta, Arnold dijo que avisaría a James de futuras reuniones del Partido Comunista.

James tomó el tren de las 4:15 a Addlestone y estaba en casa a las cinco. Encontró a Louise jugando con Jamie y Dottie sobre una manta en el suelo de la biblioteca.

Cuando ella le preguntó por la reunión, James dijo:

—Les he transmitido nuestras reflexiones sobre la probabilidad de que los nacionalistas se unan a una alianza formal con Alemania.

—Bien hecho. Cuanto más logremos dividir y separar a los distintos protagonistas, más segura estará Gran Bretaña. Por ahora, los generales españoles parecen totalmente absortos en sus luchas internas. Es muy poco probable que se molesten en concentrarse en intentar recuperar Gibraltar. Perder Gib en favor del Eje sería un desastre para el Reino Unido.

Capítulo 46

Sábado, 8 de mayo – Woburn

El resto de la semana estuvo dominado por asuntos familiares en previsión de la coronación del rey Jorge VI. Humphrey y Dorothy prepararon sus vestuarios para la visita al Palacio, donde él recibiría su título de Knight Bachelor. El mes pasado, Humphrey había ido a un sastre de prendas a medida en Weybridge para que le tomaran medidas para un nuevo chaqué de mañana. Llegó el miércoles por la mañana. Aquella noche se lo probó delante de la familia antes de la cena. Constaba de una levita negra, chaleco gris paloma y pantalones a rayas. Dorothy insistió en que se cambiara por si se le ocurría derramar algo sobre la pechera almidonada. La semana anterior, el personal de Woburn había limpiado y planchado su frac de corbata blanca para la cena en Palacio.

El martes por la noche, Nicholas y Helen llegaron de Dublín. Como miembro de la nobleza, Nicholas había sido invitado a la coronación, pero no a la cena en Palacio. Al parecer, ese acto estaba reservado únicamente a quienes recibirían honores.

Louise había acompañado a Dorothy a Harrods, donde Dorothy eligió un vestido de noche para ambas ocasiones formales.

Humphrey dijo:

—La ceremonia propiamente dicha de Honores está prevista para el próximo martes. The London Gazette recoge los detalles de quienes recibirán condecoraciones. Viajaremos todos a Londres el lunes y nos alojaremos en el East India Club. La coronación de Jorge VI en la abadía de Westminster está fijada para el miércoles 12 de mayo. Obviamente, Dorothy y yo estaremos entre los invitados. Nicholas y Helen, y Gerald y Mary también se sumarán a nosotros tanto en el Palacio como en la abadía de Westminster. Me temo que el resto tendrán que verlo desde fuera, si es que deciden ir.

James dijo:

—Allí estaremos. Menos mal que hice las reservas en diciembre. Para que lo sepa, he recibido confirmaciones por escrito para los diez en el East India Club y para la cena del martes en el Ritz.

Louise añadió:

—He leído que la coronación se televisará. Será el primer gran acontecimiento retransmitido por la BBC.

Se organizó una cena para el sábado por la noche. Entre oporto y brandy, James comentó que tendría que ausentarse mañana por la noche, ya que había quedado a cenar en Londres con unos amigos.

Capítulo 47

Domingo, 9 de mayo – Cheyne Walk, Chelsea

En el desayuno, Jarvis informó a James de que había oído en la radio que, debido a obras de ingeniería en Kingston upon Thames, la Southern Railway había suspendido el servicio en la Chertsey Branch Line entre Woking y Waterloo.

James se encogió de hombros.

—Eso es bastante normal los domingos. Conduciré hasta Londres. Siempre hay mucho sitio para aparcar en Chelsea. Mi reunión no debería durar más de un par de horas, así que debería estar de vuelta a las diez y media.

Las cuatro parejas se unieron a Humphrey y Dorothy en sus rituales dominicales habituales. Asistieron al segundo oficio en St Paul's y luego tomaron algo en el George. Estaba inusualmente abarrotado porque los lugareños celebraban el Mes de la Coronación, un periodo de festividades declarado por el rey Jorge VI. No obstante, encontraron sitio en su mesa de siempre. Cuando el tabernero se acercó para tomar las primeras consumiciones, Humphrey presentó a sus invitados a Arthur Collyer. Este hizo una ligera reverencia al saber que estaba en presencia de tantas parejas con título. Felicitó a Humphrey por su elevación a la nobleza, añadiendo que había visto el anuncio tanto en el Surrey Advertiser como en el Surrey Mirror. Más tarde, el señor Peets los esperó a la puerta del George y condujo a la generación mayor de vuelta a Woburn.

A las dos se sentaron ante un asado de buey de Woburn, patatas salteadas, zanahorias asadas y espinacas. De postre, Cook sirvió su habitual crumble de manzana, esta vez con canela y nuez moscada.

Después de la comida, los mayores subieron a hacer su siesta acostumbrada. Mientras ellos estaban fuera, Louise preguntó a James por su reunión del Comité Ejecutivo de la Nordic League.

—Quieren conocer mi opinión sobre el posible desenlace de la guerra civil para decidir a qué bando apoyar con su dinero y su influencia política. Les diré que espero que los nacionalistas acaben imponiéndose, pero que probablemente será una lucha larga y sangrienta. Como apoyan a los nazis, les hablaré del bombardeo alemán que presenciamos e intentaré conducirlos a la conclusión de que, con el tiempo, los generales cooperarán con Hitler y Mussolini.

—¿No podrías hacerlo por teléfono?

—Ramsay es cauto hasta el extremo de la paranoia. Cree que los teléfonos y el correo de los miembros de la Nordic League están siendo intervenidos, de ahí la necesidad de estas reuniones en persona. En realidad, en eso tiene razón. Richard me dijo que tanto la NL como la BUF están bajo estrecha vigilancia del Home Office y de la GPO. Espero que sea una reunión breve, quizá solo con bebidas y hors d'oeuvres.

—En ese caso, iré contigo. Me gustaría pasear tranquilamente por la orilla del Támesis y ver las celebraciones de la Coronación.

Salieron de Woburn a las siete y llegaron frente a la casa de Jock Ramsay a menos cuarto de ocho.

Louise dijo:

—Nos vemos aquí dentro de un par de horas. He leído que hay previsto un espectáculo de fuegos artificiales en Battersea Bridge y que las gabarras del Támesis desplegarán sus velas rojas a tiro de piedra de Cheyne Walk.

Cuando se detuvieron frente a la casa georgiana de Ramsay, James le entregó a Louise las llaves del Railton.

—No tengo idea de cuánto tardaré. Si refresca o empieza a lloviznar, vuelve al coche. A más tardar, estaré fuera a las nueve y media.

Se besaron y James subió hasta la puerta principal y tocó el timbre. Cuando Louise vio que el mayordomo le abría y lo dejaba entrar en la casa, se dio la vuelta y caminó hacia el río.

Jock Ramsay recibió a James. Lo primero que este advirtió fue que el salón estaba prácticamente vacío, aparte de William Joyce y otro caballero.

Jock explicó:

—He decidido recibir tu informe en persona antes de que lo presentes a mi comité en pleno.

El mayordomo ofreció a James una copa de champán al entrar en la estancia. Primero estrechó la mano a Joyce, a quien ya había visto en numerosas ocasiones en sus tratos con la BUF. El otro hombre le era desconocido. Jock se lo presentó como Alexander Thomson. Era un escocés bajo y corpulento, con un bigote frondoso. James le estrechó la mano mientras se presentaba.

Jock dijo:

—Alexander es el Director de Política de la BUF y suele usar su segundo nombre, Raven. ¿Se conocían?

—Raven, ¿no fue a usted a quien vi en la tarima de la estación de Tower Hill antes de la marcha de Mosley por el East End?

—James, yo estaba allí. De hecho, sé todo sobre ti por aquel excelente trabajo que presentaste a tus Cambridge Apostles. Kim y yo hemos utilizado muchas de tus ideas en los últimos dos años. En mi obra fundamental, The Coming Corporate State, expongo mi visión de un gobierno al estilo BUF en Gran Bretaña. Se publicó a principios de este año. Espero que no te importe, en los capítulos dos y tres en realidad plagié algunas de tus ideas.

—Leí tu publicación anterior, The Corporate State, que creo que salió hace un par de años.

—La he actualizado. Siguiendo las directrices que proponías en tu ensayo, creo que podremos llegar al poder más temprano que tarde.

James prosiguió:

—Jock, supongo que me has pedido que venga para que os dé mi visión del estado actual de la guerra civil española. Como sabes, fui allí bajo la apariencia de reportero del Guardian. Mi objetivo específico era proporcionar a la Nordic League, y de forma indirecta a la BUF, información que les ayudase a decidir qué bando apoyar con su dinero y su influencia política.

James metió la mano en el bolsillo interior de la chaqueta y entregó a Ramsay un sobre con las notas telefónicas que Jarvis había tomado de Philby.

Ramsay dijo:

—Kim me dijo que te había pasado esta información. Me preguntaba si llegaría a ver la luz del día.

—¿A qué te refieres?

—Ahora llegaremos a eso. Por el momento, queremos oír tu opinión sobre cuál de los bandos puede salir victorioso de su guerra civil.

—Estoy seguro de que lo que voy a contar complacerá tanto a la BUF como a la NL. Según mi evaluación, y también la de Philby, el vencedor final serán los nacionalistas. Lo digo porque tengo pruebas de primera mano de que la Wehrmacht les está prestando ayuda militar. Esto incluye cazas, bombarderos, instrucción de tropas, munición y la intervención de la Kriegsmarine. Los republicanos están fragmentados y nunca podrán resistir la potencia militar de la Wehrmacht. Además, los nacionalistas controlan la inmensa mayoría de la riqueza española.

Raven dijo:

—Oswald y yo lo sospechábamos, pero es bueno que nos confirmen nuestras impresiones. Ahora podemos lanzar una nueva campaña de captación, después de aquel revés en la concentración del East End de octubre pasado.

Jock hizo sonar una campanilla y el mayordomo y una doncella entraron en la sala. Él les rellenó las copas de champán y ella ofreció dos bandejas de plata con hors d'oeuvres.

Una vez despedidos los sirvientes, continuaron la conversación. Jock dijo:

—James, hemos tenido problemas de seguridad. Mis miembros de la NL y la dirección de la BUF creen que su correo está siendo vigilado y sus teléfonos pinchados. En efecto, durante el último año hemos actuado partiendo de ese supuesto. Mosley ha estado investigando activamente a sus cuadros superiores de la BUF y ha llegado a la conclusión de que el problema está en nuestro propio bando.

—No puede ser. Llevamos el barco con mano firme. Somos caballeros y ninguno de nosotros traicionaría confidencias. Además, todos trabajamos para alcanzar el mismo fin.

Jock le sostuvo la mirada.

—¿Y ese fin es?

—Obviamente, alinearnos con Alemania como parte del Eje. Si Gran Bretaña decidiera mantener la neutralidad, ofreceremos nuestro apoyo político y financiero a los nacionalsocialistas.

—Sí, bueno, tengo que decirte que no hemos estado de brazos cruzados. Estamos seguros de haber descubierto al informador. Es una persona que trabaja con el MI5 desde otoño de 1934.

—Venga, cuéntamelo. Tenemos que identificar y eliminar al traidor antes de que cause más daño.

—Eso mismo pensamos. James, tenemos pruebas irrefutables y un testimonio creíble de que tú eres ese traidor.

—Disparate.

—¿Recuerdas haber conocido a Michael Straight en una de tus reuniones de los Apostles? Es estadounidense, estudió Historia en Trinity. Allí abrazó el comunismo y comenzó a trabajar para la NKVD. El mes pasado, fue detenido por la Special Branch. Para evitar la cárcel y poder regresar a Estados Unidos, informó al MI6 de que Anthony Blunt trabajaba para los rusos y de que tú eras un agente del MI5. Nos llevó meses encajar las piezas porque nuestros contactos en el MI6 apenas tratan con sus homólogos de su organización hermana, el MI5.

James dijo:

—Muy bien, presentaré mi dimisión y me despediré.

En ese instante, Joyce y Raven sacaron sendas pistolas Webley de los bolsillos de sus chaquetas. James iba armado con su Beretta. Raven lo cacheó, se la confiscó y se la guardó en el bolsillo de la americana.

Jock dijo:

—Me temo que ya es un poco tarde para eso. Sabes demasiado sobre el funcionamiento interno de ambas organizaciones como para que podamos permitirte seguir con vida.

A punta de pistola, Raven y Joyce escoltaron a James hasta la puerta principal. Una vez fuera, lo empujaron al asiento trasero de un Wolseley negro, aparcado a pocos metros por delante de su Railton. Como estaba oscuro y había estado lloviznando, James albergaba la esperanza de que Louise hubiera regresado al coche. Al pasar bajo una farola, echó un vistazo al Railton a oscuras y negó con la cabeza. Si Louise estaba allí, confiaba en que hubiera advertido aquel gesto.

Raven se sentó junto a James en la parte trasera y Joyce ocupó el asiento del conductor. El Wolseley se lanzó a toda velocidad en la noche brumosa.

Louise se desplazó hacia su derecha hasta el asiento del conductor. No puso en marcha el coche ni encendió los faros hasta que el Wolseley giró a la izquierda hacia Chelsea Embankment.

En varias ocasiones, James se había jactado de que el Railton era un coche extremadamente potente gracias a su motor Hudson de ocho cilindros y 4,2 litros. Ella nunca lo había conducido, pero sabía que podría seguirlo sin dificultad, salvo que otros coches entorpecieran su avance. El tráfico era ligero y, una vez pasado Battersea Bridge, alcanzó al Wolseley. No le preocupaba demasiado que la descubrieran, ya que solo había dos hombres en el Wolseley, el conductor pendiente del tráfico y el otro, presumiblemente, vigilando a James. Se mantuvo a unos treinta metros, porque no quería quedarse atrapada por un semáforo. El Wolseley continuó por el Embankment y entró en el ya desierto distrito financiero de la City de Londres. Louise lo siguió en dirección a Stepney, pero luego giró a la izquierda hacia Bethnal Green. Louise sabía que esa zona del East End era un foco de fascismo, uno de los caladeros de reclutamiento más fructíferos de la BUF en Gran Bretaña. Era de dominio público que los vecinos del East End constituían una parte considerable de los camisas negras de la BUF en la batalla de Cable Street. Ella le daba vueltas a todo esto cuando el Wolseley se detuvo frente a un almacén aislado en Brick Lane.

Louise apagó las luces y aparcó a unos cincuenta metros del Wolseley. Vio cómo James bajaba por la puerta trasera y era seguido por los dos hombres.

Una vez ellos entraron en el edificio, ella los siguió por la verja de hierro, que se había quedado entornada. Dentro del almacén vio luces que iluminaban una estancia acristalada que, pensó, probablemente servía como oficina de contabilidad durante el horario comercial. Distinguió a James sentado en una silla y a dos hombres de pie a su lado, armados.

Louise se acercó a la puerta de media luna acristalada, la abrió de golpe y gritó:

—Ni un solo movimiento.

Sostenía su identificación del MI5 en la mano izquierda y la Beretta en la derecha, y disparó dos tiros al techo. Gritó por encima del hombro:

—Muy bien, hombres, los he encontrado.

Sin apartar los ojos de los tres hombres, añadió:

—Dejen sus armas sobre la mesa, despacio. Agente Harcourt-Heath, levántese y camine hacia mí.

Tras recuperar la Beretta del bolsillo de la chaqueta de Raven, James se unió a Louise, apuntando con su arma a Joyce y a Raven.

Louise se dirigió a los dos hombres:

—El secuestro y la privación ilegal de libertad son delitos según el common law británico. Cuando lleguen mis agentes, los detendrán a ambos y los llevarán a la prisión de Wandsworth. Dado que se trata de delitos graves, permanecerán bajo custodia sin derecho a libertad bajo fianza hasta que un magistrado fije la fecha del juicio.

Sin dejar de apuntar en su dirección, dijo:

—Quítense los zapatos, vacíen los bolsillos de la chaqueta y del pantalón y coloquen el contenido sobre la mesa. Siéntense los dos en el suelo, de cara a la pared del fondo, para que mi equipo no se sienta amenazado cuando llegue. Ahora mismo, supongo que estarán esperando refuerzos de la Special Branch. Agente Harcourt-Heath, confisque sus armas, zapatos, carteras y demás pertenencias. Se utilizarán como pruebas en el juicio. Como en este secuestro se han utilizado armas de fuego, pueden esperar condenas de prisión prolongadas. Tendrán derecho a consultar con un solicitor, pero al ser domingo por la noche permanecerán detenidos hasta mañana por la mañana.

Volvió a mirar por encima del hombro y añadió:

—Quedan formalmente advertidos. No tienen obligación de declarar, pero si no mencionan algo cuando se les pregunte y luego lo utilizan como parte de su defensa ante el tribunal, esa omisión podría perjudicarles. Cualquier cosa que digan podrá ser recogida por escrito y utilizada como prueba.

James recogió sus pistolas, zapatos, carteras, talonarios de cheques, llaves del coche, llaves de sus casas y calderilla. Las fue colocando en cajas de cartón separadas que encontró bajo la mesa.

Siguiendo el juego, añadió:

—Confío en que sus pistolas de mano estén debidamente registradas ante la Metropolitan Police. De no ser así, acaban de apuntarse otro delito. Sus pertenencias se registrarán a su llegada a la prisión de Wandsworth y se las devolverán cuando, y si, obtienen la libertad bajo fianza.

Louise añadió:

—Agente Harcourt-Heath, desconecte el cable del teléfono de la pared.

Una vez hecho esto, James y Louise se marcharon con las cajas. Fuera, Louise entregó a James las llaves de contacto. En poco tiempo ya iban camino del distrito financiero y cruzaban el Támesis por London Bridge.

En un semáforo junto a Southwark Cathedral, James se inclinó hacia la izquierda y le dio un beso a Louise.

—Un plan de rescate ingeniosísimo. ¿Cómo demonios has sido capaz de improvisar toda esa jerga legal? Desde luego, los ha convencido de que tenías poderes oficiales.

—Ya sabes que soy una lectora voraz. Lo que quizá no sepas es que he sido bendecida, o quizá maldecida, con una memoria fotográfica. Hace poco me topé con Trent's Last Case, de E. C. Bentley. Desde entonces he estado devorando las novelas de Agatha Christie y Dorothy Sayers por diversión.

—¿Qué vamos a hacer con sus pertenencias?

—Entregárselas a Richard y Sybil. Aunque no estuvieran bajo sospecha del MI5 por sus funciones en la BUF, estoy segura de que el SIS, el Foreign Office y el Home Office tienen expedientes activos sobre ellos. Ambos son unos traidores al rey y a la patria.

Cuando regresaron a Woburn, descubrieron que la familia y los invitados ya se habían retirado a sus habitaciones. Jarvis los recibió. Cuando le explicaron que se habían perdido la cena, organizó que Cook preparase algo de comer, que serviría en la biblioteca.

Mientras cenaban pescado con patatas fritas, James dijo:

—Tenemos que ponernos en contacto con Richard y Sybil para contarles las aventuras de esta noche. También tenemos que entregarles las pertenencias de Raven y Joyce. Estoy seguro de que esos dos van a pasar una noche interesante, sin un penique y descalzos en Shoreditch.

Louise dijo:

—Mañana será suficiente. Esta noche, tenemos que celebrar nuestra huida con éxito y la que será, con toda seguridad, nuestra última operación como agentes del MI5. Además voy a insistir en mis derechos conyugales.

—Por supuesto, en cuanto a los placeres de esta noche, pero ¿por qué dices que esta será nuestra última misión?

—Las operaciones del MI5 están limitadas por ley a hacer frente a ataques internos contra Gran Bretaña. Ahora somos demasiado conocidos tanto por los marxistas como por los fascistas británicos para seguir siendo útiles como agentes encubiertos.

Capítulo 48

Miércoles, 12 de mayo – Abadía de Westminster

El lunes por la mañana, los cinco tomaron el tren a Waterloo. Habían reservado dos compartimentos contiguos de primera clase. Cuando llegaron a la estación, indicaron a tres mozos que llevasen sus maletas a la parada de taxis adyacente y ayudasen a cargarlas en los tres coches que los esperaban. Una vez se registraron en el East India Club, se reunieron abajo para almorzar y comentar los planes de los dos días siguientes.

Humphrey dijo:

—Mañana al mediodía, Dorothy y yo, Nicholas y Helen, y Gerald y Mary iremos en taxi al Palacio. La ceremonia de entrega de condecoraciones está prevista que comience a la una y, presumiblemente, se prolongará durante horas, ya que literalmente son centenares los homenajeados. Tendremos asiento y, cuando me llamen, recibiré oficialmente el título de caballero. Todo el asunto debería durar menos de un minuto. Esa noche, Dorothy y yo, junto con todos los receptores de las más altas distinciones, cenaremos con el Rey y Elizabeth, la reina consorte. Luego regresaremos a St James's Square y, previsiblemente, nos reuniremos con vosotros para tomar una copa de celebración.

—El miércoles, nosotros y nuestras esposas estamos invitados a la Coronación propiamente dicha, que tendrá lugar en la abadía de Westminster. La ceremonia empieza a las once, pero tendremos que estar sentados a las ocho. Después habrá una procesión de vuelta al Palacio. Nosotros nos escabulliremos y volveremos a nuestro club para reuniros con los cuatro. Tal como estaba previsto, cenaremos en el Ritz y el jueves por la mañana regresaremos a Woburn.

La cena del jueves en Woburn fue otra velada de celebración, con numerosos brindis de felicitación por Sir Humphrey y Lady Dorothy.

Mientras Jarvis y Peets llenaban sus copas de champán, Humphrey se puso en pie para asegurarse de tener la atención de todos.

—Quiero proponer un último brindis en este día histórico para nuestra familia y nuestro país. No me disculpo por ofrecer mi salutación habitual. Alzo ahora mi copa por nuestra familia.

El grupo al completo se levantó y repitió sus palabras:

—Por nuestra familia.

FIN

Epílogo

Tras su insatisfactoria reunión con Sir Hugh Sinclair, James se puso en contacto con Jacob Mandelbaum, el gerente de la tienda de Tiffany & Co en Old Bond Street. Tras explicarle que él y Louise habían rescatado a dos niños judíos cuyos padres habían muerto en un bombardeo alemán en España, el señor Mandelbaum organizó una reunión con Florence Nankivell y Nicholas Winton. En ese encuentro, supieron que el programa previsto para rescatar a niños judíos atrapados en la Alemania, Austria y Checoslovaquia controladas por los nazis se llamaría Kindertransport. Por desgracia, no comenzaría hasta noviembre del año siguiente como muy pronto. Al parecer, el retraso se debía a que los organismos británicos competentes arrastraban los pies desde el punto de vista burocrático. Los funcionarios del Home Office se mostraban claramente reacios a conceder la autorización oficial a la organización The Central British Fund for German Jewry, porque habían convencido al Parlamento de que permitiría lo que ellos llamaban «una avalancha de niños judíos que entrarían en Gran Bretaña reclamando ilegalmente la condición de refugiados». En consecuencia, Louise volvió a su idea original de confiar en que Sir Hugh Sinclair persuadiera al Home Office para que tramitara visados a nombre de los niños. Humphrey, Nicholas y Gerald ejercieron de inmediato presión sobre el MI6, el Home Office y el Foreign Office. Gerald pronunció un discurso en la Cámara de los Lores en el que criticó tanto a los burócratas del Home Office como a los esbirros tories que se negaban a afrontar la crisis de refugiados en Europa.

Richard y Sybil se pusieron en contacto con Keynes y lo reclutaron para que presionara al Foreign Office. Charles Scott prometió utilizar los editoriales del

Guardian para denunciar la crisis humanitaria que tenía lugar a las puertas de Gran Bretaña. Todas estas presiones entre bastidores dieron fruto cuando James recibió una llamada telefónica de Sir Hugh comunicándole que los visados de inmigración a nombre de Rachael y Caleb Blumann llegarían en la primera entrega del correo de la mañana siguiente. Cuando se entregó el paquete, Louise comprobó que los nombres, las fechas de nacimiento y las fotografías estuvieran correctamente impresos en los documentos de visado.

A la mañana siguiente, James y Louise condujeron hasta Morey-Saint-Denis. Al día siguiente, con un francés medianamente comprensible, los niños se despidieron de Michel y Louisa. De vuelta en Woburn, les dieron habitaciones propias en la planta alta y hacían sus comidas con la familia. Velvel fue bienvenido a la mesa; prefería sentarse junto a la silla de Humphrey para recibir de cuando en cuando algún bocado de buey de su plato. El cachorro no tardó en apropiarse de un rincón cómodo en el sofá de la biblioteca.

Rachael y Caleb fueron presentados a Johann y Christina Sherman y a sus dos hijos, Daniel y Sarah. Como todos hablaban alemán y yidis, Rachael y Caleb pudieron por fin comunicarse en sus lenguas maternas tras meses de aislamiento en entornos extraños. Contaron la historia de su viaje desde Ebersberg hasta Guernika y de cómo habían muerto sus padres. Christina recibía a los niños con regularidad para darles clases de inglés cuando tenía tiempo libre de su consulta dental. Durante el verano jugaron con Daniel y Sarah y con sus amigos, y mejoraron sus conocimientos de inglés. Bea pensó que, después de las vacaciones de verano, estarían en condiciones de asistir a las clases de la escuela secundaria en Weybridge.

NB - A pesar de las crisis de refugiados en Europa en las décadas de 1930 y 1940, no fue hasta diciembre de 1950 cuando se encomendó al Alto Comisionado de las Naciones Unidas para los Refugiados (ACNUR) la tarea de dirigir y coordinar la acción internacional para proteger a las personas refugiadas cuyas vidas corrían peligro porque se habían visto obligadas a abandonar su país para escapar de la guerra, la persecución o los desastres naturales.

NOTAS FINALES SOBRE EL CONTEXTO HISTÓRICO

Tras cada una de las tres novelas anteriores, he añadido un apéndice para ofrecer a los lectores contexto sobre hechos o explicaciones de términos que he ido introduciendo en la historia. A continuación, amplío estos puntos en el orden en que aparecen por primera vez en la novela.

Title page

Guernica and Luno, en lengua vasca, se escribe Guernika-Lumo. Es una villa de mercado de la provincia de Vizcaya que, en 1937, tenía una población de unos siete mil habitantes. En 1937, Pablo Picasso realizó un cuadro al que dio el título de Guernica Gernikara. Empezó a pintarlo en su casa de París al día siguiente de leer en The Times la noticia del bombardeo alemán. El lienzo mide once pies y cinco pulgadas de alto por veinticinco pies y seis pulgadas de ancho. Lo terminó treinta y cinco días más tarde, el 4 de junio de 1937. Es su obra más conocida y está considerada universalmente como la pintura antibélica más conmovedora y poderosa jamás realizada. Actualmente se encuentra en exposición permanente en el Museo Reina Sofía, en Madrid. En la reconstruida ciudad de Guernika hay una reproducción a tamaño natural del cuadro, realizada en azulejos cerámicos en un muro construido ex profeso. Se erigió en 1997 para conmemorar el 60.º aniversario del bombardeo. Circula una historia apócrifa según la cual, cuando las SS visitaron el estudio de Picasso en París y vieron el cuadro, un oficial le preguntó: «¿Ha hecho esto usted?» y Picasso respondió: «No, lo han hecho ustedes». Se ha estimado que el bombardeo a baja altura causó la muerte de hasta dos mil personas.

Introduction

Gibraltar es un Territorio Británico de Ultramar que ha estado en manos británicas desde 1713. Fue cedido a Gran Bretaña a perpetuidad en virtud del Tratado de Utrecht. Se convirtió en una base importante durante las guerras napoleónicas y en ambas guerras mundiales. Cobró una importancia estratégica especial durante la Segunda Guerra Mundial, cuando la Royal Navy lo utilizó para controlar la estrecha entrada y salida del mar Mediterráneo. Dada la importancia actual del comercio internacional, la mitad de los productos transportados por mar en el mundo pasan cada año por el estrecho de Gibraltar. Gran Bretaña mantiene allí una flota permanente. Sigue siendo un punto de fricción, ya que España reivindica regularmente su soberanía sobre el territorio. Durante la Segunda Guerra Mundial, Hitler ideó un plan con nombre en clave Félix, cuyo objetivo era capturar Gibraltar. Aunque en 1942 los bombarderos pesados Piaggio P 108B italianos llevaron a cabo cinco incursiones sobre Gibraltar, este permaneció en manos británicas. Siguiendo el consejo explícito del almirante Wilhelm Canaris, jefe del Abwehr, Hitler canceló la operación Félix.

En Lebensborn describí cómo se descubrió que Canaris no era totalmente leal a Hitler. Había participado de forma subrepticia en frustrar los planes de Hitler de alinear la Alemania nazi con la España de Franco. Canaris fue detenido por las SS en julio de 1944 y trasladado al campo de concentración de Flossenbürg. Allí fue ahorcado el 9 de abril de 1945, apenas un mes antes del final de la Segunda Guerra Mundial en Europa.

Chapter 1

El general Francisco Franco Behamonda fue uno de un grupo de cuatro generales que utilizaron sus respectivas fuerzas militares para subvertir la recién elegida Segunda República española. Las primeras elecciones españolas se celebraron en abril de 1931, inmediatamente después de las cuales el rey Alfonso XIII fue depuesto. Franco contó con otros tres altos mandos militares: el general Emilio Mola Vidal, identificado posteriormente como el director del golpe de Estado; el general José Sanjurjo y el general Manuel Goded Llopis. En julio de 1936, Sanjurjo murió en un accidente de aviación. Mola también murió en un accidente aéreo en junio de 1937 y Goded fue ejecutado por el ejército republicano en agosto de 1936, tras ser capturado después de liderar un intento fallido de insurrección en la Barcelona catalana. Estas muertes dejaron a Franco como único líder militar superviviente. Más de medio millón de personas murieron en la Guerra Civil española. Tras su final el 1 de abril de 1939, Franco tomó el control de España y gobernó como dictador absoluto durante los treinta y seis años siguientes. El 20 de noviembre de 1975 murió de insuficiencia cardiaca congestiva. Transmitió su poder al rey Juan Carlos I, convencido de que el monarca continuaría su visión de una España fascista. De hecho, dos días después, Juan Carlos juró que pensaba atenerse a los Principios del Movimiento Nacional de Franco. Tras recibir asesoramiento legal y utilizando las facultades que le había otorgado Franco, impulsó un cambio de régimen que facilitó la llegada de la democracia. Menos de diez años más tarde, el 12 de junio de 1985, España firmó el Tratado de Adhesión que permitió al país incorporarse a la Unión Europea el 1 de enero de 1986.

Chapter 2

El almirante Sir Hugh Francis Paget Sinclair, también conocido como Quex Sinclair, había sido previamente director de Inteligencia Naval. En 1919 intentó, sin éxito, absorber el servicio de contrainteligencia MI5 dentro del SIS. Fue el segundo director del MI6, tras la repentina muerte del capitán Sir Mansfield George Smith-Cumming. (Véase la sección de antecedentes históricos de Lebensborn para más detalles sobre Cumming y Sinclair). Con su propio dinero puso en marcha Bletchley Park, la sede de los criptógrafos que descifraron la máquina Enigma. Murió en noviembre de 1939, tras serle diagnosticado un cáncer.

Chapter 2

Las Brigadas Internacionales existieron durante dos años, entre 1936 y 1938. Estaban formadas por voluntarios extranjeros procedentes de más de cincuenta países. Su objetivo común era destruir el fascismo. Hubo aproximadamente 9.000 combatientes de Francia, 3.500 de Italia, 5.000 de Alemania, 5.000 de Polonia, 2.800 de Estados Unidos, 2.500 del Reino Unido,

2.200 de Checoslovaquia, 2.100 de Yugoslavia, y así sucesivamente. También se alistaron mujeres, que sirvieron en primera línea y prestaron asistencia médica.

Chapter 3

El Ministro de Coordinación de la Defensa (MCD) fue un cargo de rango ministerial creado en 1936 para supervisar el rearme de las defensas británicas. Su primer titular fue el ex Fiscal General Thomas Inskip. Este nombramiento provocó estupor generalizado entre los diputados. En la prensa se dijo que había sido «el nombramiento más cínico desde que Calígula hizo cónsul a su caballo». En 1940, el ministerio fue abolido y sustituido por el Ministerio de Defensa (MoD).

Chapter 6

El nombre completo y título de **Jock Ramsay** era The Right Honourable Captain Archibald Henry Maule Ramsay MP. Le he dado diálogos en las tres novelas anteriores. Diputado unionista escocés por Peebles y Southern Midlothian, era racista y antisemita. Él y su Nordic League apoyaron a los nacionalistas de Franco durante y después de la Guerra Civil española. En 1940 fue detenido, acusado de alta traición y deslealtad a la Corona, y posteriormente internado en virtud del Reglamento de Defensa 18B. Permaneció en la prisión de Brixton durante los cuatro años siguientes. Ello a pesar del principio establecido del privilegio parlamentario que, en tiempos normales, proporcionaba inmunidad frente a la responsabilidad civil y penal por las acciones y declaraciones realizadas por un diputado en el ejercicio de sus funciones legislativas. En el Reino Unido, ese principio se suspendía en tiempos de guerra. Murió de causas naturales en 1955.

Chapter 7

Las Belisha Beacons son esferas amarillas intermitentes colocadas sobre postes a rayas blancas y negras. En el Reino Unido se usan para señalar los pasos de peatones. Leslie Hore-Belisha fue un miembro judío del Partido Liberal que ejerció como ministro de Transportes entre 1934 y 1937. Las balizas se instalaron por primera vez como resultado de su Ley de Tráfico de Carreteras de 1934. Las esferas siguen existiendo, pero hoy en día se habla, en general, de pasos de cebra, denominados así coloquialmente por las franjas blancas y negras que marcan los pasos en las vías urbanas más transitadas.

Chapter 10

Presenté a **Arnold Deutsch** cuando hice que James fuera reclutado por el Partido Comunista de Gran Bretaña. Deutsch fue un espía soviético que trabajó en Londres. Reclutó a Kim Philby, Donald Maclean y Guy Burgess para el Partido Comunista. Estudiante de posgrado germanoparlante y posteriormente empleado de la Universidad de Londres, utilizó ese puesto como cobertura para sus actividades de espionaje en el Reino Unido. En 1942 murió en circunstancias inciertas. Se ha dicho, alternativamente, que se ahogó en un submarino alemán cuando se dirigía a América o que fue fusilado tras lanzarse en paracaídas sobre Austria.

Chapter 10

NKVD son las siglas rusas del Comisariado del Pueblo para Asuntos Internos. Fue el ministerio del Interior y la policía secreta de la Unión Soviética desde 1934 hasta 1946. Más tarde pasó a conocerse como KGB y, en 1995, fue rebautizado como MGB (Ministerio de Seguridad del Estado). Durante la Guerra Fría, la CIA (Central Intelligence Agency) fue el homólogo estadounidense del KGB.

Chapter 10

Las órdenes ejecutivas son directrices dictadas por un jefe de Estado. Hitler utilizó la Ley Habilitante para sortear el Reichstag y promulgar leyes. También se valió del Decreto del Incendio del Reichstag para suspender la Constitución y suprimir a los partidos de la oposición. En los primeros cien días de mandato de Trump en su segundo mandato, firmó 141 órdenes ejecutivas sin molestarse en obtener la aprobación del Congreso.

Chapter 12

Mickey Bliss es un ejemplo de jerga rimada cockney. Esta expresión procede del artista del siglo XIX Michael Blitz que, de forma algo pretenciosa, se hacía llamar artiste. Los que vivían dentro del alcance de las campanas de la iglesia de St Mary-le-Bow, en Cheapside (Londres), son conocidos como cockneys. Muchos trabajaban en los muelles. Desarrollaron esta jerga para impedir que sus empleadores y otros supieran de qué hablaban o qué pensaban. En este caso, la traducción es to take the piss, equivalente a «tomar el pelo» o burlarse de alguien. Hoy se usan multitud de ejemplos de esta jerga en toda Inglaterra y por personas de todas las edades. En Liverpool, y por razones similares, se desarrolló un dialecto parecido llamado Scouse.

Chapter 14

Vera Lynn fue una cantante inglesa que llegó a ser conocida honoríficamente como la «novia de las Fuerzas Armadas» (Forces' Sweetheart). Empezó a cantar a los seis años. A los veinte ya actuaba con las mejores orquestas británicas, entre ellas la Joe Loss Orchestra y la de Charlie Kunz. Nacida en el East End de Londres, tenía un marcado acento cockney. Recibió clases de canto para resultar más atractiva a un público inglés más amplio. Durante la Segunda Guerra Mundial, entretuvo a las tropas británicas con conciertos al aire libre en Egipto, India y Birmania. Sus canciones más famosas fueron We'll Meet Again, The White Cliffs of Dover, A Nightingale Sang in Berkeley Square y There'll Always be an England. Dedicó buena parte de su vida a obras benéficas relacionadas con excombatientes, niños con discapacidad e investigación sobre el cáncer de mama. Murió en 2020 a los 96 años.

Chapter 15

El cardenal Eugenio Pacelli facilitó el pacto del Vaticano con Hitler. En marzo de 1939 fue elegido papa y adoptó el nombre de Pío XII. Permaneció en el cargo hasta su muerte en octubre de 1958.

Chapter 23

John Cornford murió en el primer año de la Guerra Civil española. Era miembro de la milicia del POUM (Partido Obrero de Unificación Marxista) y murió a los veinticinco años. Bisnieto de Charles Darwin, estudió Historia en el Trinity College de Cambridge. Obtuvo matrícula de honor en la primera parte de los Tripos y un first con estrella en la segunda parte, y posteriormente recibió la Earl of Derby Research Scholarship. A los catorce años había empezado a escribir poesía. Tras su etapa en Cambridge pasó un año estudiando en la London School of Economics, donde se convirtió en organizador de las Juventudes Comunistas.

Chapter 23

La Legión Cóndor fue una unidad de personal militar de la Wehrmacht que combinaba efectivos del ejército y la fuerza aérea. El bombardeo de Guernika les dio la oportunidad de desarrollar y perfeccionar métodos de bombardeo a baja altura sobre objetivos civiles. Los aviones Messerschmitt Bf 109 y los bombarderos ligeros Heinkel He 70 Blitz participaron en los ataques aéreos sobre Guernika del 26 de abril de 1937.

Chapter 32

Apodo es el término español para la práctica de dar a una persona un mote cariñoso. A veces hace referencia a alguna característica física, como la estatura, el color del pelo, la profesión de la familia o incluso el pueblo de origen. Por ejemplo, Luis el Sordo no significa que Luis fuera sordo, sino que su padre o quizá su abuelo eran duros de oído. De forma parecida, Luis el Negro no quiere decir que fuera africano. He oído usarlo para referirse a un hombre llamado Luis cuyo padre pasaba los días en el campo conduciendo su tractor y, por tanto, adquirió un bronceado muy oscuro. Otro vecino del pueblo llegó a ser conocido como José el Rico porque le tocó una parte de la Lotería Nacional española.

En realidad, esta práctica no es infrecuente en Estados Unidos. En sus ligas de béisbol, Whitey se ha utilizado como apodo para hombres con el pelo rubio muy claro y Lefty para los bateadores o lanzadores zurdos.

El Reino Unido ha seguido una línea algo distinta. El general William Ironside, que asistió al 80 cumpleaños de Humphrey (capítulo 19), fue conocido como Tiny («Enanito») durante toda su vida adulta. Era un gigante de unos seis pies y cuatro pulgadas de estatura y diecisiete stone de peso. En ocasiones, en Gran Bretaña también se llama Titch a las personas muy altas. En el ejército, tanto Shorty como Lofty se asignan a hombres realmente altos. A menudo estos motes les acompañan durante el resto de su vida.

Chapter 32

Falange Española de las JONS fue el grupo descrito, de forma diversa y bastante peculiar, como «un movimiento fascista auténtico, antilocalista, antiliberal, antidemocrático, antiseparatista... pero también anticonservador». En la práctica, esto significaba simplemente que apoyaban la intervención activa contra la Unión Soviética. En 1937, Franco buscaba una organización que le permitiera hacerse con el poder una vez terminada la guerra. Se unió al movimiento carlista, cuyo objetivo era establecer una rama alternativa de la dinastía Borbón. De esa unión surgió FET (Falange Española Tradicionalista y de las JONS). Franco se autoproclamó de inmediato líder del nuevo movimiento.

Chapter 32

Fifth Column (quinta columna) es una expresión que se originó durante la Guerra Civil española, cuando el general Mola dirigía cuatro columnas militares en el asedio de Madrid. En una entrevista con un periodista radiofónico inglés, Mola dijo confiar en el éxito porque aseguraba contar con una quinta columna de partidarios dentro de las murallas de la ciudad. Su uso se extendió rápidamente y ha pasado a designar a un grupo de personas que socavan desde dentro a un grupo mayor o a una nación.

Chapter 34

La hora oficial de España coincide hoy con la de Alemania, a pesar de que España se encuentra, como mínimo, un huso horario completo más al oeste que la Europa central. En 1940, Franco consideró buena idea armonizar la hora española con la de la Alemania nazi. En la actualidad, España, como el resto de la UE, utiliza la hora central europea (CET), mientras que el Reino Unido se rige por la hora del meridiano de Greenwich (GMT), (CET-1), una hora por detrás del resto de Europa. El vecino inmediato de España, Portugal, se encuentra, geográficamente, correctamente situado en CET+1.

Chapter 34

No pasarán en español se traduce como They Shall Not Pass! («¡No pasarán!»). La frase se originó en 1914, cuando los franceses protestaron contra la invasión alemana de Bélgica. Durante la Guerra Civil española fue ampliamente utilizada por los republicanos durante el asedio de Madrid. Mencioné este lema en Magdalene, cuando James se vio envuelto en la batalla de Cable Street. En aquella ocasión, los vecinos del East End, mayoritariamente judíos e irlandeses, coreaban la versión francesa, Ils ne passeront pas!

Chapter 36

Belchite era un pueblo de varios miles de habitantes en Aragón. Entre agosto y septiembre de 1937, fue escenario de una ofensiva que enfrentó a los nacionalistas de Franco con las tropas republicanas. Cinco divisiones nacionalistas, junto con artillería pesada, fueron retiradas de Madrid. Atacaron el pueblo con el apoyo de los bombarderos ligeros Heinkel He 70 Blitz de la Legión Cóndor alemana. La localidad quedó prácticamente destruida. En lugar de reconstruirla, el general Franco ordenó que las ruinas se mantuvieran como un «monumento vivo a la destrucción causada por el Ejército Rojo», su expresión para referirse a sus oponentes republicanos en la guerra civil. Ordenó construir un pueblo nuevo, de hormigón y acero, en las proximidades para alojar a las unas dos mil familias supervivientes. Hoy, el Belchite Viejo es Monumento Nacional, mantenido y preservado por el Gobierno español como recordatorio de los estragos del fascismo durante la Guerra Civil española.

Chapter 38

Spanner es la palabra británica para lo que en Estados Unidos se llama monkey wrench.

Chapter 39

Pig iron (arrabio) es, esencialmente, chatarra de hierro. En la novela, hago que James y Donald desvíen a los empresarios vascos de suministrar cobre, zinc y casquillos de proyectiles para la Wehrmacht, para que en su lugar produzcan pig iron. Es quebradizo, extremadamente pesado, caro de transportar y de poca utilidad en la fabricación de tanques o armas. Puede utilizarse más adelante en la producción de acero.

Chapter 39

Robert Ley fue el jefe del DAF (Deutsche Arbeitsfront) desde 1932 hasta 1945. DAF era la organización nacional de trabajo alineada con el Partido Nazi. Prohibió los sindicatos independientes, controló la contratación y los salarios y promovió la nazificación de Alemania. Al final de la Segunda Guerra Mundial, Ley huyó a Berchtesgaden, el refugio alpino de Hitler. En mayo de 1945 fue capturado por los Aliados y trasladado a Núremberg. Allí fue acusado de crímenes de guerra y crímenes contra la humanidad. Antes de que comenzara su juicio, se suicidó ahorcándose con una toalla mojada atada a una cisterna.

Chapter 44

Nicholas Winton fue un corredor de bolsa británico y humanitario que ayudó a refugiados, en su mayoría judíos, a huir de la persecución en la Alemania nazi. Sus padres, judíos alemanes, habían emigrado a Gran Bretaña en 1907. Su programa, conocido como el Kindertransport checo, rescató a 664 niños en vísperas de la Segunda Guerra Mundial. Sus esfuerzos humanitarios permanecieron relativamente desconocidos hasta 1988. Su historia salió a la luz gracias a un programa de la BBC en el que se le presentó a muchos de los niños a los que había rescatado cincuenta años antes. A partir de entonces, la prensa lo celebró como el «Schindler británico». En 2003 fue nombrado caballero por la reina Isabel II por «sus servicios a la humanidad al salvar a niños judíos en la Checoslovaquia ocupada por los nazis». Murió en 2015 a los 106 años.

Aquí hay un enlace a un breve fragmento de aquel programa de la BBC de 1988, presentado por Esther Rantzen:

https://www.youtube.com/watch?v=OqqbM1B-mPY

Chapter 47

Alexander Raven Thomson fue un político escocés y autoproclamado filósofo. Se unió a la BUF en 1933 y ascendió rápidamente al cargo de director de Política. Sus dos publicaciones autofinanciadas fueron The Corporate State y The Coming Corporate State. Representó a la BUF en viajes a Alemania y asistió incluso al congreso de Núremberg de 1933. Como el resto de los miembros de la Nordic League, era racista y antisemita. En mayo de 1940 fue detenido en virtud del Reglamento de Defensa 18B y pasó buena parte de la Segunda Guerra Mundial internado en la prisión de Brixton. Tras la guerra, siguió con su activismo de extrema derecha y en 1948 se unió al recién creado Union Movement de Oswald Mosley. Murió de cáncer en 1955.

General background trivia

Ebersberg es una localidad bávara situada a unas veinte millas al noreste de Múnich. He hecho referencia a esta comunidad rural en las tres novelas anteriores. En Addlestone, hice que Sprott, la doncella traidora, hubiera nacido allí. En Lebensborn, los cuatro agentes se detuvieron en Ebersberg para recuperar sus armas ocultas y después dijeron a unos inquisitivos agentes de la Gestapo que se dirigían allí. Hice que Portman, la esposa traidora del pescadero de Addlestone, fuera de Ebersberg. En Magdalene, el reverendo Wilhelm Tanner tenía familia y una casa en ese pueblo. En esta novela, hago que Rachael y Jacob Blumann salgan de Ebersberg con sus padres para intentar llegar sanos y salvos a España.

No pretendo sugerir que esta localidad bávara anodina tuviera vínculos específicos con el Partido Nazi o con su liderazgo.

Apéndice

El documento de debate de los Apostles presentado por James el 4 de mayo de 1935

Permítanme comenzar diciendo que nuestro objetivo principal debe ser crear un electorado plenamente implicado, capaz de comprender los desafíos sociales, políticos y económicos a los que se enfrenta hoy Gran Bretaña.

Estoy seguro de que todos los presentes aceptarían mi premisa inicial: el sufragio universal es esencial para una democracia robusta. Obviamente, esto no significa que a todo hombre, mujer o niño presentes en el Reino Unido el día de las elecciones se les conceda el derecho al voto. Desde hace siete años, un ciudadano británico debe haber cumplido los veintiún años para ser inscrito en el Censo Electoral. Antes de 1928, la edad de voto para las mujeres era de treinta años. Las normas actuales exigen acertadamente que las mujeres sean propietarias para poder optar al privilegio de votar. Es evidente que existe un precedente bien establecido, tanto en el derecho civil como en el common law, según el cual los votantes deben ser maduros y estar familiarizados con las cuestiones de actualidad.

Los votantes también deberían tener interés en la sociedad británica y compromiso con ella. A quienes no se les considere así, obviamente debe denegárseles el voto. Yo no solo excluiría a los menores, sino también a los discapacitados mentales y a los criminalmente dementes. Los reincidentes y los delincuentes convictos, estén en prisión o libertos tras haber cumplido sus condenas de privación de libertad, han perdido su derecho al voto con arreglo a las normas electorales vigentes. Ahora propongo extender estas restricciones a quienes cometan delitos menores, como embriaguez en la vía pública, vagabundeo u obstrucción a la policía en el cumplimiento de sus funciones legales. Además, las aplicaría a los miembros de la prensa que publicasen noticias que contengan propaganda antigubernamental. Tales *fake news* incitan al público en general a organizar concentraciones ilegales.

A continuación, me gustaría proponer lo que considero un principio inmutable. El derecho al voto debería restringirse a quienes comprendan y abracen activamente nuestra psique británica. Sobre esta base, deberíamos retirar el derecho al voto a los inmigrantes de primera generación, incluso si se han convertido en ciudadanos naturalizados. Si las generaciones anteriores no logran adoptar nuestra forma de vida, también deben ser excluidas. Sería muy sencillo averiguar hasta qué punto se han asimilado estos extranjeros. Podríamos exigir que superasen un examen de dominio del inglés antes de ser inscritos en el Censo Electoral.

Resulta interesante observar que actualmente se emplea una prueba de alfabetización en muchos estados del sur de Estados Unidos. Ha resultado particularmente eficaz para privar del voto a las minorías raciales sin educación y a los blancos pobres. Nuestra prueba debería contener preguntas sobre las leyes británicas, las costumbres y la historia. Ajustando el nivel de aprobado, la dificultad de las preguntas o incluso la complejidad de la redacción podríamos limitar la cantidad de, digamos, extranjería e ignorancia que se permite influir en nuestros resultados electorales.

También deberíamos investigar cuál es la lengua principal utilizada en sus hogares. Esa pregunta ya figura en el censo federal estadounidense. Si no es el inglés, ese simple hecho podría utilizarse para justificar su eliminación de las listas de votantes.

Existen también buenas razones para excluir a otros, aun cuando sus familias lleven generaciones viviendo aquí. Me refiero a quienes los irlandeses llaman *tinkers* y nosotros conocemos como *travellers*, es decir, gitanos y Romas. Sus lealtades son exclusivamente hacia ellos mismos y sus clanes. Como tienen su propia lengua, se han aislado de hecho del resto de la población.

Aplicando la misma lógica, propongo que excluyamos a los judíos. Al igual que los Romas, mantienen una sociedad cerrada. Hablan yidis entre ellos y, claramente, no tienen ningún interés en asimilarse. Es más, dominan sectores financieros como el comercio del oro y los diamantes, la banca y los seguros, así como profesiones como la medicina, el derecho y las artes escénicas. Desarrollan sus actividades exclusivamente en beneficio de su propio pueblo y no del bienestar colectivo de la sociedad británica. Para ser judío, hay que tener una madre judía y, con este requisito genético, excluyen a los ciudadanos británicos corrientes de participar en las profesiones que han monopolizado de hecho.

Con estos parámetros en mente, me gustaría proponer el establecimiento de una Comisión Electoral permanente. Tendría la facultad de examinar al electorado en función de lo que me gustaría llamar britanidad. Podríamos suspender o retirar el derecho de voto a cualquiera que no cumpliera nuestros criterios de lealtad a la Corona o que no fuera capaz de hablar correctamente el inglés del Rey. El fraude electoral es una amenaza constante para nuestra democracia. Una vez más, he encontrado precedentes contemporáneos. En el sur de Estados Unidos, las llamadas leyes Jim Crow han sido sumamente eficaces a la hora de evitar que las razas más oscuras participen en las elecciones federales, estatales y locales.

Antes he sugerido que, para ganarse el voto, uno debe comprender los temas a los que se enfrenta nuestra sociedad tanto desde una perspectiva actual como histórica. A la larga, podríamos añadir a nuestra lista de exclusiones a quienes no son abiertamente débiles mentales, pero que, digamos, no son lo suficientemente inteligentes como para apreciar la naturaleza sutil e intrincada de nuestros actuales retos económicos y políticos. Como pauta general, podríamos aplicar una exclusión general a quienes solo hayan asistido a colegios estatales o hayan abandonado la escuela a los quince años. Deberíamos incluir incondicionalmente a quienes hayan asistido a internados privados como Eton, Harrow, Westminster o Dulwich.

Para aplicar este principio, propongo un examen nacional para todos los niños, digamos, a la edad de diez u once años. Mi objetivo sería identificar y segregar a los jóvenes que estén principalmente destinados al trabajo manual. Aquellos por debajo del nivel de aprobado serían enviados a escuelas industriales. Estas instituciones adoptarían una disciplina de estilo militar y proporcionarían formación a sus alumnos. Ello incrementaría la productividad y ampliaría las oportunidades laborales disponibles para los jóvenes. Nuestro objetivo final sería producir una fuerza laboral obediente, cualificada y dócil.

Llevando esta propuesta a su conclusión lógica, propongo que excluyamos a los sindicalistas. Exceptuando algunos casos puntuales, no habrían obtenido el *School Certificate of Examinations*. Al igual que los judíos, tienen sus propios intereses estrechos, es decir, más salario por menos trabajo. Aunque muchos son nacionalistas furibundos cuando se trata de lealtades regionales o de equipos de fútbol, no he visto pruebas de que el bienestar general del Reino Unido sea su prioridad. Además, los sindicalistas instruidos serían probablemente los más peligrosos en caso de convertirse en organizadores sindicales y líderes de huelgas.

Siguiendo adelante, veo argumentos de eficiencia a favor de establecer un Estado monopartidista. Para lograrlo, prohibiríamos los movimientos políticos minoritarios y de oposición. Para que no haya dudas, no propongo que adoptemos la estructura de nuestra actual coalición de Gobierno Nacional, que no funciona. El Partido Laborista siempre ha sido la voz de los sindicatos y, por definición, no ha sabido representar los intereses del país en su conjunto. Por tanto, propongo ahora la eliminación completa de ese partido, junto con todos los partidos de la oposición, presentes y futuros.

A continuación, propongo reintroducir un impuesto de capitación o *poll tax*. Se ha utilizado con éxito en tres ocasiones en el pasado para recaudar fondos durante la Guerra de los Cien Años. Para suavizar la retórica, podríamos llamarlo *Community Charge*, que se cobraría en los colegios electorales el día de las elecciones. A juzgar por la participación en los días lluviosos, la tasa podría fijarse a un nivel relativamente trivial en relación con la riqueza de nuestra clase. En la actualidad, varios estados del sur de Estados Unidos tienen un *poll tax*. Ha sido muy eficaz para privar del voto a los pobres y a las personas de color.

Además, no veo ningún inconveniente en volver a la situación en la que el voto estaba limitado a los propietarios, que al fin y al cabo son los auténticos accionistas de nuestra sociedad. Ese sistema estuvo vigente durante cientos de años, hasta hace quince años, cuando, por desgracia, la propiedad dejó de ser una condición para que los hombres pudieran votar.

Para garantizar que tengamos un Reino verdaderamente Unido, propongo que los manifestantes antigubernamentales sean identificados y posteriormente detenidos como anarquistas reales o potenciales o como traidores. Tendremos que suspender el *habeas corpus* y eliminar la llamada cláusula de debido proceso que permite a los delincuentes campar libremente por nuestras calles. Para ello, deberemos establecer un segundo nivel de fuerzas del orden, a las que se concederán poderes adicionales de registro, incautación y detención. Propongo que utilicemos la estructura sin uniforme de la *Special Branch* del *Metropolitan Police Service*. Podrían recabar la ayuda del público en general para identificar y denunciar actividades delictivas. Los ciudadanos leales podrían enviar nombres, direcciones, fotos o descripciones de presuntos malhechores a la policía o quizá incluso al *Mail* y al *Mirror*. Estoy seguro de que Lord Rothermere se prestaría gustoso a publicarlos en una columna semanal, con un título del tipo *Criminals at Large* o *Have You Seen This Man?* De hecho, se podrían ofrecer recompensas a quienes informasen sobre sus vecinos.

Para controlar nuestras leyes de ciudadanía y prevenir el fraude electoral, necesitaremos introducir documentos de identidad. Para ello será necesario crear una nueva cartera ministerial, así como todo un departamento de la Administración dedicado a recopilar y actualizar posteriormente registros de nacimientos y defunciones, domicilios y etnia. Esto, por supuesto, requeriría una enorme cantidad de mano de obra. Sin embargo, los costes iniciales de este registro serían únicos y a corto plazo. Logísticamente, no presenta problema alguno. Actualmente, el 20% de nuestra mano de obra está desempleada y muchos millones más solo trabajan a tiempo parcial. Este programa aportaría el tan necesario estímulo, de inspiración keynesiana, a la demanda agregada, diseñado para sacar a Gran Bretaña de la actual Depresión. Además, estos nuevos funcionarios estarían obligados y serían leales a lo que ahora me gustaría bautizar como nuestro *One Nation Party*.

Debería aprobarse legislación relativa a los documentos de identidad. Los ciudadanos británicos que sean judíos o Romas deberían entregar sus pasaportes y documentos de identidad para que la primera página pueda ser sellada en tinta roja con una J o una R. Al mismo tiempo, los judíos con nombres de pila no ingleses e impronunciables deberían ver sustituidos esos nombres en sus documentos de identidad por John o Mary.

Para hacer cumplir nuestras leyes de ciudadanía, necesitaremos establecer campos de reasentamiento. Podrían situarse en las *Highlands* escocesas, en algunas de las islas escocesas remotas o incluso en la isla de Wight. Los disidentes sospechosos de tramar complots antigubernamentales u organizar marchas de protesta podrían ser internados en centros de detención. Una vez establecidos los registros de votantes, la acusación solo tendría que demostrar que el acusado es, por ejemplo, sindicalista, gitano o judío. Tras el veredicto de culpabilidad, estos ahora condenados enemigos del Estado serían trasladados a campos de reeducación. Si la rehabilitación resultase imposible, permanecerían allí indefinidamente a disposición de Su Majestad para protección de la sociedad británica.

A continuación, me gustaría considerar la religión. La Iglesia de Inglaterra ha sido nuestra doctrina establecida durante los últimos cuatrocientos años. Si los católicos están dispuestos a aceptar nuestras políticas, supongo que podrían ser dejados en paz. Como bien sabrán, debido a que su lealtad se dirige al obispo de Roma y no a nuestra monarquía, se les negó el voto hasta hace unos cien años. Esto debería recordarnos que la religión ha sido y podría volver a ser utilizada para limitar el sufragio. Por las mismas razones, los ciudadanos que sigan otros credos, por ejemplo, judíos, hindúes y musulmanes, deberían ser despojados de su derecho al voto y sus paganos lugares de culto demolidos. Justificaríamos el cierre de sinagogas, templos y mezquitas afirmando que probablemente serían viveros de terroristas.

También podríamos considerar uniformes y distintivos. Para identificar y recompensar a los ciudadanos leales, propongo que diseñemos y encarguemos una insignia esmaltada de la *Union Jack* para la solapa. Podría concederse de forma selectiva y ceremonial a quienes demuestren lealtad a nuestro *One Nation Party*. Al mismo tiempo, deberíamos identificar a los disidentes. Se les debería obligar a llevar otro tipo de insignia o quizá brazaletes para hacer evidente su condición de extranjeros a las autoridades y al resto de los ciudadanos leales.

A los orientales y a los negros se les reconoce fácilmente. Algunos judíos llevan kipá y los judíos jasídicos usan sombreros negros y tienen largos tirabuzones. Las mujeres musulmanas se cubren la cabeza con pañuelos. Los hombres musulmanes lucen barba y los sijs llevan turbante. No obstante, una palabra de advertencia: los posibles terroristas podrían prescindir de su atuendo tradicional e infiltrarse en nuestra sociedad para sembrar el caos a su antojo. Para combatir esto, recomiendo exigir que quienes deseen entrar y residir en el Reino Unido firmen una declaración jurada en la que afirmen ser cristianos y acatar los principios de la Iglesia de Inglaterra. Una vez hecho esto, sería muy sencillo recurrir al clero para vigilar la asistencia a los oficios religiosos e informar sobre los ausentes.

Soy totalmente consciente de la necesidad de proteger nuestras fronteras. Gran Bretaña es una isla. Somos extremadamente afortunados de contar con una barrera oceánica frente a quienes deseen entrar ilegalmente en nuestro país. Ahora recomiendo que a la Royal Navy y a los funcionarios de Inmigración y Aduanas se les concedan recursos y poderes adicionales para garantizar que nuestras fronteras sigan siendo inexpugnables y estén bajo nuestro control.

Además, no está en absoluto en nuestro interés nacional vernos envueltos en una guerra con Alemania o Rusia. Sugiero firmar un tratado de defensa mutua entre nosotros y uno o posiblemente ambos países para subrayar la neutralidad británica.

Por último, permítanme decir que mi objetivo a largo plazo es devolver nuestro país a la esencia de la vida anglosajona. Espero que incluso una aceptación parcial de mis propuestas baste para lograr ese fin. A medida que vayamos aplicando nuestros planes, la conveniencia deberá prevalecer sobre las objeciones de los liberales sensibleros. Necesitamos encontrar y apoyar a un líder fuerte del Partido Conservador que no tema decir lo que piensa ni a quién ofende. Al drenar el pantano salvaje del clientelismo político, podremos hacer del Reino Unido una Gran Bretaña verdaderamente grande de nuevo.

Made in the USA
Coppell, TX
22 February 2026

71977206R00194